LAURENT
ESNAULT

Parce qu'ils sont là

roman

Sixième(s)

À mes amours,

Marie, Raphaël et Victor

« Il y a deux façons de voir la vie.
L'une comme si rien n'était un miracle,
l'autre comme si tout était miraculeux. »

Albert Einstein

« La vie est un miracle.
Et comme tous les miracles, il suffit d'y croire. »

Emir Kusturica

Prologue

J'entends un bruit. Je dresse une oreille dans un demi-sommeil moite. Instinctivement, je regarde vers la porte restée ouverte pour laisser entrer un peu d'air. Et là, je vois sa silhouette passer.

Avec son pyjama blanc, on dirait un petit fantôme.

Dans les vapeurs de mon sommeil, je comprends qu'il se dirige vers le balcon qui donne sur la plage. Je perçois un choc. La baie vitrée est fermée. Je pense « il s'est pris la vitre, heureusement, sinon il serait capable de passer par-dessus la rambarde ».

La silhouette repasse dans l'autre sens.

Je me lève, en prenant soin de ne pas faire grincer le lit. Je me glisse dans la chambre attenante. Son frère dort à poings fermés, allongé en travers, les draps repoussés.

Le lit d'Hadrien est vide.

Un frisson me balaie le dos. J'essaie de respirer calmement, mes yeux fouillent l'obscurité. Je ressens comme un léger souffle derrière moi. Je me retourne.

La salle de bains est juste en face de la chambre des enfants. Hadrien se tient debout, devant la cuvette des toilettes. Il fait pipi, mais il n'a pas baissé son pyjama. Le pipi se répand sur son pantalon, par terre. Ses paupières sont closes.

Je m'approche, tout doucement. Je lui dis « Hadrien, mon chéri, qu'est-ce que tu fais ? »

Il relève ses paupières. Les yeux écarquillés, il regarde fixement devant lui. Ou plutôt non, il a les yeux fixés dans le vide, droit devant, il regarde, mais il ne voit pas. Je suis tétanisé.

Je rassemble ce qui me reste de courage, je me baisse, je murmure dans un souffle :

— Hadrien, je suis là, papa est là. Dis-moi ce qui se passe.

D'un coup, son regard reprend vie. Il me sonde avec un air étonné.

— Hadrien, je t'en prie. Il faut que tu me dises.

Il hésite un long moment.

Et puis :

— Papa, je les ai vus.

1

16 juin 2011

Les contractions ont commencé vers quatre heures du matin. Neuf mois qu'on l'imagine. Je me souviens de la première échographie, son petit cœur qui bat, une émotion immense, la vie. Dans les rues désertes de Toulon, je conduis à vive allure vers l'hôpital Saint-Jean, *One More Time* des Daft Punk à plein volume. Les rythmes électro de nos robots préférés vont peut-être accélérer la venue du petit dernier de la famille.

— Prête pour le troisième plus beau jour de notre vie ?

Les traits tirés, le souffle court, Amélie me jette un regard noir.

— Très drôle ! On voit bien que ce n'est pas toi qui accouches ! Et pourquoi trois ?

— Si je compte bien, avec notre mariage et la naissance de notre premier enfant, ça fait trois.

Elle part dans un grand éclat de rire, joyeux et moqueur.

— Je ne te connaissais pas si fleur bleue !

Ses longs cheveux bruns cachent ses épaules. Avalée par le siège passager, elle dorlote son ventre rebondi.

— Moi, j'en compte bien plus. À commencer par le jour où on s'est roulé une pelle pour la première fois.

J'aime Amélie. Elle est ma muse, ma moitié, ma complice, depuis sept ans maintenant. Notre aîné, Romain, dort à l'hôtel avec ses grands-parents maternels venus prêter main-forte. Il a cinq ans, il attend son frère avec une impatience et une curiosité grandissantes.

Arrivés à la clinique, nous sommes dirigés vers la « salle de travail » numéro huit.

— C'est fou ! Pile la chambre où j'ai accouché de Romain !

Aurais-je dû y voir un signe ? Ce jour-là, je ne prête pas attention aux *signes*. Je suis fébrile. Exalté. Salle de « travail ». Un vilain mot pour une si belle journée. Dans cette cellule aux murs blancs, aux néons blafards, avec un lit, une chaise, des armoires remplies de tout un arsenal médical, on ne voit pas le jour. La seule indication du temps qui passe est une horloge de bureau sans âme accrochée en hauteur. Elle indique 10h15 quand les contractions s'accélèrent.

— Poussez, poussez ! Le col s'est bien ouvert !

La sage-femme souffle, encourage, on dirait que c'est elle qui va enfanter. Assis près du lit, je serre trop fort la main d'Amélie. Je lui chuchote des mots doux. Malgré la péridurale, son visage se crispe. La fatigue, le stress et le bonheur de donner la vie. Tout mélangé.

Enfin, des cheveux apparaissent. Des cheveux bruns, drus.

Et un cri. Un cri strident. Un cri de délivrance.

Hadrien est là.

La sage-femme l'attrape vivement et le dépose sur le ventre d'Amélie. Elle me tend les ciseaux pour couper le cordon. Comme pour Romain. Les mêmes gestes, le même émerveillement, le même miracle. Il est là, ça y est. *Il est là !*

La sage-femme entreprend une rapide toilette. Elle pose Hadrien sur le matelas à langer, dans un coin de la pièce. Je m'approche pour le prendre dans mes bras. Il plisse des yeux pleins d'étonnement, des yeux qui interrogent le monde.

— C'est papa, Hadrien. C'est moi, papa.

Je le prends délicatement, je le dépose contre un sein de sa maman. Ils se dévisagent à leur tour.

Tout va bien...

— Chéri, je suis fatiguée.

J'effleure tendrement la chevelure ébouriffée d'Amélie.

— C'est normal, tu dois être à bout de forces.

— Oui, c'est normal, vous avez bien travaillé, confirme la sage-femme d'un ton enjoué, tout en rangeant son matériel. C'était un bel accouchement, vous avez le droit de vous reposer !

— Non, c'est pas ça... Je me sens bizarre, j'ai des étourdissements... je me sens très faible.

D'un coup, la sage-femme a l'air préoccupée. Elle inspecte une bassine placée au pied du lit où le placenta et le liquide amniotique se teintent de rouge.

— Excusez-moi, je vais aller chercher le gynécologue. Je dois vérifier quelque chose.

Elle sort précipitamment, nous laissant seuls tous les trois. Je veux embrasser Amélie et la serrer dans mes bras, mais elle toussote, elle a du mal à respirer. Elle regarde Hadrien qui se pelotonne sur sa poitrine.

— Qu'il est beau ! C'est dommage que je sois si... épuisée...

— Ça va aller, mon amour, détends-toi, repose-toi. Le plus dur est passé. Tu as raison, Hadrien est un bébé magnifique.

Le gynécologue entre en trombe, suivi par la sage-femme. Il ausculte rapidement Amélie, mesure sa tension.

— Comment vous sentez-vous ?

— Pas très bien. En fait, vraiment pas bien.

Il examine la bassine, à présent rouge sang. Il s'adresse à la sage-femme.

— Donnez-moi le ballon pour arrêter les saignements.

Pendant qu'elle sort d'un tiroir un ballonnet ovale muni d'une sonde, il se retourne vers moi.

— Monsieur, vous pouvez nous laisser un moment avec votre femme ? Emmenez votre nouveau-né. Ne vous inquiétez pas, je viendrai vous chercher quand tout ira mieux.

La sage-femme soulève Hadrien et me le tend.

— Pas de panique, monsieur papa, nous n'en avons pas pour longtemps.

Elle m'indique la porte et me pousse au-dehors avant que je n'aie le temps de réagir. Dans le couloir, deux infirmières arrivent en courant. La première entre dans la salle de travail, la seconde me prend par le bras et m'amène dans une grande pièce, elle allume une lumière diffuse, une vingtaine de couffins vides sont alignés sur deux rangées. Un lit d'hôpital est entreposé le long d'un mur.

— Allongez-vous là avec votre bébé.

— Dites-moi ce qui se passe !

— Il faut que vous restiez avec votre fils. Vous enlevez votre tee-shirt et vous le mettez sur votre torse. Vous faites un peau à peau. Il doit se sentir en sécurité avec vous.

— Mais...

— Je reviens plus tard.

Elle part. Je reste là, Hadrien dans mes bras. Je suis sonné, assommé. Je ne comprends pas. Hadrien m'observe avec de grands yeux. Il m'interroge. Lui non plus ne comprend pas.

J'enlève mon tee-shirt, je m'allonge en le posant doucement contre moi. Sa peau contre ma peau. La chaleur de son corps irradie tout mon torse. C'est lui qui me réchauffe. C'est lui qui me donne toute la confiance qu'il a dans la vie.

Un long moment s'écoule. Un quart d'heure ? Une demiheure ? Une heure ?

Brusquement, les battants de la porte claquent, le gynécologue entre avec l'infirmière.

— Vous voulez bien me suivre, s'il vous plaît ? Votre femme souhaite vous dire au revoir.

— ???

— Enfin... vous allez la revoir, ne vous alarmez pas, mais son état s'est aggravé et nous devons la transférer. L'ambulance des pompiers est déjà là.

— Quoi ? Mais qu'est-ce qui se passe ?? Expliquez-moi !

— Votre femme a fait une hémorragie de la délivrance. C'est très rare, mais malheureusement cela arrive. Nous allons la transférer à Sainte Musse pour tenter une embolisation, nous allons cautériser les vaisseaux sanguins endommagés pour stopper l'hémorragie. Rien n'est encore perdu, vous devez être courageux. Suivez-moi, l'infirmière va prendre en charge votre fils.

L'infirmière attrape Hadrien et le serre contre elle. Je me précipite hors de la pièce en enfilant mon tee-shirt. La lumière crue du couloir m'aveugle. Le gynécologue me double et ouvre la porte de la salle de travail. Des blouses blanches et des uniformes bleus s'affairent en tous sens, un moniteur émet des bips assourdissants, des écrans clignotent, je ne vois pas Amélie, elle est cachée par une nuée de tuyaux, des couvertures isothermes, des perfusions, des poches en plastique pleines de liquide transparent ou rouge. En m'apercevant, un médecin s'écarte.

Amélie est là. Pâle. D'une pâleur effrayante. Ses yeux sont immenses. Étonnés, comme ceux d'Hadrien. Mais étonnés par autre chose.

Je prends sa main. Elle est froide, inerte.

— Amélie ? Amélie, tu m'entends ?

Elle se tourne vers moi. Elle me fixe. Son regard est doux, presque serein.

Sa voix est à peine audible.

— Chéri, je t'aime. Tu prendras soin des enfants, tu me le promets ?

Ma gorge est sèche. Mes oreilles bourdonnent. Ma tête va imploser.

— Non, Amélie, ne dis pas ça. Tu vas vivre. Tu vas vivre, Amélie !

Le médecin me prend par les épaules, il me décale sur le côté. Les pompiers installent un masque à oxygène, saisissent les perfusions, les écrans, les couvertures, ils basculent Amélie sur une civière, avec professionnalisme, avec précaution, sans paniquer, je ne veux pas pleurer, je ne peux pas pleurer, je vois le regard d'Amélie.

Je vois l'abîme.

2

16 juin 2018

J'avais préparé un fondant au chocolat, son dessert préféré. Pour la première fois depuis sept ans, j'organisais une vraie fête d'anniversaire. Avant, je n'y arrivais pas. Trop d'émotion. Trop de souvenirs qui remontent. Trop de chagrin. Et puis Hadrien n'avait jamais eu beaucoup d'amis. Jusqu'à cette année. Il semblait enfin s'ouvrir aux autres.

Bruit de sonnette. Antonin, son grand copain, le plus turbulent de la classe, un paquet cadeau sous le bras. Hadrien a le don pour s'entourer des enfants les plus agités, des enfants comme lui. C'est un casse-tête avec les maîtresses. Il a une révolte sourde qui gronde en lui. Il se met parfois dans des états de colère effroyables. Mais Hadrien est un cœur.

Quand il sourit, avec ses yeux malicieux, il fait fondre n'importe qui. Même ses maîtresses n'arrivent pas à lui en vouloir. Encadrée par une épaisse chevelure à grosses boucles brunes, une bouille d'enfant espiègle qui sait ce qu'il veut.

J'aime à part égale nos deux enfants. D'un amour profond, intense, immense. Romain est brun lui aussi, les cheveux raides. À douze ans, il est drôle et pénible, toujours prêt à faire des blagues plus ou moins vaseuses. Il cache sa sensibilité derrière ses pirouettes. Un vrai pré-ado. Très complices, ils s'adorent et se détestent selon le moment de la journée. Les deux frères se cherchent en permanence, chien et chat, deux faces d'une même pièce, inséparables. Romain aurait pu rejoindre ses copains, mais il a préféré m'aider à orchestrer l'anniversaire de son frère. Il a filé à la supérette du coin acheter les ingrédients qui manquaient pour le gâteau.

Nouveau coup de sonnette.

Emma, Nicolas, Kévin, Hugo... Les amis arrivaient avec leurs parents, bien contents de gagner quelques heures de liberté en les laissant à la maison. Hadrien avait enfin oublié ses angoisses, il souriait, s'amusait. Ce matin encore, il m'avait dit que finalement il ne voulait pas de fête, qu'il fallait tout annuler, qu'il allait partir de la maison quand ses copains arriveraient. Je l'avais pris dans mes bras, je l'avais calmé, comme à chaque fois.

À l'âge de trois ans, quand j'avais parlé de mes inquiétudes à la pédiatre, elle m'avait dit qu'il n'était pas hyperactif, juste le degré en dessous. Très sensible, mais pas de la même façon que son frère : trop sensible. À fleur de peau. Et dynamique, trop dynamique. Hadrien court partout. Il n'a pas conscience du danger. Je suis mort dix fois, le souffle coupé et le cœur en carafe, en le voyant traverser sous le nez d'une voiture, sauter d'un parapet, dévaler la rue en trottinette.

Il n'a pas peur, sauf la nuit.

Les premières années, il ne dormait presque pas. Il arrivait dans mon lit au milieu de la nuit en disant qu'il avait vu des fantômes. Je le rassurais en lui massant doucement la tête et en lui interdisant de regarder des dessins animés trop angoissants avec son frère. Même Scooby-Doo, c'était compliqué.

La fête battait son plein. J'avais ouvert en grand la large baie vitrée. Les enfants allaient et venaient entre le jardin et le salon. Nous habitions toujours dans le trois-pièces en rez-de-chaussée que nous avions acheté avec Amélie, rue Daillon, dans le quartier du Mourillon, sorte de village proche de la mer enclavé dans la cité. Dans ce vieil immeuble qui avait miraculeusement échappé aux bombardements de Toulon pendant la Seconde Guerre mondiale, la valeur de cet appartement de plain-pied tenait surtout au petit jardin qui permettait de profiter d'un extérieur en étant à deux pas du centre-ville. Je n'avais pas eu le courage de m'en séparer, même si tous les souvenirs qui emplissaient ses murs me donnaient parfois le vertige.

Nos hôtes sautaient sur le canapé, ils avaient étalé tous les Lego dans le salon, jouaient avec les dizaines de ballons que nous avions passé une demi-heure à gonfler. Romain endossait le rôle de nounou en canalisant comme il pouvait ce flot d'énergie. Emma voulait qu'il coiffe ses cheveux pendant qu'il construisait une base intergalactique avec Antonin. L'ambiance était joyeuse. Mais il allait falloir que j'y mette un peu d'ordre en lançant le goûter d'anniversaire et le jeu de l'oie que j'avais prévus, sinon tout allait forcément partir en vrille à un moment ou à un autre.

Je regardais tous ces visages pleins de joie et d'insouciance, et soudain je remarquai que je ne voyais pas Hadrien. Il y avait là une dizaine d'enfants qui criaient et s'agitaient en riant, mais pas de trace de lui. Je demandai à Romain s'il avait vu son frère. Non, pas depuis un moment.

J'allais voir dans la chambre des garçons qui donnait sur la rue. Ils dormaient dans deux lits superposés, ce qui était de moins en moins pratique en grandissant. Romain réclamait son indépendance, il voulait son espace. Mais en étant « père célibataire », difficile de trouver un appartement aussi agréable avec trois chambres à un prix accessible.

J'ouvrais la porte. Hadrien était là, assis sur le lit du bas, tout seul. Il avait pris mon téléphone et regardait des bandes annonces de dessins animés, comme il aimait souvent le faire. Je m'approchais de lui, la gorge serrée.

— Tu ne viens pas jouer avec tes copains ?

— Je n'ai pas de copains. Je veux rester seul.

— Mais si, Hadrien, tu as des copains et des copines. Ils sont tous venus pour toi aujourd'hui, c'est super, non ?

— Je m'en fiche. Ils ont qu'à jouer ensemble. Je ne veux pas jouer avec eux.

— Ça va être l'heure de ton gâteau d'anniversaire. Il faut que tu viennes pour souffler les bougies.

— Non, je viens pas.

— Mais tout à l'heure, tu t'amusais bien, tout allait bien. Qu'est-ce qui s'est passé ?

— Je ne veux pas en parler.

— Dis-moi, c'est important Hadrien.

— Non.

— Il faut que tu me dises. J'ai besoin de savoir. Qu'est-ce qu'il se passe ?

— *J'ai vu maman.*

— ??

— Maman m'a souhaité un bon anniversaire.

Un flot de larmes collé derrière mes paupières. Ne pas pleurer.

Je pris Hadrien dans mes bras.

— Tu sais bien que ce n'est pas possible. Je suis sûr que, d'où elle est, maman pense à toi. Mais elle ne peut pas être ici.

— Maman est là.

Malgré moi, je tournai la tête et regardai la chambre vide. Cette chambre où nous dormions avant la naissance d'Hadrien. Comme elle était plus grande, j'avais préféré installer les garçons ici. Mais surtout, elle était encore imprégnée du souvenir d'Amélie, impossible pour moi d'y dormir sereinement.

Le décès d'Amélie était resté comme un tabou entre nous. Je lui avais toujours parlé de sa maman, bien sûr. Je lui avais montré les photos, j'avais partagé avec lui et son grand frère tous les souvenirs « d'avant ». Malgré tout, il restait une zone d'ombre. Une sorte de trou noir blotti dans un coin qui engloutissait tout si on n'y prenait garde. On savait qu'il était là, juste à côté de nous, mais on faisait comme s'il n'existait pas.

Comment parler de la disparition de leur maman à ses enfants ? J'avais vu un psychologue, longtemps. Il m'avait dit qu'il ne fallait surtout rien cacher, qu'il fallait tout leur expliquer, avec des mots adaptés à leur âge. J'avais essayé. Mais le trou noir était toujours là.

— Hadrien, viens avec moi. Si ta maman est là, je suis sûr qu'elle ne veut pas que tu restes tout seul dans la chambre. Elle veut que tu ailles jouer avec tes amis.

Hadrien avait levé ses yeux vers moi. Après une longue hésitation, il m'avait tendu sa petite main. Une petite main qui avait encore la peau douce des bébés. Une petite main d'un enfant de sept ans.

Nous étions retournés dans le salon pour fêter son anniversaire.

3

J'étais en retard. Comme toujours. J'avais dit à la nounou qu'elle n'avait pas besoin de venir chercher Hadrien à l'école, que je serais là pour assister au spectacle de fin d'année.

Je suis journaliste. Correspondant de France Info Tv au bureau de Marseille. Ce jour-là, j'avais couvert la visite d'un ministre venu « à la rencontre des agriculteurs » dans les Alpes du Sud. Une visite au pas de charge, un direct pour midi, un sujet pour le soir, un ministre qui n'avait fait que passer, des agriculteurs déçus, quatre heures de route aller-retour et je courais pour arriver à l'école avant le début du spectacle.

Quand j'entrai dans le gymnase, la salle était comble, tous les parents étaient là. La représentation avait commencé. Romain était debout dans le fond, il me fit un signe pour que je le rejoigne. Il avait fini ses cours, il avait promis à son frère qu'il serait là pour l'applaudir sur scène.

Avec leur professeur de musique, les élèves avaient préparé une série de tableaux. Hadrien était assis sur une chaise d'écolier. Il tenait des maracas qu'il secouait sans grande motivation à intervalles plus ou moins réguliers. Romain fit des gestes exagérés pour lui montrer que nous étions tous les deux arrivés. Il finit par nous voir. Un large sourire se dessina sur son visage et alluma un petit feu de camp à l'intérieur de ma poitrine. Je pouvais enfin souffler.

Les tableaux se succédèrent, les élèves échangeaient leurs instruments de musique à chaque nouvelle séquence. Hadrien participait avec davantage de bonne volonté. Pas autant quand même que certains enfants placés sur le devant de la scène qui chantaient avec une belle application. La justesse et la délicatesse n'étaient pas toujours au rendez-vous, mes tympans résonnaient douloureusement. Le professeur de musique exhibait un sourire crispé en grondant du regard ses jeunes talents pas tous prometteurs. La plupart des parents souriaient béatement en espérant que ça n'allait pas durer trop longtemps.

Nous étions debout depuis plus de trois quarts d'heure. J'avais les jambes qui fourmillaient. La chaleur devenait suffocante. Une certaine impatience commençait à se faire sentir dans l'assemblée, sauf sur les planches où les élèves avaient pris de l'assurance et où l'enseignant avait bien du mal à maintenir un semblant d'ordre. Je songeais aux factures à régler, aux chaussures à acheter pour les garçons parce qu'ils avaient encore grandi, à la machine à laver que je devais à tout prix lancer ce soir sinon Hadrien n'aurait pas ses affaires de sport demain, au sujet que je devais tourner sur une épicerie-bar-resto-Poste-dépôt-de-pain qui devait ouvrir dans un petit village où il n'y avait plus rien, bref, je subissais la charge mentale habituelle quand Romain me donna un coup de coude.

— Papa, regarde Hadrien ! Tu le trouves pas bizarre ?

Je levai la tête vers la scène. Un joyeux tohu-bohu avait envahi le gymnase. Les enfants jouaient, dansaient et chantaient à tue-tête, en ne prêtant plus guère d'attention à leur professeur qui secouait frénétiquement sa baguette de chef d'orchestre. Au milieu de ce décor rempli de gaieté et d'insouciance, quelque chose ne collait pas. Comme dans ces dessins submergés de personnages où vous passez de longues minutes à chercher Charlie. Quelqu'un était noyé dans cette ambiance de cour de récré, mais ce personnage détonait.

C'était Hadrien.

Sur le côté de l'estrade, il était assis sur sa petite chaise, un tambourin entre les mains. Et il ne faisait rien. Il avait les yeux dans le vide, absent. Il était le seul de tout le groupe à ne pas prendre part à la fête.

— Franchement, il est *space*, Hadrien ! Qu'est-ce qu'il a, encore ?

— Je ne sais pas, Romain. Tu sais bien que ton frère est toujours un peu à part.

— Oui, mais là, franchement, moi, il me fait peur.

— Il doit penser à autre chose. Il n'a pas dû être très attentif en classe et il ne sait plus trop quoi jouer avec son tambourin.

— Arrête, papa, un tambourin, c'est pas très compliqué, quand même !

Le spectacle s'était terminé sans qu'Hadrien ne manifeste plus d'intérêt à ce qui se passait autour de lui. À plusieurs reprises, le professeur avait essayé d'attirer son attention en brandissant sa baguette avec un air courroucé. Sans résultat.

Au moment des applaudissements, quand le chahut avait atteint un niveau assourdissant, il était revenu parmi nous. D'un coup, son regard s'était de nouveau éclairé. Il s'était relevé de sa chaise, avait salué maladroitement avec tous les autres. Quand tous les enfants s'étaient dispersés comme une nuée d'oisillons, il était venu vers nous avec un petit sourire triste.

Je l'avais pris dans mes bras en le serrant de toutes mes forces. Romain s'était joint à nous et nous avions fait un « câlin à trois ». Comme nous aimons le faire quand nous avons besoin de nous retrouver et de sentir que nous formons une famille. Au bout d'un long moment, nous nous étions décollés, je m'étais agenouillé pour être à la hauteur d'Hadrien, et je l'avais regardé au fond des yeux.

— Dis-moi, pourquoi tu ne participais plus au spectacle à la fin ? Tu ne te rappelais plus ce que tu devais jouer ?

— J'ai encore vu maman.

— Arrête avec ça, ce n'est pas possible, c'est absolument impossible, je te l'ai déjà dit !

— Elle était entre Romain et toi. Tu ne l'as pas vue ?

J'ai pensé que, heureusement, il y avait trop de bruit pour que son frère ait entendu ce qu'il venait de dire. J'ai de nouveau serré Hadrien dans mes bras, très fort, trop fort, à le faire étouffer, une boule énorme dans la gorge. Romain nous regardait sans comprendre.

— Papa, tu me fais mal.

J'ai desserré mon étreinte.

— Excuse-moi, mon chéri.

J'ai essayé de reprendre mes esprits. Romain nous fixait avec des yeux ronds.

— Allez, les gars, on va fêter ça. C'était un beau spectacle, non ? Je vous offre une glace, un goûter, ce que vous voulez.

Nous étions repartis tous les trois. Hadrien avec un air songeur, Romain qui haussait les épaules et moi qui étais perdu.

4

Nous étions arrivés depuis une semaine à Porto Recanati, en Italie, sur la Côte Adriatique.

J'avais gardé l'habitude d'aller chaque année une partie du mois d'août dans cette petite station balnéaire qui avait su se préserver des barres de béton réservées au tourisme de masse.

C'est là que nous venions passer nos vacances avec Amélie.

Elle y venait avec ses parents depuis qu'elle était née. C'était une tradition dans la famille. Des cousins éloignés, des amis d'enfance originaires de la région, une communauté d'immigrés italiens dispersée en France et un peu partout dans le monde se retrouvait là, sur un bout de plage publique qui avait échappé à la voracité des promoteurs.

Du sable qui s'infiltre partout, un champ de parasols, des effluves de crème solaire, a priori tout ce que je déteste.

Mais au fil des ans, j'avais appris à aimer cet espace hors du temps où l'on retrouvait chaque année les mêmes personnes comme pour faire un point d'étape dans notre vie. Un décor qui ne change pas, immuable, une balise rassurante, un point fixe dans un univers en mouvement perpétuel. Cette année, Élodie et Florent avaient eu une fille, Silvia avait décroché un travail en Australie, Enzo avait divorcé, Serge avait pris sa retraite, c'était comme un concentré de l'évolution du monde.

Hadrien et Romain aimaient venir ici renouer avec leurs copains et copines de vacances. Je pensais que ce point de stabilité était bon pour eux. On y rejoignait leurs grands-parents qui avaient pris une grande importance. Ils s'étaient attachés aux enfants plus que de raison. Ils voyaient en eux l'image de leur propre fille. Avec mon seul salaire, le budget vacances était très limité. Je louais un petit appartement avec vue sur mer, un luxe inaccessible si nous avions été sur la Côte d'Azur.

— Papa, papa ! On va rejoindre Jules et Julie sur la plage !

Depuis que l'école était terminée, Hadrien affichait un enthousiasme que je lui avais peu connu. Il débordait d'une bonne humeur communicative qui s'effaçait parfois brusquement mais qui me donnait l'espoir qu'il allait sortir de cette profonde tristesse qui l'habitait depuis toujours.

La chaleur ici était la plupart du temps supportable. La brise du large qui soufflait régulièrement adoucissait le fond de l'air, mais le thermomètre semblait vouloir battre un nouveau record. J'étais torse nu, déjà en long short de bain, les tongs aux pieds, ambiance détente toute la journée. Je prenais les affaires de plage et suivais les deux garçons qui couraient déjà devant avec Croc-croc, grosse bouée verte en forme d'alligator, des frites de piscine et un masque de plongée qui ne servait pas à grand-chose sinon à voir sous l'eau la vaste étendue jaune-beige qui s'étendait, comme le déclamaient les enfants, « vers l'infini et au-delà ».

Le sable était déjà brûlant. Je marchais vite jusqu'à un emplacement proche de la chaise haute des maîtres-nageurs. Avec leur short et leur tee-shirt rouges, leur bouée oblongue, sifflet accroché au cou et démarche chaloupée, ils donnaient l'impression de sortir tout droit d'un vieil épisode *d'Alerte à Malibu*. J'étais rassuré de savoir qu'ils n'étaient jamais loin, l'œil rivé sur l'horizon des baigneurs.

Il n'y avait pas de place attitrée, pas de transats accrochés à leurs parasols rigoureusement alignés comme sur toutes ces plages privées qui polluent le littoral italien. Mais une drôle de coutume s'était instaurée. Beaucoup venaient très tôt le matin pour le rituel du « planté de bâton ». Ils plantaient le parasol pour être « en première ligne » face à la mer, déposaient les chaises pliantes, et repartaient chez eux. Ils revenaient plus tard dans la matinée pour ouvrir leur ombrelle, déplier les chaises et profiter de leur avant-poste.

À l'heure tardive où j'arrivais, beaucoup de monde était étalé sur les serviettes. Je me faufilais entre les champignons colorés et rejoignais les garçons. Ils avaient déposé une bise sur les joues de leurs grands-parents avant de sauter dans la mer avec Jules et Julie. Je saluai Pierre et Francesca. Quand Amélie était partie, le cataclysme avait été si puissant que sa mère en avait nourri un cancer de l'intestin qui ne lui avait laissé guère de répit pendant de longues années. Une partie de l'intestin grêle avait dû lui être enlevée. C'était une femme délicate et volubile, toujours tirée à quatre épingles, chic jusque sur la plage où elle exposait fièrement son dernier maillot Eres.

Pierre était plus réservé. Il avait subi le choc en silence, gardant la douleur enfouie derrière une placidité bienveillante. Chaque année, au moment de l'Anniversaire, il avait pris l'habitude de parcourir le chemin de Saint-Jacques-de-Compostelle. Une marche en solitaire, une façon pour lui de renouer avec sa fille. D'étape en étape, il avait traversé le Massif Central, les Pyrénées, le nord de l'Espagne, il devait arriver au bout du chemin l'année prochaine.

Depuis que Francesca allait mieux, le couple s'était lancé un défi. Ils s'étaient inscrits à un cours de danse et s'exerçaient chaque semaine sur des rythmes de rock'n'roll. Un hobby improbable qui les avait ressoudés et leur avait donné une nouvelle jeunesse, malgré tout.

— Les enfants ont bien dormi ?

— Oui, Hadrien n'a pas fait de cauchemars cette nuit. Il n'a pas réveillé son frère. Ils se sont levés vers 9 heures, une vraie grasse mat' !

— Super ! Vous allez voir, l'eau est chaude, ce matin, c'est un vrai plaisir.

Francesca, comme son mari, optait pour le vouvoiement en toute circonstance. Cette distance entretenue m'avait longtemps troublé, mais j'avais fini par y trouver un charme désuet. Francesca affichait un large sourire. Les garçons étaient devenus sa dopamine, sa raison de vivre. Ils étaient pour le moment leurs uniques petits-enfants. Quand ils étaient là, elle oubliait toutes ses angoisses. Amélie avait une petite sœur, Nathalie, qui n'avait pas supporté son départ. Du jour au lendemain, elle avait tout quitté pour s'exiler en Thaïlande. Elle avait longtemps travaillé dans l'hôtellerie avant de rencontrer le responsable régional d'un grand groupe de transport maritime, un Anglais qui venait de divorcer. Elle vivait à présent avec lui à Dubaï où il avait été muté par son entreprise. Elle y avait fondé une start-up qui facilitait l'atterrissage des expatriés. L'éloignement brutal de sa seconde fille avait été une nouvelle blessure pour Francesca, comme une double peine.

Je bifurquai vers Carole et Jérémie, les parents de Jules et Julie. Je déposai ma serviette à leur côté.

— Salut les nazes ! Vous attendez la vague ?

— Nickel, mec ! Tu arrives pile-poil pour le ferry !

Vers 11 h 30, la « vague du ferry » donnait à la plage un air de piscine à vagues. Le lourd catamaran qui revenait de Corfou créait au large, avant de réduire sa vitesse pour arriver au port d'Ancône, une série de vagues qui venaient s'échouer sur le rivage.

Jérémie était prof de surf. Il en avait l'apparence exacte. Blond, tablettes de chocolat et muscles saillants, bronzé toute l'année. Il s'amusait lui-même de son faux look de Brice de Bayonne. Cette petite famille du bonheur vivait là-bas. Un beau couple, de beaux enfants, une belle maison, je me demandais souvent ce qui clochait dans ce tableau idyllique. Tant de bonheur cachait forcément quelque chose... Mais non, j'étais jaloux, tout simplement.

Carole avait noué des liens très serrés avec Amélie. Elle n'osait jamais m'en parler, ce qui créait toujours un malaise quand on se retrouvait. Amélie était toujours là, présente, insaisissable. Elle hantait toutes nos conversations, elle apparaissait à l'évocation du moindre souvenir. Le trouble était le même avec tous les amis que nous avions en commun. Pendant longtemps, j'avais limité les contacts au strict minimum.

— La vague !!

Le cri, joyeux, avait traversé la plage. Tout le monde se précipita dans l'eau. Elle était apparue au loin, une ridule sur la Méditerranée. Elle n'était pas bien haute, quelques creux de peut-être un mètre, mais c'était assez pour pouvoir s'amuser quelques minutes en famille.

Hadrien et Romain étaient déjà en place. Hadrien était à califourchon sur Croc-croc, prêt à défier ce mini-tsunami. Mais la vague grossit étrangement. Plus elle s'approchait, plus elle grossissait, bien plus haute que d'habitude. Tout à coup, la rumeur enfla. Je voyais un premier creux d'au moins deux mètres se former, pas une vague hawaïenne, moins que la marée de Biarritz, mais suffisamment profond pour surprendre tout le monde. Le ferry avait dû naviguer plus près ou dépasser la vitesse autorisée à l'approche des côtes. Je vis Croc-croc soulevé dans les airs et les jambes d'Hadrien basculer en arrière. Je me jetais à l'eau comme un fou. Romain savait nager sans difficulté. Hadrien, lui, avait quitté ses brassards depuis peu de temps. En bon second de cordée, il avait toujours voulu tout faire comme son frère et avait appris assez vite à nager. Mais il n'était pas encore tout à fait à l'aise et la terreur m'envahit tandis que je franchissais les rouleaux. La plage descendait en pente douce, il fallait aller à bonne distance pour perdre vraiment pied. Mon petit bonhomme de sept ans était allé trop loin et il n'était pas le seul à s'être fait piéger. Des cris surpris et affolés fusèrent de tous côtés.

J'arrivais à la hauteur de Croc-croc, le souffle court. Hadrien était accroché à sa bouée comme à une planche de salut. Il avait les yeux rougis par le sel, de grandes billes effrayées, il ne me vit pas tout de suite.

— Hadrien, je suis là, respire mon grand !

Il avait bu la tasse, il expirait à grands bruits.

— Papa, j'ai cru mourir, c'était horrible !

— Tout va bien, la vague est passée, ne t'inquiète pas.

Romain nous rejoignit, mort de rire.

— Ouah, papa, t'as vu ça !? C'était génial ! Je n'ai jamais vu une vague aussi haute !

— Ton frère non plus.

Hadrien toussota, il reprenait des couleurs.

— C'est Croc-croc qui m'a sauvé !

— Je ne te laisse plus partir aussi loin, avec ou sans Croc-croc. Tu ne sais pas encore assez bien nager.

Nous sommes revenus nous sécher sur la plage, au milieu des parents inquiets et des ados hilares. Jules et Julie, plus prudents, se baignaient près du rivage. Ils avaient juste été un peu secoués et s'étaient bien amusés.

— Il faut toujours se méfier de la Méditerranée !

Jérémie me souriait du coin de l'œil.

— N'exagère pas, elle n'est quand même pas aussi dangereuse que ton Atlantique ! C'était juste un mauvais coup du ferry.

— Ne te fie pas à son calme. Tu sais bien que la Méditerranée est plus capricieuse que l'Atlantique. Un thermique un peu violent, et en une demi-heure elle se transforme en furie déchaînée.

— Ça, c'est sûr.

— Tu te rappelles de ces trois jeunes qui sont morts noyés, là, juste en face ?

Je regardai l'horizon avec cette mer bleue presque turquoise qui s'étalait paresseusement. Impossible d'imaginer qu'elle avait pu engloutir des hommes dans la force de l'âge. J'avais souvent entendu parler de ces trois jeunes Français en vacances qui étaient partis pêcher sur une barque, par temps calme, une belle fin d'après-midi. On ne les avait jamais revus. On n'avait jamais retrouvé leur embarcation. Les théories les plus folles avaient circulé, du cargo qui les aurait éperonnés au monstre sorti des abîmes qui les aurait dévorés tout crus. Je n'avais même jamais été sûr que cette histoire soit vraie.

— Arrête, c'est juste une légende urbaine, enfin, de plage.

— Détrompe-toi, c'est possible. En Atlantique, on a les baïnes. Ici, ça ne se voit pas, mais il y a aussi des courants sous-marins qui peuvent créer des tourbillons et t'avaler sans que tu aies le temps de dire ouf !

Sans que je sache vraiment pourquoi, une angoisse sourde s'était emparée de moi. Je me tournai de nouveau vers cette vaste étendue plate en regardant Hadrien et Romain qui étaient repartis jouer dans l'eau comme si rien ne s'était passé.

5

J'entends un bruit.

Je dresse une oreille dans un demi-sommeil moite.

Il doit être trois heures du matin, il fait peut-être 30 degrés dans la chambre.

Instinctivement, je regarde vers la porte qui est restée ouverte pour laisser entrer un peu d'air.

Et là, je vois sa silhouette passer.

Comme ça.

Sa silhouette, très rapidement, juste elle passe.

Avec son pyjama blanc, on dirait un petit fantôme.

Dans les vapeurs de mon sommeil, je comprends qu'il se dirige vers le balcon qui donne sur la plage.

J'entends un choc. La baie vitrée est fermée.

Je me dis « il s'est pris la vitre, heureusement, sinon il serait capable de passer par-dessus la rambarde ».

La silhouette repasse dans l'autre sens.

Je me lève, en prenant soin de ne pas faire grincer le lit.

Je me glisse dans la chambre d'à côté.

Son frère dort à poings fermés, allongé en travers, les draps repoussés.

Le lit d'Hadrien est vide.

Je sens un frisson me paralyser le dos.

J'essaie de respirer calmement, mes yeux fouillent l'obscurité.

J'entends comme un petit souffle derrière moi.

Je me retourne. La salle de bains est juste en face de la chambre des enfants.

Hadrien est là.

Il fait pipi devant la cuvette des toilettes. Mais il n'a pas baissé son pyjama.

Le pipi se répand sur son pantalon, par terre.

Il a les paupières fermées.

Je m'approche, tout doucement.

Je lui dis « Hadrien, mon chéri, qu'est-ce que tu fais ? »

Il relève ses paupières. Il a les yeux grands ouverts, il regarde fixement devant lui, ou plutôt non, il a les yeux fixés dans le vide, droit devant, il regarde, mais il ne voit pas.

Je suis tétanisé.

C'est peut-être simplement une crise de somnambulisme. Mais non, *je sens qu'il y a autre chose.*

Je rassemble ce qui me reste de courage, je me baisse, je murmure dans un souffle.

— Hadrien, je suis là, papa est là. Dis-moi ce qui se passe.

D'un coup, son regard reprend vie. Il me sonde avec un air étonné.

— Hadrien, je t'en prie. Il faut que tu me dises.

Il hésite un long moment.

Et puis :

— Papa, je les ai vus.

— Qui tu as vu ?

— Quand j'étais sous la vague. Ils m'ont parlé. Ils m'ont parlé dans ma tête.

— Qui t'a parlé ?

— Les trois garçons.

Une boule dans ma gorge. Je n'arrive pas à respirer.

— Ils m'ont fait peur. Au début, je ne comprenais pas ce qu'ils disaient.

— Ils... ils étaient comment, ces garçons ?

— C'était bizarre, ils étaient dans l'eau, tout habillés. Ils avaient du mal à nager.

— Et... et qu'est-ce qu'ils t'ont dit ?

— Ils m'ont dit qu'ils s'étaient disputés. Ils étaient en train de pêcher. Il faisait nuit. Ils avaient des lampes de poche. Et puis, à un moment, ils se sont disputés. Pour des bêtises. Ils m'ont dit que c'était à cause d'une fille. Il y en a un qui a donné un coup de rame à l'autre. Le troisième garçon n'était pas content. Alors lui aussi il a reçu un coup de rame. Il y a eu une grosse bagarre. Ça a été terrible. Ils regrettent. Ils m'ont dit qu'ils regrettaient. Surtout celui qui a donné des coups de rame. Il ne voulait pas. Ça a été plus fort que lui. Il n'a pas pu s'empêcher. La barque s'est renversée. Dans la nuit, ils ne voyaient rien. Il y avait beaucoup de courant. Ils étaient emportés vers le large. Celui qui a donné les coups de rame a nagé pour rejoindre le rivage. Mais il était loin. Très loin. Il avait froid. Il s'est noyé. Comme les deux autres. Ils se sont tous noyés.

Hadrien a tout dit d'un trait. Comme un automate.

— Papa, j'ai froid.

J'attrape ses mains. Elles sont glacées. Je les frotte dans les miennes. Je les réchauffe comme je peux.

J'enlève son pyjama tout mouillé et je lui fais prendre une douche bien chaude, au milieu d'une chaleur suffocante.

6

— Votre fils est tout à fait normal.

Le psychiatre avait lancé son diagnostic en enfonçant son regard dans le mien.

— Vraiment, je ne décèle aucun trouble de bipolarité, pas de symptôme de schizophrénie, pas de signes de psychose hallucinatoire, je suis formel.

Je sentis un immense soulagement inonder mon corps. Pour la première fois depuis plusieurs jours, je respirais mieux.

Nous étions partis précipitamment de Porto Recanati. J'avais écourté nos vacances là-bas. Impossible de nager paisiblement dans une mer où j'avais l'impression de voir trois cadavres flotter chaque fois que je plongeais la tête sous l'eau. Hadrien, lui, n'avait pas l'air trop perturbé, il m'assurait que ça ne le gênait pas du tout de se baigner, qu'il n'avait plus revu les trois garçons. Le plus énervé était Romain. Il ne comprenait pas pourquoi j'avais bouclé les valises en urgence. J'avais prétexté un problème de boulot, les séquences d'un magazine à tourner, ça n'était pas prévu, ça ne pouvait se faire que là, maintenant, j'étais vraiment désolé mais c'était comme ça.

Pendant tout le trajet du retour en voiture, Romain n'avait pas pipé mot. Il s'était muré dans une mauvaise humeur épouvantable, accroché à sa Nintendo. Hadrien, au contraire, prenait le contre-pied de son frère, ce qui l'énervait encore plus. Il commentait le paysage, blaguait, rigolait.

— Bon, de toute évidence, votre fils a une certaine précocité. Même si je n'aime pas ce terme. On l'emploie à tout bout de champ aujourd'hui, on a l'impression que tous les enfants sont précoces. Vous pourriez faire évaluer son QI, mais ce n'est pas une obligation. Je vous conseille d'attendre un peu pour voir comment il évolue.

La précocité, un vrai problème. Hadrien avait toujours semblé inadapté à l'école. Visiblement, il ne rentrait pas dans le moule. On m'avait dit qu'il s'ennuyait peut-être en classe. Pourtant, il avait mis du temps à apprendre à lire et à écrire, à se familiariser avec les calculs. Quand il avait le déclic, tout allait très vite. À partir du moment où il avait réussi à tracer de belles lettres avec son stylo plume, à ne plus inverser les b et les d, les p et les q, il s'était mis à prendre du plaisir à écrire. Mais s'il ne comprenait pas ce qu'il faisait et pourquoi il devait le faire, il se braquait, impossible d'aller plus loin. Les devoirs devenaient une épreuve de force. Certains soirs, on s'y noyait plusieurs heures déchirées d'énervement et de hurlements.

Avant d'aller à l'école, comme il n'y avait pas de place en crèche, il avait eu une assistante maternelle fabuleuse qui l'occupait toute la journée, lui lisait des contes, lui apprenait à dessiner, l'emmenait voir des spectacles. Tout s'était gâté quand il était entré en maternelle. Il avait eu la malchance d'échouer avec une maîtresse qualifiée d'« hystérique » par de nombreux parents. Elle criait pendant les cours, infligeait des punitions à tour de bras. Un enfant vomissait tous les matins avant d'aller en classe, plusieurs avaient développé des phobies scolaires. Une pétition avait circulé quand on avait appris qu'elle avait traîné un petit garçon de trois ans par les cheveux jusqu'au tableau parce qu'il ne connaissait pas les jours de la semaine. Il y avait eu des contrôles de l'inspection académique où elle avait fait bonne figure. Comme elle était une amie intime de la directrice de l'école, il ne s'était rien passé jusqu'à ce qu'elle parte finalement à la retraite, une délivrance pour les élèves et leurs parents.

Hadrien avait mis de nombreuses années à s'en remettre. J'avais beaucoup culpabilisé en me demandant comment j'aurais pu l'arracher à ses griffes. J'avais essayé de lui faire intégrer une école alternative comme Freinet ou Montessori. Pour Freinet, la liste d'attente était interminable et l'école était située à l'autre bout de la ville. Pour Montessori, les frais de scolarité étaient bien trop élevés pour que je puisse l'y inscrire.

Heureusement, pendant les années qui avaient suivi, Hadrien avait eu des maîtresses nettement plus bienveillantes et pédagogues qui l'avaient peu à peu réconcilié avec le goût d'apprendre. Sacré boulot que celui d'éduquer une classe de vingt à trente gamins qui, pour la plupart, n'ont qu'une envie, se lever de leur chaise pour aller jouer dans la cour de récré. Sacré boulot aussi que celui d'être parent.

— Alors, qu'est-ce que je peux faire, docteur ?

— Rien. Vous savez, les enfants se racontent souvent des histoires. C'est humain, on aime tous les histoires. À la différence que quand on est enfant, on a une fâcheuse tendance à prendre ce qu'on imagine pour la réalité.

— Oui, mais là, je vous assure, ça allait beaucoup plus loin. C'était vraiment... terrifiant.

— Ne vous inquiétez pas. Ça va finir par se calmer. Il va grandir, tout ira mieux d'ici quelque temps.

Je réglais la consultation avec carte vitale et carte bleue, enfilais ma veste et sortais du bureau.

Dans la salle d'attente, Romain jouait nerveusement avec sa Nintendo pendant qu'Hadrien lisait une bande dessinée qu'il avait empruntée sur la table basse.

— Pas trop tôt ! bouillonna Romain, toujours furieux.

— Coucou papa ! Alors, ça a été, avec le docteur ? m'interpella Hadrien avec un air joyeux.

— Très bien, mon bonhomme. On a bien fait de venir le voir. J'y vois plus clair maintenant. Et toi ? Comment ça s'est passé ?

— Oh, il a été très gentil. Il m'a posé plein de questions, il m'a fait dessiner des choses, il m'a fait écrire. J'ai tout bien répondu. J'ai eu une bonne note ?

Je souriais, attendri, une fois de plus.

— Mais non, il ne t'a pas donné de note, ce n'était pas le but. Rassure-toi, il m'a dit que tout allait bien, c'est vraiment super !

Je prononçais ces mots en me forçant moi-même à y croire.

7

Parents et enfants se pressaient sous le préau. Les vacances s'étaient terminées sans incident. Deux mois à occuper, c'est long. Pendant que j'avais repris le travail, Romain et Hadrien avaient bouclé l'été en migrant une semaine chez ma mère en Bretagne et la dernière semaine dans une colo à la montagne. Au retour du camp, ils étaient enthousiastes, ils avaient rencontré plein d'amis qu'ils s'étaient juré de revoir l'année prochaine. Le séjour brutalement écourté en Italie n'était plus qu'un lointain souvenir.

Hadrien retrouvait Antonin, Nicolas, Emma et tous les autres. Ils s'adressaient de timides bonjours en attendant l'appel des maîtresses.

— Tu es avec Odile ? demanda Hadrien

— Oui, répondit Antonin. Toi aussi ?

— Yes ! C'est chouette ! On va encore être ensemble cette année !

Les noms des maîtresses étaient indiqués sur la liste des fournitures scolaires qui nous avait été envoyée par internet. Odile était connue pour être la plus gentille des enseignantes, celle qui suivait l'évolution de chaque enfant, en l'encourageant dans tous ses progrès. J'avais bondi de joie quand j'avais reçu le mail. J'étais sûr qu'Hadrien allait passer une bonne année.

Romain observait la scène avec son flegme ordinaire. Il ne reprenait les cours que le lendemain, mais il avait tenu à accompagner son frérot, comme toujours. Dans les moments importants, il savait admirablement jouer le rôle du grand frère.

Hadrien entrait en CE1, Romain allait aborder la 5e. Déjà. L'image d'Amélie se fixa dans ma tête. Elle n'était pas là pour voir grandir nos garçons. Un profond sentiment d'injustice tapissait tous les moments où je la ressuscitais. Quel était *le sens* de tout ça ? *Où* était-elle ? Était-elle *quelque part* ? Comment était-il possible que nous soyons là, nous, perdus sur cette planète au milieu de nulle part, sans qu'il n'y ait aucune explication ? Ça n'avait aucun sens. Mais ça n'était pas possible que ça n'ait aucun sens.

Au lycée, j'avais eu un professeur de philosophie fabuleux, aux allures de Robin Williams, qui avait su embarquer toute la classe dans une sorte de *Cercle des poètes disparus*. Il nous avait incités à rester émerveillés chaque jour, chaque seconde, par le monde dans lequel on vit, par le fait même de *vivre*. *La caverne* de Platon et le « *Je pense donc je suis* » de Descartes m'avaient fasciné. J'essayais d'imaginer un monde à l'intérieur de notre monde qui serait à l'intérieur d'autres mondes. Et si tout n'était qu'illusion ? Et si nous n'existions pas ? Et puis la vie avait suivi son cours. Concrète, terre à terre, avec ses exigences et ses urgences. Les études à terminer, le travail à trouver, les histoires d'amour, l'amour, le couple, les enfants, ce fameux tourbillon du quotidien qui vous emporte et vous engloutit jour après jour.

« Papa, oh papa ! Tu es là ?? C'est l'appel ! »

Hadrien me tirait par la manche pour aller vers le groupe de parents qui s'était constitué autour de la directrice. J'émergeais de la brume de questions qui m'enveloppait.

Amélie, est-ce que tu m'entends ? Est-ce qu'Hadrien dit vrai ?

Ces questions insensées me fichaient la chair de poule, je me sentis glacé de l'intérieur.

Et ridicule.

Autour de nous, il n'y avait que des enfants attentifs ou surexcités, des parents stressés ou volubiles, tout un petit monde qui arrêtait progressivement de chahuter à grand renfort de « chut ! chuuut !! » pour écouter ce qu'allait dire madame la directrice.

Amélie était partie.

Et elle ne reviendrait pas.

Il fallait que je l'accepte une bonne fois pour toute.

La directrice prit un micro grésillant dans ses mains, un puissant larsen vrilla nos oreilles. Elle commença par déclamer la traditionnelle allocution de rentrée. L'année se présentait bien même si le plan Vigipirate allait être encore renforcé, il fallait bien travailler, l'équipe pédagogique était là pour l'épanouissement des enfants… Je repensais à la première maîtresse d'Hadrien avec un haut-le-cœur.

Ce beau discours fini, elle passa à l'appel des élèves, classe par classe. Quand ce fut au tour d'Odile, Hadrien attendait frénétiquement de rejoindre le rang des heureux élus, le rang de ceux qui seraient vraiment contents de venir à l'école tous les matins.

La directrice égrena les noms un à un, dans l'ordre alphabétique.

Camacho Valentine… Eckert Antonin… Escalier David… Farrugia Merlin… Fonters Emma…

Hadrien se retourna vers moi, les sourcils froncés.

— Elle a passé mon nom !?

— T'inquiète, s'empressa Romain, elle a dû se tromper avec la liste.

— Oui, sûrement, ça doit juste être une erreur. J'irai la voir à la fin.

Avant qu'elle ne passe à la liste suivante, je la pris à part.

— Excusez-moi, mais vous avez oublié d'appeler Hadrien.

Elle consulta ses fiches.

— Hadrien ?… Voyons voir… Mais non, Hadrien est dans la classe de madame Giraud.

— La classe de Sylvie Giraud ? Ce n'est pas possible, Hadrien doit être dans celle d'Odile, c'était indiqué sur le mail.

Tous les parents nous observaient, intrigués, se demandant quel était l'objet de ces messes basses et attendant la suite. Elle eut un air gêné.

— Ce n'est pas le moment d'en parler. Venez me voir après.

— Mais...

Elle reprit son micro et me tira sur le côté.

Je tentais de me calmer.

— Qu'est-ce qui se passe, papa ?

— Hadrien, je suis désolé, tu es dans la classe de Sylvie cette année.

— Ah non, papa, je ne veux pas ! Sylvie, elle est méchante, comme Véronique !

Véronique, c'était le nom de sa première maîtresse. Sylvie Giraud avait acquis le triste privilège d'être désignée comme son « héritière spirituelle ». Pourtant, belle jeune femme aux longs cheveux blond platine, bien loin de la retraite, elle ne laissait pas du tout paraître le caractère difficile qui lui était attribué. Elle n'était là que depuis une année scolaire mais plusieurs parents s'étaient déjà plaints de devoir récupérer leur enfant en pleurs à la fin des cours.

— Je vais arranger ça.

— Tu m'avais promis, papa ! Tu m'avais promis que je serais avec Odile !

J'étais empli de colère et de honte. J'avais assuré à Hadrien qu'il aurait une super année, avec une super maîtresse, tous ses copains, je ne voulais pas me dédire devant mon fils et j'imaginais déjà tous les ravages que cela pourrait causer, une année gâchée où il irait à l'école la boule au ventre. Je ne voulais pas revivre ça.

Quand la directrice avait appelé son nom, il bouillonnait. Je l'avais poussé pour qu'il rejoigne les rangs de Sylvie Giraud. Je ne voulais pas créer un esclandre devant toute l'école le jour de la rentrée, c'était le meilleur moyen pour qu'il n'ait aucune chance de changer de classe.

Une fois l'appel fini, tous les élèves étaient sagement montés dans leur salle avec leur maîtresse. Hadrien était parti, sans vouloir tenir la main de son petit camarade de rangée, en me jetant des regards furieux.

J'avais bondi sur la directrice.

— Qu'est-ce que c'est que cette histoire ? Vous savez bien qu'Hadrien a certaines difficultés avec l'école. Il serait très bien avec Odile. Elle est douce, compréhensive, c'est exactement la maîtresse qu'il lui faut !

— Vous pensez ? répliqua-t-elle avec une moue dubitative. Moi, je ne suis pas si sûre. Hadrien cherche les limites en permanence. Je sais bien quelle est votre histoire. J'imagine bien combien cela doit être très difficile pour lui de ne pas avoir sa maman. Mais ça ne doit pas lui servir d'excuse pour faire n'importe quoi. Je pense qu'une maîtresse un peu autoritaire pourra au contraire mieux l'aider. Elle lui sera plus bénéfique pour grandir.

— Hadrien a besoin d'autorité, c'est sûr, mais pas seulement. Il a surtout besoin d'être compris. Si vous le braquez, vous n'obtiendrez rien de lui. C'est un enfant extrêmement sensible.

— Madame Giraud est très bien. Elle saura parfaitement s'occuper de lui.

— Comme votre amie Véronique ?

Elle me décocha un regard passablement irrité.

— N'insistez pas, de toute façon, il est trop tard pour faire des changements.

Elle tourna les talons et rentra dans le bâtiment sans prêter plus d'attention à mes protestations. Romain avait suivi toute la scène, il était aussi atterré que moi.

— Bon, ben, je crois que c'est cuit, papa.

— Ça me désespère !

— Allez, il va s'y faire, Hadrien. Elle n'est peut-être pas si terrible, madame Giraud.

Je serrai les poings.

— J'espère...

8

L'air était limpide, d'un bleu fluorescent. Ce bleu du Sud que j'aimais tant. Nous avions fui avec Amélie le gris de Paris. Je ne supportais plus de me lever chaque matin avec un ciel de béton au-dessus de la tête. Mathias, un ami photographe qui s'était embarqué pour Marseille dans la suite de « l'effet TGV », nous avait invités un jour chez lui. En plein mois de février, tandis que Paris grelottait sous la pluie, nous avions attrapé un petit sac à dos avec un pique-nique, et en moins de vingt minutes nous étions en pleine nature, dans les calanques, réchauffés par un soleil radieux. Mathias avait sorti une bouteille de vin de son sac, nous avions trinqué face à la mer. Il avait lancé : « Si vous le voulez, ce sera comme ça pour vous tous les week-ends ! » Ça nous avait convaincus. Quelques mois plus tard, nous déménagions à Toulon, où Amélie avait postulé pour un poste de responsable de la communication dans une start-up.

La mer, elle, était d'un bleu profond, dense. Les éclats de soleil ricochaient sur sa surface parsemée de quelques moutons. Une légère brise rafraîchissait l'ensemble. Pas de mistral aujourd'hui. Le blanc des roches calcaires et le vert des pins d'Alep complétaient le tableau. C'était magique. Un décor de carte postale. J'aimais venir ici avec les enfants le week-end, dans les calanques entre Marseille et Cassis. Nous avions parcouru ces sentiers tant de fois avec Amélie, j'avais l'impression de sentir sa présence derrière chaque boucle du parcours. Hadrien courait devant à perdre haleine comme un chien fou. Il n'était vraiment à l'aise que dans ces grands espaces, là où il pouvait courir, sauter, escalader, sans que je sois tout le temps sur son dos à lui interdire de grimper au panneau, prendre le prospectus par terre, mettre ses mains sur les murs sales, attention à la crotte de chien ! la dame, là, tu as failli lui rentrer dedans ! attention, le scooter ! attention quand tu traverses ! tu as vu la voiture ? elle allait te renverser !!... Moi aussi, ici, je respirais.

Romain marchait à côté de moi. Il soufflait, pestait, se rebiffait, il en avait marre de mettre un pied devant l'autre, il était fatigué, c'est quand qu'on rentre ? Quand il avait l'âge d'Hadrien, il bondissait comme lui dans tous les sens, il adorait les balades en plein air, loin de la ville, son bruit et sa pollution. Il avait grandi. Il avait changé. Les amis m'avaient prévenu : « Profite des grandes randonnées avec lui, ça ne va pas durer ! Tu vas voir quand il sera ado... » Je ne pensais pas qu'ils auraient à ce point raison.

Hadrien revint vers nous, essoufflé.

— Papa, papa, j'ai vu un dragon !

Je souriais devant cette touchante candeur de l'enfance.

— N'importe quoi, ça existe pas les dragons ! gronda Romain.

Mon sourire se figea. Et si Hadrien me réservait encore une surprise ?

— Il est où, ton dragon ?

— Suivez-moi, je vous le montre !

Il courait déjà sur le chemin devant nous. Il stoppa en haut d'un virage. J'arrivais à sa hauteur, mi-amusé, mi-inquiet.

— Là, regarde !

Cette fois, je partis dans un grand fou rire. Les doutes, le stress de cette rentrée, la fatigue accumulée, tout ressortit dans ce rire incontrôlable, nerveux, incongru au milieu de cet immense silence.

— Ça va, papa ?

Romain me fixait, déconcerté. Je me tenais les côtes difficilement, plié en deux.

— Oui oui, c'est rien... C'est juste une salamandre.

— C'est quoi, une salamandre ? m'interrogea Hadrien.

— Tu vois bien, c'est une sorte de gros lézard. C'est inoffensif, ça ne crache pas des flammes.

La salamandre, jaune et noire, d'une taille assez imposante, nous détaillait avec ses yeux globuleux qui roulaient dans leurs orbites.

Hadrien essaya de l'attraper, elle se faufila sous une pierre.

— C'est un descendant de dragon ?

Il avait encore ces réminiscences de l'enfance. Quand une de ses dents tombait, il se réveillait le matin en cherchant sous son oreiller la pièce d'un euro déposée par la petite souris. À Pâques, il attendait chaque année avec autant d'impatience le passage des cloches. Son frère jouait le jeu avec un sourire en coin. Il s'était mordu plusieurs fois la langue en commandant des cadeaux pour Noël à ses grands-parents devant Hadrien qui ouvrait de grands yeux.

— Les dragons, Romain te l'a dit, ça n'existe pas. Ce sont des légendes, des histoires qu'on invente pour faire peur aux enfants.

— Ah, oui, je sais, on dit que ça n'existe pas. Mais moi je sais qu'il y a des choses, on dit que ça n'existe pas, mais ça existe.

Je me raidis, un frisson venait de nouveau de me traverser. Non, ça n'allait pas recommencer ?!

— Euh… Hadrien, qu'est-ce que tu veux dire par là ?

— Je ne veux pas en parler, papa. Je sais qu'il y a des choses qui existent, c'est tout.

— Pfffeuh, n'importe quoi ! Romain levait les yeux au ciel en secouant la tête. Tu perds la tête, mon frérot !

Je fronçais les sourcils à l'adresse de Romain.

— Ne te moque pas de ton frère. Il est encore petit, il y a des choses qu'il ne comprend pas encore bien.

— Je comprends très bien. C'est vous qui ne comprenez pas. Mais je ne veux pas en parler.

Hadrien avait toujours eu une répartie impressionnante. Il répondait souvent du tac au tac. Je restais médusé, me demandant ce qu'il avait en tête exactement, pendant que Romain soufflait bruyamment. Je n'insistais pas et changeais de sujet.

— Et l'école ? Tu veux bien m'en parler, de l'école ?

— Tout va bien à l'école, papa. Ne t'inquiète pas.

Plus d'une semaine que la rentrée était passée, et pas moyen de savoir s'il s'entendait bien avec sa nouvelle maîtresse. Quand je lui posais des questions sur ses journées, il répondait invariablement :

« Ça s'est très bien passé. »

Ce qui n'avait rien de rassurant.

Il n'était jamais très prolixe sur ses activités à l'école, mais là il devenait quasiment mutique. Et j'avais remarqué qu'il recommençait à avoir des tics. Il avait des périodes avec plus ou moins de tics, presque des tocs. Dès qu'il avait des montées d'angoisse, il se rongeait les ongles, clignait des yeux, se touchait l'oreille toutes les dix secondes, toute une série de gestes automatiques qui me serraient le cœur. Je savais ce qu'ils signifiaient, je savais que cela voulait dire que quelque chose le tracassait, mais que ça ne voulait pas sortir.

Nous avions terminé la balade sous un soleil magnifique. Romain avait continué à maugréer pendant que son frère était reparti chasser les sauterelles et autres terribles créatures. Mais j'avais l'esprit ailleurs, occupé à me demander comment j'allais pouvoir aider Hadrien à vivre mieux.

9

La journée avait été rude. Des trombes d'eau s'étaient abattues sans prévenir sur les Bouches-du-Rhône et le Var. Sainte-Maxime, Fréjus, toute une partie de la côte varoise était inondée. Il avait fallu assurer des duplex et envoyer des images de minute en minute, avec cette sensation redoutable que tout s'accélère, que le réchauffement est une réalité bien concrète, palpable, mais que la prise de conscience n'est toujours pas assez forte, que les dirigeants, les hommes et femmes politiques, continuent de regarder la maison brûler, ployer sous les tornades et les réfugiés climatiques, sans que rien ne bouge vraiment. Ce n'est pas faute d'alerter, avec le risque de saturer. Sentiment d'impuissance, chaînes d'infos en continu qui ressassent pendant 24 heures les mêmes informations, vous font croire que la fin du monde est proche, et puis passent à un autre sujet le lendemain.

J'étais rincé, lessivé, en colère, en retard. La nounou allait encore me faire payer des heures sup. J'avais failli annuler le dîner avec Noémie. Ce n'était pas envisageable. J'avais déjà reporté trois fois. Nous nous étions rencontrés à une soirée chez des amis qui voulaient absolument m'extraire de mon célibat. J'avais eu quelques aventures sans lendemain depuis la *disparition*. Mais impossible d'effacer l'image d'Amélie. Elle était toujours là, présente dans mes pensées. Pour la première fois, il se passait quelque chose de sérieux avec Noémie. J'avais retrouvé des sensations oubliées, des papillonnements dans ma tête quand je pensais à elle, une chaleur diffuse du côté du palpitant, un regard commun posé sur l'horizon des possibles. Quand elle était là, je me sentais bien, tout simplement. Je reculais depuis des semaines le moment de présenter Noémie aux enfants. Il le fallait, pourtant. Après sept ans, il était temps qu'ils aient une image maternelle sur laquelle se reposer. Il fallait au moins essayer. Pour leur bien, pour mon bien.

Lorsque j'entrai dans la maison, tout était en bazar. La nounou était une jeune retraitée d'une soixantaine d'années fort sympathique mais tête en l'air. Elle arrondissait ses fins de mois en allant chercher les enfants à l'école, en les gardant chez elle certains week-ends et mercredis. Avec mes horaires aléatoires et mon planning embrouillé, elle me rendait des services inestimables. Je ne pouvais pas m'en séparer, même si parfois l'envie m'en démangeait. Elle n'était pas beaucoup plus autoritaire que moi et se laissait souvent déborder par mes petits monstres.

— Ils ont fait leurs devoirs ?

— Oui, ça a été compliqué, comme d'habitude, mais ils ont fini. Heureusement, vu l'heure où vous arrivez.

Je grimaçais.

— Désolé, je n'ai pas pu faire autrement. Je vais vite préparer le dîner. Merci d'avoir attendu.

— Hadrien a quelque chose à vous dire. Ou plutôt à vous montrer.

Je blêmis. À l'école, depuis notre petite excursion dans les calanques, l'ambiance s'était envenimée. Hadrien était déjà revenu plusieurs fois avec son cahier de textes barré de rouge et de points d'exclamation rageurs tracés par la maîtresse : « Ne doit pas bavarder en classe !! », « A déchiré ses feuilles !! »... Quand je lui demandais des explications, il me répondait, embarrassé : « Ne t'inquiète pas, papa. La maîtresse est pas gentille avec moi, elle me laisse rien passer, elle me loupe pas dès que je fais quelque chose de travers. Pour le bavardage, c'est juste que j'ai demandé une gomme à mon voisin. Pour les feuilles, c'est parce que j'avais fait une rature et j'ai voulu recommencer. Mais c'est pas grave, je fais avec. » J'avais déjà contacté plusieurs écoles, toutes étaient pleines à craquer. Elles n'avaient aucune intention d'accueillir un enfant qui, en plus, traînait une réputation d'élève difficile.

— Hadrien, raconte-moi, qu'est-ce qui s'est passé ?

Il jouait aux Meccano avec son frère sur le tapis du salon. Il se leva, prit son cahier de textes et me le tendit, les yeux baissés. Il était écrit en rouge, en lettres capitales : « EN PLEIN COURS, HADRIEN A JETÉ SON STYLO, SA RÈGLE, SES FEUTRES, SES CAHIERS, TOUT SON MATÉRIEL !!! »

Il releva les yeux, implorant.

— Je te jure, papa, j'ai rien fait. Je n'ai pas compris l'exercice. J'ai essayé de comprendre, mais je n'ai pas compris.

Alors, j'étais un peu énervé. Et voilà.

— Comment ça, « et voilà » ??

— Eh bien, j'étais énervé, et ma trousse est tombée, et toutes mes affaires avec.

— Tu as jeté ta trousse ?

— Mais non, papa, je te jure. Elle est tombée toute seule. Mes cahiers, mes livres aussi...

— Ne me raconte pas des conne... des âneries ! Hadrien, pourquoi tu as fait ça ? Tu sais bien que la situation est difficile. J'essaie de te trouver une autre école, mais aucune ne veut de toi ! Et je... je...

Les mots étaient à peine sortis de ma bouche que je les regrettais déjà. J'étais à bout de nerfs. Cette journée épuisante, la soirée qui s'annonçait compliquée, et maintenant la perspective de voir peut-être Hadrien exclu de l'école à cause de son comportement aberrant.

— Bon, ben, je vous laisse, hein.

La nounou ne semblait pas trop perturbée par la situation, elle avait pris son sac sous le bras et s'apprêtait à franchir le pas de la porte.

— Oui, merci pour tout, bon week-end.

Je la laissai partir et Hadrien retourna à ses jeux de construction, l'air triste. Son frère tenta de détendre l'atmosphère.

— Ça serait cool si Hadrien faisait de la télétransportation ou un truc comme ça, ah ah !! J'ai un copain qui m'a montré ça sur son téléphone. Un truc de ouf ! Y a une caméra de surveillance qui filme, tu vois des objets qui se baladent en l'air, tout seuls, des tiroirs qui s'ouvrent, des chaises qui tombent, c'est chanmé !!

— C'est malin, Romain ! Tu accroches du fil de pêche aux objets, tu tires dessus et tu as l'impression de voir des fantômes partout. Ne mets pas des idées idiotes dans la tête de ton frère ! Et exprime-toi mieux, s'il te plaît. Arrête de faire le djeune !

— J'suis pas un djeune, j'suis un rappeur, man ! rétorqua-t-il en rigolant.

Hadrien gardait la tête baissée, muet. Je pris une grande inspiration et me lançai :

— Les enfants, ce soir nous avons une invitée. C'est une très bonne amie. Vous allez voir, elle va vous plaire.

— À d'autres ! Tu veux remplacer maman, c'est ça ?

Romain avait lancé sa réplique avec un air goguenard, j'avais du mal à voir jusqu'où sa question était sérieuse.

— Mais non, maman est irremplaçable, vous le savez bien. Je ne la remplacerai jamais. Mais vous avez besoin de... d'une présence féminine à la maison. C'est mieux pour votre équilibre.

— Tu parles ! Tu en as marre d'être seul avec nous, oui !

— Mais arrête, pas du tout ! C'est... c'est la vie qui veut ça.

— Je te charrie, papa ! Je pense que maman ne voudrait pas que tu restes célibataire toute ta vie.

— Moi, je veux pas la voir.

Hadrien était sorti de son silence en me défiant du regard. C'était exactement ce que je redoutais. Je m'efforçai d'afficher un grand sourire.

— Hadrien, je t'en prie, on passe juste la soirée tous les quatre. Tu verras, elle est vraiment super !

Je rangeais sommairement le salon et concoctais le repas. Je n'avais jamais été un grand chef aux fourneaux, Amélie me le reprochait gentiment. Pour faire vite, je mitonnais quelques légumes que je mélangerais à des pâtes fraîches, assaisonnées de fines herbes de Provence. Pas vraiment le dîner romantique que j'avais espéré, mais tant pis.

Romain dressa la table alors qu'Hadrien s'était enfermé dans la chambre.

Coup de sonnette.

Romain se précipita pour ouvrir. Noémie était là, vêtue d'un jean et d'un pull en V, très simple. Amélie était une liane délicate avec une ample chevelure brune, Noémie est plus fluette, sensuelle, son visage encadré d'un carré blond. L'une douce et prévenante, l'autre enflammée et impulsive, au caractère bien affirmé. Consciemment ou inconsciemment, j'avais été attiré par l'opposé d'Amélie, sans doute pour qu'il n'y ait pas d'ambiguïté possible, pour pouvoir vraiment vivre une autre histoire.

Elle voulut m'embrasser sur la bouche mais j'esquivai. Pas tout de suite. Pas devant les enfants.

— Bonjour ! Tu dois être Romain. Ton papa m'a beaucoup parlé de toi. Et de ton frère. J'étais impatiente de vous rencontrer.

— Hadrien est dans la chambre. Il boude un peu. Il a eu une journée difficile, comme son papa. Je vais aller le chercher.

Pendant que Noémie liait connaissance avec Romain, j'empruntai le couloir pour rejoindre la chambre des garçons. Je frappai à la porte doucement. Pas de réponse. J'ouvrais délicatement. Hadrien était couché dans son lit avec ses doudous.

— S'il te plaît, Hadrien, fais un effort. Noémie est arrivée. Elle serait très contente de te voir.

— Non. Je veux pas la voir.

J'allais m'asseoir à côté de lui.

— Tu sais, je crois que ton frère a raison. Maman n'aurait pas voulu que je reste seul tout le temps. Et vous non plus, elle n'aurait pas voulu que vous restiez seuls avec moi.

— Qu'est-ce que tu en sais ? Tu lui en as parlé ?

J'esquissai un sourire.

— Non, je ne lui en ai pas parlé. Mais je le sais... Et toi, tu lui en as parlé ?

Hadrien réfléchit. Il semblait perturbé par ma question.

— Non.

Je cachai un soupir de soulagement. S'il m'avait répondu « oui », j'aurais eu un problème.

— Eh bien, tu vois, rien ne s'oppose à ce que tu viennes.

Il hésita un instant. Puis il se leva d'un bond, résolu. Il me suivit dans le salon.

— Ah, voilà Hadrien ! Comme tu es beau, mon chéri !

— Je suis pas ton chéri !

Noémie ne laissa pas paraître son trouble et enchaîna rapidement.

— Tu as raison, je vais un peu vite. Tu sais, ton papa ne m'a pas menti, tu es à croquer... enfin, tu es vraiment très mignon.

Décidément, on marchait sur des œufs.

— Bon, maintenant que les présentations sont faites, on se prend un petit apéro ? Vous voulez un sirop de pêche, les garçons ? Des chips fantômes ?

Ils avaient toujours adoré les chips en forme de fantômes, gavées de sel et de colorant. Je savais que l'annonce allait faire son effet. Ils se ruèrent sur le paquet. La soirée se prolongea plutôt normalement autour d'un plat de pâtes qui eut au moins le mérite de ravir les enfants. À chaque détour de la discussion, je redoutais le moindre faux pas.

— Vous savez, j'ai deux filles qui ont à peu près votre âge. Elles sont parties chez leur papa pour le week-end. Il faudra que vous les rencontriez un jour.

— C'est pas obligé, répondit Hadrien, j'aime pas les filles.

— Depuis quand t'aimes pas les filles ? rigola Romain. T'as bien des copines à l'école ! T'inquiète pas, elles vont pas te bouffer !

J'affichais mon plus beau sourire.

— Ce serait chouette de se faire un week-end tous ensemble, non ?

— Sans moi, fit Hadrien, le nez dans son assiette.

— Oui, bon, pas tout de suite. Mais je suis sûr que ce serait une bonne idée !

Je savais en mon for intérieur que le chemin serait encore long.

10

Nous avions mis la caméra de côté. Elle ne voulait pas être filmée. Une jeune mère de famille, son bébé dans les bras, nous expliquait en pleurs qu'elle avait perdu son mari pendant les inondations. Devant sa maison, nous étions au beau milieu d'un amoncellement de meubles et de gravats recouverts de boue. La rivière en contrebas avait repris son cours normal, mais le long ruban sinueux était toujours d'un marron sale et visqueux. Entre les pans de mur dévastés, des voisins venus en renfort essayaient de sauver ce qui pouvait encore l'être. L'eau s'était infiltrée en pleine nuit. Son mari avait voulu aller chercher la voiture, mais il n'était jamais revenu. Il avait été emporté par le courant. Elle avait été évacuée par les pompiers avec son enfant.

— Heureusement, il me reste mon petit garçon, dit-elle en caressant tendrement la tête de son bébé. Je me souviendrai toujours de mon mari grâce à lui.

J'étais ému plus que de raison quand je sentis mon téléphone vibrer dans ma poche. Après avoir pris congé de la jeune femme, je regardai le numéro qui s'affichait. C'était celui de l'école d'Hadrien, ce n'était pas bon signe. Je rappelai immédiatement.

— Vous pourriez passer nous voir maintenant ?

— C'est-à-dire que, là, je ne suis pas à Toulon, je suis loin d'avoir fini de travailler, disons que c'est un peu compliqué.

— Il s'agit de votre enfant.

— Je m'en doute. C'est vraiment urgent ?

La directrice souffla ostensiblement. Sa voix était pour le moins agacée.

— Il a encore fait des siennes, dans la cour cette fois.

— Qu'est-ce qu'il a fait ?

— Il s'est battu avec un élève.

— Bon, je termine vite et je viens vous voir.

Avec mon caméraman, nous avions rapidement bouclé le tournage. Revenu à la station, je m'éclipsai dès le montage du sujet achevé.

L'école était un ensemble de petits bâtiments encerclant une jolie cour arborée, un cadre agréable et rassurant pour y confier ses enfants. Tout s'était très bien passé pour Romain. Les problèmes avaient débuté quand Hadrien était entré en classe. J'en voulais à la directrice de ne pas avoir su gérer la situation à l'époque. Ça n'allait pas recommencer. J'entrai dans son bureau, remonté à bloc.

Hadrien était assis sur une chaise, penaud, le dos courbé. Il se grattait le nez et l'oreille à intervalles réguliers, comme un petit animal apeuré. À ses côtés, sa maîtresse. En face, assise derrière son bureau, la directrice. Quand elle nous avait reçus pour la première fois, Amélie, Romain et moi, avec son sourire chaleureux malgré son air sévère, elle nous avait fait bonne impression. « Je suis la mère fouettarde, avait-elle commencé avec aplomb. Je l'assume. Les enfants me craignent et c'est très bien comme ça. Ils filent droit et tout se passe bien. » Alors que fleurissaient constamment dans les magazines les articles sur les petits tyrans, ces « enfants rois qui épuisent leurs parents », on s'était dit que ce n'était peut-être pas plus mal, une directrice qui a de la poigne. J'aurais dû me méfier.

— Asseyez-vous là, Hadrien va vous expliquer.

Elle me montrait une chaise vide où je pris place, à la droite d'Hadrien. Avec Sylvie Giraud à sa gauche, on aurait dit un petit garçon entre ses deux parents, comme un couple ordinaire. Cette idée me fit frissonner.

— Nous faisons tout ce que nous pouvons pour aider Hadrien, commença la directrice. Je dois reconnaître que, quand il veut, c'est un enfant adorable. Mais quand il ne veut pas...

— Je suis du même avis, opina la maîtresse. J'essaie de suivre Hadrien au plus près, de l'accompagner dans son apprentissage. Il a de réelles capacités. Mais je ne peux pas être tout le temps derrière lui, je dois aussi m'occuper des autres élèves.

— Je comprends tout à fait que vous ne puissiez pas lui consacrer tout votre temps, répondis-je, sur la défensive, surpris par ce joli discours qui semblait tout à fait raisonnable. Mais les échos que j'ai des autres parents me confirment que je ne suis pas le seul à vous trouver assez... abrupte avec les enfants.

— J'ai une manière d'enseigner un peu « à l'ancienne », je vous l'accorde, mais rien de plus, se raidit la maîtresse. Si vous croyez tout ce que les gens racontent, vous allez me mettre sur le bûcher comme les sorcières au Moyen Âge !

— Ce n'est pas ce que je dis. Si un seul enfant se plaint, je suis d'accord que ça n'a peut-être pas trop de valeur. Mais Hadrien n'est pas le seul à avoir quelques soucis avec vous.

— Des rumeurs, toujours des rumeurs, se défendit-elle alors que la directrice eut un rictus gêné.

J'étais tiraillé. Je ne voulais pas mettre Hadrien en porte-à-faux. Si sa maîtresse le prenait vraiment en grippe, les choses ne pourraient qu'empirer. J'avais tendance à attribuer plus de crédibilité à ce que disait mon fils sur ses rapports avec elle plutôt que de la croire sur parole. Mais j'étais bien forcé d'admettre qu'il pouvait se montrer parfois ingérable. J'aurais voulu pouvoir me transformer en mouche pour espionner ce qui se déroulait réellement en classe.

— Donc, venons-en aux faits, reprit la responsable de l'école sur un ton d'apaisement. Là, il est allé trop loin. Alors, Hadrien, tu dis à ton papa ce qui s'est passé ?

Il n'osait pas lever les yeux. Il murmura :

— C’est Gaspard. Il… il m’a dit que j’étais bizarre. Il m’a dit que j’étais pas normal… Alors ça m’a énervé.

— Et pourquoi il a dit ça ? interrogea la maîtresse, plus prévenante.

— Je ne sais pas. C’est vrai qu’en ce moment, j’ai beaucoup de tics. Et j’ai de drôles de pensées.

— Quel genre de pensées ? ai-je demandé, inquiet.

— Je ne peux pas te dire, papa. C’est des trucs qui me viennent dans la tête.

Il me regardait avec des yeux perdus. J’avais envie de le prendre dans mes bras et de le serrer très fort, mais ce n’était pas le moment.

— C’est… c’est comme des voix.

— Des voix ? Tu entends des voix ? s’étonna la directrice.

— Oui, enfin, m’empressai-je d’ajouter, je l’ai déjà amené voir un psychiatre qui l’a trouvé tout à fait normal. Il m’a dit qu’il était sans doute en avance pour son âge, qu’il devait être précoce.

— Il ne serait pas TDAH ? reprit la maîtresse.

— C’est quoi, TDAH ? Je suis bizarre, c’est ça ?

Je me tournai vers Hadrien.

— Mais non, tu as peut-être des troubles de l’attention, c’est-à-dire que tu as du mal à te concentrer.

— Si, j'arrive bien à me concentrer, c'est pas le problème.

— Je sais, approuvai-je, disons que tu arrives à te concentrer pour certaines choses, mais pour d'autres c'est plus difficile. Tu es encore jeune pour qu'on sache vraiment ce qu'il en est.

— S'il est TDAH, assena la directrice, il faut que vous trouviez une autre école plus adaptée.

— J'ai essayé, mais il n'y a pas de place ailleurs, ou alors c'est trop cher. C'est peut-être aussi un peu à vous de vous adapter, non ?

— Pour moi, en classe, ce n'est plus possible, répliqua la maîtresse. Par moments, Hadrien est incontrôlable, il est vraiment insupportable.

C'est précisément à ce moment-là que je remarquai la carte postale.

Elle avait sûrement été envoyée de Rio par un parent d'élève ou un professeur en vacances. On y voyait de dos le gigantesque Christ Rédempteur qui surplombe la ville. La photo était punaisée derrière le bureau de la directrice, sur un panneau en liège, parmi d'autres cartes postales qui évoquaient une multitude de destinations exotiques.

Elle avait bougé.

Je n'en étais pas complètement sûr, mais j'avais le net sentiment qu'elle s'était déplacée autour de son axe de quelques centimètres. Le Christ n'était plus parfaitement droit, la croix de ses bras s'inclinait dangereusement dans la pente du Corcovado, et tout l'horizon avec elle. On aurait dit que Rio de Janeiro allait s'enfoncer dans le sol sous l'effet d'un cataclysme silencieux.

— Dans la cour de récréation aussi, tu nous causes de gros soucis, gronda la directrice. C'est juste parce que Gaspard t'a dit que tu étais bizarre que tu lui as donné un si violent coup de poing ?

— C'est lui qui a commencé. Gaspard m'a bousculé en disant qu'on devrait me mettre chez les fous. Je lui ai dit de se taire mais il a continué. Il fallait bien que je l'arrête.

— Écoutez, tous les enfants se bagarrent dans les cours de récré. Si vous convoquez les parents à chaque fois qu'il y a une bousculade, vous n'avez pas fini !

La directrice planta ses yeux dans les miens.

— Il lui a fait saigner la lèvre, Gaspard avait la joue gonflée et un œil au beurre noir.

— C'EST PAS MA FAUTE !! cria Hadrien en se levant de sa chaise. IL N'AVAIT QU'À PAS M'ÉNERVER !! AVEC SES MOTS, IL M'A FAIT DU MAL LUI AUSSI !!

C'est le Christ Rédempteur qui est tombé en premier.

Tout doucement. Sans faire de bruit. La punaise s'est détachée d'un coup sec et la carte postale a voleté jusqu'au carrelage. Mais quand Hadrien a cessé de crier, tout le panneau de liège et un tableau de présence en métal rempli de fiches cartonnées se sont écrasés au sol dans un fracas épouvantable. La directrice et la maîtresse sont restées interdites quelques instants. Puis c'est la directrice qui s'est mise à tonner en me pointant du doigt.

— Vous, écoutez-moi bien : je vous laisse une dernière chance, soit votre fils arrête son comportement déplacé à l'école, soit c'est l'exclusion immédiate ! Vous pouvez sortir maintenant !

J'ai pris Hadrien par la main et nous nous sommes vite échappés du bureau. Une fois dehors, je l'ai serré contre moi. Après un silence, j'ai défait mon étreinte, j'ai posé mes mains sur ses épaules en l'observant attentivement.

— Hadrien, dis-moi, le tableau en métal et tout ce qui est tombé, c'était toi ?

— Je sais pas, papa.

— Et le Christ sur sa carte postale ?

— J'étais très en colère à l'intérieur de moi, papa. Mais je sais pas si c'est moi.

Je me suis frotté les yeux comme pour me réveiller.

— Bon, je vais te changer d'école, trouver quelque chose. Promets-moi que tu vas prendre sur toi et que tout se passera bien jusqu'à ce que je trouve une solution. Promis ?

Hadrien me sourit tristement.

— Je te promets, papa. Ne t'inquiète pas, tout ira bien.

11

Dans son kimono blanc, il avait l'air d'un mini-Jedi prêt à combattre le côté obscur de la Force. J'esquissais un sourire en pensant à la passion qu'il vouait avec son frère aux aventures de l'Empire et de ses rebelles, tout comme moi à leur âge. J'avais inscrit Hadrien depuis plus d'un an au karaté pour qu'il évacue son trop-plein d'énergie, qu'il apprenne à se contrôler en respectant les règles. Après des débuts difficiles où il avait eu beaucoup de mal à se familiariser avec les haishu-uchi, yama-zuki et autres ippon nukite, il y avait pris goût et il était très fier de sa modeste ceinture jaune.

Depuis l'esclandre de l'école, j'essayais de passer plus de temps avec lui. J'avais posé mon mercredi, ce qui me permettait de l'accompagner à son cours de karaté. Il était content de ces marques d'attention. Les choses semblaient s'être calmées en classe, même s'il m'était impossible de savoir ce qui s'y passait, Hadrien me répondant toujours avec un enthousiasme que je sentais forcé : « Tout va bien, papa, ne t'en fais pas. » Force était de constater que je n'avais plus à signer un cahier de textes saturé de stylo rouge.

— Alors, ce cours ?

— Super ! On s'est entraînés à faire des uraken uchi !

— Des quoi ?

— L'uraken uchi, c'est comme ça, fit-il en exécutant un geste du revers de la main, le poing fermé.

— Impressionnant !

Je me moquai gentiment en mimant une prise de karaté ratée.

— Avec tout ce que j'apprends, je vais être invincible ! Je vais pouvoir combattre tous les méchants. Quand je serai grand, je serai Bruce Lee ou policier !

— Ah bon ? Si tu veux. Être Bruce Lee ou policier, ce ne sont pas des métiers faciles, tu sais !

— Ou alors chasseur de fantômes !

— C'est ça, tu vas leur faire des prises de karaté, à tes fantômes ?

— Ouaip ! Comme ça, j'aurai plus peur d'eux.

Je saisissais sa trottinette et grimpais dessus avec lui. J'étais toujours étonné par le succès de ce jouet remis au goût du jour. Je me souvenais de la vieille trottinette toute rouillée qui avait appartenu à ma mère et avec laquelle je dévalais les pentes quand je passais les vacances chez mes grands-parents. Hadrien prenait le même plaisir à foncer tous azimuts, sauf que nous n'habitions pas à la campagne et que je devais constamment le rappeler à l'ordre quand il se lançait dans une compétition de slalom au milieu des piétons.

Arrivé à l'appartement, je ne sonnai pas pour surprendre Romain affalé sur le canapé dans le salon, vampirisé par la télé. Il éteignit précipitamment le poste avec la télécommande. Il se releva en se frottant les yeux.

— Tu es devant la télé depuis combien de temps ?

— Pas longtemps, papa, je te jure ! Je viens de revenir du basket.

— Mon œil ! Si je ne me trompe pas sur l'horaire, tu devrais être revenu depuis au moins une heure.

Luttant contre mon anxiété de papa poule, c'était la première année que je le laissais aller et venir aussi librement. Il partait à l'école tout seul, savait se faire cuire un œuf, des pâtes ou réhydrater une purée, rejoignait des amis et se rendait à ses entraînements de basket en toute autonomie. Il avait pour consigne d'avoir toujours sur lui son téléphone, pour que je puisse le joindre à tout moment. L'apprentissage des responsabilités ne se faisait pas sans heurts, la crise d'adolescence pointait déjà le bout de son nez. La pomme de discorde la plus pénible avait évidemment pour nom téléphone et jeux vidéo.

Dur dur d'être parent. « Tous mes copains ont des super téléphones ! Ils ont la dernière Switch et la Xbox ! On est des dinosaures ! Faut que tu vives avec ton temps, papa ! » Avec cet argument ultime : « Si maman était là, elle nous aurait acheté une Play ! » Je jouais son porte-parole en expliquant qu'Amélie avait justement une sainte horreur de tous ces écrans et qu'elle aurait été sur la même longueur d'onde que moi à ce sujet. Parents de tous les pays, unissez-vous ! Il faut se mettre d'accord sur l'utilisation de ces bouffeurs de cerveaux !

À force d'être harcelé, j'avais fini par céder sur la Nintendo et un téléphone qui ne servait pas qu'à téléphoner. Son frère, bien sûr, réclamait lui aussi de pouvoir dézinguer zombies et autres guerriers farfelus. J'avais le sentiment d'être un homme préhistorique en pensant qu'à leur âge, je ne connaissais ni téléphone portable ni internet.

— Tu as fait tes devoirs ?

— Euh, j'ai pas fini...

— Et tu attends quoi pour les faire ? La télé ou les jeux vidéo, c'est le bonus, c'est après les devoirs. Tu crois que les bonnes notes vont tomber du ciel ?

De mauvaise grâce, Romain s'était extirpé du canapé.

— Tu sais très bien que tant que tu ne les auras pas terminés, je serai sur ton dos. Si tu veux te débarrasser de moi, tu n'as qu'à les faire au plus vite, après je te laisserai tranquille.

— Oui, oui, je sais, papa, avait-il répondu mollement en s'éloignant vers la chambre.

À chaque fois le même cirque, à chaque fois je bouillonnais. Tout en me rappelant que je ne mettais pas non plus un empressement extrême à faire mes devoirs quand j'avais son âge. « Fais ce que je dis, pas ce que j'ai fait », l'adage de la plupart des parents.

— Papa, tu veux pas faire le méchant ?

À peine arrivé, Hadrien avait déjà sorti son petit labo de la police scientifique. Il l'avait réclamé pour son anniversaire, sans que je sache d'où lui venait cette idée saugrenue.

— Arrêêêête !! Tu es en train d'en mettre partout !

Avant que j'aie le temps de réagir, il avait répandu dans tout le salon une épaisse poudre noire. Armé d'un gros pinceau, il badigeonnait les meubles avec un plaisir non dissimulé.

— Ça va pas, non ? Mais qu'est-ce que tu fais ??

— Eh ben, je relève les empreintes, comme les policiers ! Je suis le policier et toi tu es le méchant qui a laissé ses empreintes. Regarde, c'est comme ça qu'ils disent qu'il faut faire dans le mode d'emploi.

Je saisissais la notice en me demandant qui avait pu inventer un jeu aussi stupide. Sur le petit papier froissé était indiqué : « Utilise la poudre en présence de tes parents. Ils pourraient ne pas être d'accord. » La bonne blague ! J'allais prendre une éponge dans la cuisine et essayais tant bien que mal de nettoyer cette poudre qui laissait de larges traces noires.

— Papa, attends ! J'ai relevé plein d'empreintes ! Regarde !

— Ben oui, forcément. Ça doit être les miennes, ou celles de ton frère et toi.

— Peut-être que c'est des empreintes de fantômes ?

— Arrête avec ça, nom de Dieu !

— Tu blasphèmes, papa. À l'école, quand la maîtresse a parlé des religions, elle a dit qu'on ne devait pas le dire.

— Oui, bon, excuse-moi. Arrête de parler de fantômes, ça me stresse !

Une alarme s'alluma dans un coin de ma tête.

— Enfin, non, si tu veux me parler de fantômes, parle-moi, au contraire, je ne veux pas que tu gardes ça pour toi, ce serait pire. Mais bon, il ne faut pas en voir partout non plus, d'accord ?

— Mais il y en a partout, papa.

Je pensais devenir fou, vraiment. J'étais en train de basculer dans un autre monde.

— Mais voyons, Hadrien, regarde autour de toi ! Moi, je ne vois pas de fantômes !

— C'est vrai. Là, maintenant, je n'en vois pas. Mais des fois, j'en vois.

— Ah. Et ils sont comment ces fantômes ?

— Maman m'a dit de ne pas te le dire. Elle ne veut pas que je t'en parle. Alors je t'en parlerai pas.

Je restai muet quelques secondes. Mes pensées s'étaient fondues en un gros gloubi-boulga.

— Ah bon, très bien. Euh... Et ils te font peur, ces fantômes ?

— Ça dépend. Mais maman est là pour me protéger. Alors, ça va.

— Mais... mais moi aussi je suis là pour te protéger !

— Oui, mais toi, c'est pas pareil. Je t'aime, papa. Je sais que tu fais tout pour me protéger. Mais il y a des choses dont tu ne peux pas me protéger.

Je sentais comme un gouffre en moi. J'avais l'impression qu'un trou noir m'attirait de l'intérieur, que j'allais tout entier être englouti dedans.

— Oh, papa ! Tu es tout pâle ! Ça va ?

J'avais presque oublié l'existence de son frère. Romain nous regardait tour à tour, ses cahiers dans les mains.

— Décidément, vous êtes de plus en plus bizarres tous les deux ! Je m'enferme dans la chambre pour faire mes devoirs. Quand je ressors, il y a du noir partout, c'est le waï, et vous deux, vous faites des têtes, je vous jure, vous me faites peur ! C'est pas encore Halloween, là !

— Bon, on reparlera de tout ça plus tard, hein, Hadrien ? On va finir les devoirs, on va prendre le goûter, on a plein de choses à faire, hein !?!

12

— Qu'on se comprenne bien, je ne suis pas médium !

Ses grandes lunettes lui mangeaient le visage. Elle était toute menue, elle semblait fragile mais on sentait dans son regard une douce détermination. Assise sur une simple chaise, elle recevait dans une petite pièce qui ressemblait à un sas entre l'entrée de sa maison et son salon. Un bouddha silencieux, les paupières closes, méditait sur une table basse. Des livres sur les mérites du yoga ou de la psychologie cognitive dormaient sur les étagères. Des plantes vertes donnaient à l'ensemble un aspect apaisant.

— Oui oui, bien sûr. C'est justement pour ça que je viens vous voir. Je ne crois pas du tout à ces choses-là. J'ai des doutes parfois, il y a bien des choses qu'on n'arrive pas à expliquer. Mais les médiums, les chamans, les exorcistes ou je-ne-sais-quoi, je n'y crois pas du tout.

— Attention, il ne faut pas tout rejeter en bloc. Il y a des gens qui ont peut-être vraiment des pouvoirs, disons, étranges. Ce n'est pas mon cas. Je dirais que je *sens* certaines choses.

— J'ai vu un psychiatre qui m'a dit qu'il n'y avait rien à faire. Ça ne m'a pas beaucoup aidé. Alors je tente ma chance avec vous.

Un ami me l'avait recommandée. À l'adolescence, sa fille avait traversé une grave dépression, elle avait fait une tentative de suicide. Les séances avec la psychologue lui avaient permis de revenir à la vie. Elle avait oublié ses idées noires et était maintenant une jeune fille épanouie.

— Donc, vous venez pour Hadrien ?

Assis à côté de moi dans un canapé confortable, Hadrien avait l'air absent. Il baladait ses pupilles de part et d'autre en semblant se demander ce qu'il pouvait bien faire ici.

— Oui, c'est un peu compliqué à expliquer. Hadrien a... des sortes d'hallucinations... enfin, il voit des choses...

J'étais extrêmement mal à l'aise. J'avais peur de commettre une maladresse, de le braquer, d'aggraver la situation.

— Coucou Hadrien, tu es là ?

Elle s'était adressée à lui avec une voix caressante. Le regard d'Hadrien s'était fixé d'un coup sur elle, comme s'il découvrait qu'elle était là.

— Ton papa a l'air un peu perdu. Je pense qu'il a du mal à comprendre ce qui se passe en ce moment. Toi, tu peux m'expliquer ?

— Non. J'ai pas le droit d'en parler.

— Et pourquoi tu n'as pas le droit d'en parler ?

— Je l'ai dit à papa. Parce que maman ne veut pas.

— Pourquoi ta maman ne veut pas que tu en parles ?

— Elle dit que vous ne pouvez pas comprendre.

Il y eut un long silence. La psychologue soutenait le regard d'Hadrien avec une grande tendresse.

— Dis-moi, elle est où, ta maman ?

— Je sais pas.

— Des fois, elle est avec toi ?

— Oui, des fois, elle est à côté de moi. Des fois, elle est à côté de papa. Mais il ne la voit pas.

Une fois encore, un long frisson me traversait tout le long du dos.

— Est-ce qu'elle est là, maintenant ?

— J'ai pas le droit de le dire.

De nouveau, un long silence. Je scrutais le moindre indice d'une présence. Mais il n'y avait rien. Le bouddha méditait toujours avec son sourire énigmatique, les plantes vertes ne prêtaient pas attention à nous, les livres restaient sagement rangés sur les étagères.

— Et est-ce que tu « vois » d'autres personnes ?

— Oui. Ça a commencé cet été, en Italie. J'ai vu trois garçons qui s'étaient noyés.

— D'accord, ton papa m'en a parlé.

— C'est pas souvent. Mais des fois, je vois quelqu'un qui vient me dire des choses. Je sais que ce n'est pas quelqu'un de normal parce que les autres gens ne le voient pas.

— Et elles te disent quoi, ces personnes qui viennent te parler ?

— En fait, elles me parlent pas. Elles parlent dans ma tête. En général, elles sont gentilles avec moi. Elles me disent pourquoi elles sont parties. Ou comment elles sont parties si elles savent pas pourquoi. Elles me disent qu'elles sont contentes où elles sont. Elles me disent qu'il ne faut pas avoir peur. Mais il y en a d'autres qui sont méchantes. Elles me font peur. Alors, maman arrive. Elle les gronde. Et elles ne m'embêtent plus. Mais je devrais pas vous raconter tout ça.

La psy jeta un coup d'œil vers moi, puis revint vers Hadrien.

— Hadrien, tu sais jouer aux échecs ?

— Oui, j'aime beaucoup les échecs. J'y joue des fois avec mon frère.

— Tu vois le jeu d'échecs là-bas, au fond du salon ? Tu vas aller y jouer un peu pendant que je parle avec ton papa. Tu fais comme si tu avais un ami imaginaire qui jouait avec toi, d'accord ?

Hadrien ne se fit pas prier. Il se leva d'un bond et alla s'attabler devant le jeu d'échecs.

La psy se tourna vers moi. J'étais dans un état de sidération. Incapable de formuler le moindre mot.

— Bon, je pense que nous avons un problème, annonça-t-elle doucement. Votre fils a subi un choc énorme dès la naissance. Perdre sa maman au moment où lui vient à la vie, c'est la pire chose qui puisse arriver pour un enfant. Bien sûr, il n'en a pas conscience. Au moment où il naît, tous les sens d'un bébé sont en éveil. Il découvre un nouveau monde, il est dans un état d'hypersensibilité extrême. Il a forcément senti tout ce qui se passait. La peur de sa maman, votre peur, le stress des médecins autour de vous, ça fait beaucoup pour un petit bonhomme. Inconsciemment, il doit garder une culpabilité énorme enfouie en lui. Il pense qu'il est responsable de la mort de sa maman. Vous comprenez ce que ça veut dire ?

J'étais pétrifié. Je revivais la naissance d'Hadrien et la disparition d'Amélie, ces deux évènements à jamais liés. Je balbutiais.

— Je... non, je ne vois pas vraiment...

— Hadrien a gardé cette hypersensibilité, et il la gardera toute sa vie. Un tel traumatisme peut entraîner des lésions dans le cerveau.

— Mais... le psychiatre m'a dit qu'Hadrien n'était pas schizophrène, qu'il n'avait rien décelé d'anormal.

— Je ne dis pas qu'Hadrien a forcément des blessures irréversibles. Je dis qu'il va falloir l'aider. Il souffre sûrement d'un stress post-traumatique. Il aura besoin de passer par une forme de résilience. J'ai un vieil ami neurologue qui pourra vous aider pour investiguer.

— Et... quand il voit sa maman, quand il voit ces personnes, vous pensez que c'est réel ?

— Ça, je ne sais pas. En tout cas, ce n'est pas réel « pour nous ». Il peut y avoir une forme de dissociation. Si votre psychiatre n'a rien vu, c'est sûr, c'est troublant. Ou alors... Mais, je vous l'ai dit, je ne suis pas médium.

Elle regarda Hadrien qui jouait aux échecs sans se soucier de nous. Il avait l'air très concentré. Elle se leva de sa chaise et se dirigea vers lui. Elle me fit signe de venir. Le jeu était déjà bien avancé. Beaucoup de pièces étaient tombées. Le roi noir semblait acculé sur sa première ligne, retranché derrière un fou et quelques pions. Hadrien n'était pas loin de mettre son adversaire imaginaire en échec et mat.

— Bravo Hadrien ! Je vois que tu prépares un coup magnifique, s'extasia la psychologue. Tu es un as des échecs.

Elle m'adressa un sourire chaleureux.

— Ne vous inquiétez pas trop. Votre fils est une petite merveille. Il faut qu'il vienne me voir régulièrement. Je vais approfondir tout ça avec lui, juste lui et moi. Vous êtes d'accord ?

— Bien sûr ! Je ferai tout ce qu'il faut pour l'aider.

En disant ces mots, je fixais le jeu d'échecs.

J'étais sûr d'avoir vu le roi bouger.

14

— On déménage !

Les deux garçons me regardaient sans comprendre, les yeux ronds. Romain s'était arrêté avec la fourchette à portée de bouche, quelques spaghettis pendaient lamentablement, le jus de tomate coulant dans son assiette. Hadrien avait relevé la tête de sa platée de pâtes. Deux paires d'yeux qui me dévisageaient.

— J'ai une opportunité de travail à Bordeaux. Une occasion à saisir. Vous n'en avez pas marre de Toulon ? Ça nous fera changer d'air. Et comme ça, Hadrien, tu pourras aller dans une autre école.

Romain fondit en larmes, littéralement.

— C'est hors de question ! J'ai tous mes copains ici, je les connais depuis la maternelle. Tu peux pas me faire ça !

Hadrien, au contraire, déployait un sourire rayonnant, lumineux, magique. Un sourire que je ne lui avais pas vu depuis longtemps. J'étais déchiré.

— Non, papa, non ! Je veux pas ! Moi, je reste là ! Vous partez à Bordeaux, où vous voulez, mais moi je reste à Toulon ! Je reste dans la même école ! J'ai tous mes meilleurs amis qui sont dans ma classe, je veux pas les quitter !

— Romain, je m'attendais à ta réaction. C'est tout à fait normal que tu réagisses comme ça, mais tu sais...

— Je sais très bien ! C'est à cause d'Hadrien ! C'est encore à cause de lui ! J'en ai marre, il y en a que pour lui ! Depuis la mort de maman, il y en a que pour lui !!

J'encaissais le coup. Deux semaines que j'attendais le bon moment pour leur en parler. J'attendais d'être sûr. En allant à l'encontre de toute mon éthique professionnelle, je m'étais résolu à appeler directement l'inspecteur d'académie et l'adjointe au maire chargée de l'éducation pour demander de l'aide. Pas de place dans les écoles pour Hadrien, trop compliqué, personne ne voulait d'un « enfant à problèmes ». Optant pour une autre solution, j'avais activé mon réseau d'amis journalistes jusqu'à retrouver une vieille connaissance qui venait de lancer un site internet spécialisé dans les sujets liés à l'environnement et à la construction d'un nouveau monde moins pollué, plus respectueux de notre planète et de tous ses habitants. Les bureaux étaient situés à Bordeaux. Une opportunité qui ne se représenterait pas de sitôt. J'avais immédiatement postulé.

— Je comprends que tu ne sois pas content, Romain. Mais il faut voir ça comme une chance. Tu te feras de nouveaux amis, sans perdre ceux que tu as ici. On va découvrir une nouvelle région, il y a plein de coins super sympas.

— Tu parles ! Il pleut tout le temps là-bas ! Il fait froid, j'veux pas y aller !!

— On ne va pas partir tout de suite. Le poste que je peux avoir ne sera pas créé avant trois à quatre mois au plus tôt. Ça laisse le temps de se faire à l'idée, de préparer notre nouvelle vie !

— Non, non et non !!

Il se leva de table d'un bond en renversant son plat de spaghettis. Il partit vers le couloir et claqua la porte de la chambre. Il y eut un long temps de pause. Hadrien me regardait d'un air gêné, il souriait toujours, mais plus faiblement, plus timidement.

— Papa, je sais que tu fais ça pour moi. C'est très gentil de ta part. Mais si Romain n'est pas d'accord, c'est pas grave, je peux prendre sur moi jusqu'à la fin de l'année. Depuis la dernière fois, la maîtresse fait plus attention, elle essaie d'être gentille avec moi.

— Tu es adorable, mon chéri. Mais ma décision est prise. Je le fais aussi pour moi, pour nous. Je tourne en rond depuis un moment dans mon métier, j'ai besoin de changer. Et ici, tu le sais bien, il y a trop de souvenirs de votre maman. On aurait dû déménager depuis longtemps. Mais je n'en avais pas le courage. Elle est partout dans cette maison. Il y a des souvenirs d'elle partout. Ça me rassurait, ça me faisait du bien de la savoir là. Enfin, si je peux dire ça comme ça.

Hadrien hocha la tête. Il avait l'air de très bien comprendre, trop bien. Je me mordis la lèvre et rectifiai.

— Quand je dis qu'elle est là, tu comprends bien ce que je veux dire. C'est une expression, d'accord ?

— Mais oui, papa, je ne suis pas bête. Je sais très bien ce que tu veux dire.

Il souriait, sans que je sache ce que voulait signifier ce sourire.

— Bon, donc, il faut qu'on quitte cet appartement. C'est le bon moment.

Oui, je le sentais, *c'était le moment de partir*.

15

Les signes n'avaient pas tardé à se manifester. Je n'en avais pas pris conscience tout de suite. Avec le recul, cela paraît évident, maintenant. Il arrive aussi qu'on voie des signes partout. On ne prête pas attention à quelque chose, on le remarque un jour, et puis ça devient une obsession.

Mais, là... J'aurais dû voir plus vite ce qui se tramait.

Le plafond du salon entra le premier dans la danse. Dans un angle, il revêtit une teinte jaunâtre, agrémentée de larges auréoles marrons. J'appelai plombier et assurance. Le coupable désigné fut le voisin du premier étage. Il était désolé. Il avait réalisé des travaux dans sa cuisine, il s'était apparemment loupé sur un raccordement. L'écoulement fut vite colmaté mais la tache avait déjà envahi une bonne partie d'un mur.

Une semaine après, je surprenais une flaque qui se répandait insidieusement dans le hall d'entrée. Elle sortait d'une petite trappe où se faufilaient tout un tas de tuyaux. Je me précipitai pour fermer le robinet d'arrivée d'eau. Un joint avait cédé. Si nous n'avions pas été présents dans l'appartement, tout aurait été inondé, je n'osais même pas imaginer l'ampleur des dégâts. Le plombier appelé à la rescousse, le branchement réparé, je maudissais la malchance qui me poursuivait quand un mur de la chambre des enfants se mit à cloquer. La peinture blanche s'en allait en lambeaux. Cette fois, le plombier m'avait jeté un regard suspect.

— Vous voulez faire une arnaque à l'assurance ? Vous voulez faire repeindre tout votre appart pour pas cher ?

— Mais non, je vous assure !! Je ne comprends pas ce qui se passe, c'est un truc de fou !

La recherche de fuite démontra que le problème venait de l'immeuble mitoyen. Un immeuble pas très bien entretenu par son propriétaire. Une conduite d'évacuation s'était joyeusement épanchée. Comme la rue était en pente, l'eau s'était infiltrée dans le mur et était rapidement descendue nous rendre visite. Je m'arrachais les cheveux. S'agissait-il de simples coïncidences ? Qu'est-ce que tout cela pouvait bien signifier ?

Du côté d'Hadrien, en revanche, tout avait repris une apparence normale. Il était enchanté par la perspective du déménagement. Pas de drame à l'école. Il invitait régulièrement des copains à la maison et recevait à son tour des invitations sans que rien d'insolite ne surgisse. Il avait rendez-vous toutes les semaines avec la psychologue qui ne décelait plus rien d'étrange. Impossible de le faire de nouveau parler de ses visions. Quand je lui posais des questions, il répondait systématiquement : « Tout va bien papa, ne t'inquiète pas. »

Pour Romain, les choses étaient plus compliquées. Il s'était muré dans une grosse bouderie pendant plusieurs jours. Je lui avais de nouveau détaillé tous les avantages d'un déménagement. Et je lui avais promis de trouver un nouveau nid avec une chambre pour chacun d'eux, même si le montant du loyer risquait d'être douloureux. Romain se plaignait de ne pas pouvoir réviser ses leçons dans le calme, de ne pas avoir son intimité. Cinq ans, c'était la limite pour ne pas être « deux fils uniques ». L'écart d'âge devenait de plus en plus pressant. Ils commençaient à ne plus avoir les mêmes jeux ni les mêmes préoccupations. Ils avaient besoin de leur indépendance.

J'écumais internet pour dénicher l'appartement de nos rêves à Bordeaux. Les prix étaient élevés et la recherche difficile. Dans le même temps, j'avais placé notre « chez nous » en vente dans une agence, non sans un méchant pincement au cœur. Nous l'avions acquis dès notre arrivée à Toulon. Nous avions signé un gros emprunt que j'étais loin d'avoir fini de rembourser. L'appartement était entièrement à retaper. Amélie nourrissait une véritable passion pour l'aménagement intérieur et elle avait tout transformé à son goût, qui était aussi le mien. Quitter l'appartement, c'était quitter Amélie.

C'était aussi quitter Noémie. Je redoutais le jour où il faudrait lui annoncer notre déménagement. J'attendais d'être sûr de devoir partir... et de pouvoir partir. Les dégâts des eaux intervenaient au plus mauvais moment. Il allait falloir négocier avec les futurs acquéreurs pour qu'ils acceptent d'occuper un appartement avec des murs couverts de salpêtre en attendant que tout sèche et que tout soit repeint. Au moins, le plombier avait raison sur ce point. J'allais pouvoir garantir des peintures toutes neuves aux nouveaux propriétaires à moindre frais. Je croisais les doigts pour qu'il n'y ait pas d'autres soucis d'ici-là. Sans savoir si ce serait une arme efficace contre les mauvais coups du sort.

16

Halloween, la nuit de tous les dangers dans les films d'horreur. J'avais beau me persuader que mon appréhension était ridicule, j'avais la fâcheuse impression que, compte tenu de ce qui s'était passé ces derniers temps, je pouvais m'attendre à tout. Selon les années, la célébration de la fête des citrouilles prenait plus ou moins d'ampleur. J'espérais que l'effet de mode allait s'estomper, mais cette année, le phénomène était revenu avec plus de vigueur. Le paquet de corn flakes des enfants promettait de trouver un zombie gélatineux à l'intérieur, les magasins se garnissaient de toiles d'araignées et d'affreuses sorcières perchées sur leurs balais, les bus s'étaient couverts d'affiches prédisant le grand frisson si vous vous rendiez dans un parc d'attraction de la région. Halloween était partout, impossible d'y échapper.

Au boulot, j'avais dû sacrifier aux « marronniers », ces sujets qui reviennent tous les ans avec une régularité de métronome. Nous avions tourné dans une boutique de déguisements dont le gérant aiguisait ses incisives à la vue de son chiffre d'affaires. À mon retour à la maison, j'avais retrouvé un Hadrien surexcité qui avait porté toute la journée un habit de Dracula. Tout de noir vêtu, il laissait voler sa longue cape en courant dans l'appartement. Son maquillage avait coulé et il était tout barbouillé du crayon noir badigeonné autour de ses yeux, de la poudre blanche dont il s'était enfariné et du rouge sang qui lui enduisait les lèvres.

— Papa, papa, c'était génial aujourd'hui à l'école ! On a fait un goûter des fantômes !

Son frère le dévisageait d'un air moqueur.

— Ouais, ben c'est pas avec ce que tu as sur la face que tu as dû faire peur à tes p'tits camarades !

— T'es méchant, Romain ! Je suis le plus grand des vampires et je vais te le prouver !

Il se jeta rageusement sur son aîné en essayant de lui mordre le cou. Romain tomba en arrière dans le canapé en riant. J'aimais ces moments de complicité entre nos deux garçons. Une grande tendresse unissait les deux frères, quand ils ne se tapaient pas dessus.

Romain ne fêtait plus Halloween depuis son entrée au collège, mais sa bande de copains se délectait d'histoires de morts-vivants tout droit sortis du cimetière ou de chirurgien fou qui découpait ses victimes dans sa cave. Sous ses airs bravaches, Romain cachait sa sensibilité d'ado encore un peu enfant. Je l'avais ramené d'un week-end avec ses amis où il était resté mutique sur le chemin du retour dans la voiture avant de fondre en larmes. Il m'avait avoué qu'ils avaient improvisé une soirée pyjama en regardant les Gremlins dans le noir sous la couette. Il n'en avait pas dormi de la nuit. Je me rappelais avoir connu ce même sentiment d'amusement effrayé ou de frayeur amusée en allant voir le film à sa sortie en salles. Ces redoutables petites bêtes trop mignonnes m'avaient aussi empêché de fermer l'œil plusieurs nuits.

J'allais préparer le repas du soir, non sans avoir pris avec eux le traditionnel apéro, sirop de pêche et chips fantômes, leur grand plaisir dans les occasions particulières. Je décapsulai une bouteille de bière, le seul écart que je m'accordais dans les moments de fête. Quand Amélie était partie, j'avais dû user de toute la force qui me restait pour résister à mes vieux démons. Le stress du travail et les soirées un peu trop festives avaient entraîné un début d'addiction à l'alcool que j'avais combattu aux côtés d'Amélie. Le vide de son absence m'avait fait craindre le pire, mais je n'avais pas le droit de fléchir. Ce sont nos enfants qui m'avaient sauvé.

— La peine de mort, c'est moi !! Si quelqu'un m'énerve, je le coupe en deux !!

Je sursautai. Hadrien poursuivait son frère avec un long couteau en plastique à grands renforts de cris monstrueux.

— Hadrien, n'exagère pas, quand même ! On ne plaisante pas avec ce genre de choses !

Il repassa dans l'autre sens.

— Criez ! Hurlez ! Vous allez tous mourir !! Je suis le monstre de la nuit !!

— Ah non, Hadrien, c'est bon, là ! D'où tu sors des horreurs pareilles ?

Il s’arrêta de courir pour venir vers moi avec des yeux rigolards.

— C’est rien, papa. C’est dans Scooby-Doo que j’ai vu ça !

Je poussai un soupir de soulagement. Je craignais toujours qu’il tombe par hasard sur des vidéos qui ne soient pas de son âge ou que son frère l’incite à faire des bêtises pour le plaisir de le voir se faire punir à sa place.

Contre toute attente, la soirée se déroula sans incident. On regarda un dessin animé sans fantômes ni revenants terrifiants. On se coucha, ravis par la vie.

C’est dans la nuit que j’entendis des sons inhabituels. Je repensai immédiatement à l’Italie. Des sortes de borborygmes, un bruit d’écoulement qui viendrait d’un énorme intestin. Cette fois, je me redressai d’un bond. Je n’étais plus dans la somnolence et l’insouciance des vacances. En une fraction de seconde, tous mes sens étaient en éveils. Je me levai de mon lit, précautionneusement.

Les bruits venaient de la chambre des garçons. Je faillis filer à la cuisine pour attraper un couteau, un grand classique des films d’épouvante. Je souriais malgré moi en y pensant et me raisonnais. Je n’allais quand même pas entrer dans la chambre de mes enfants un couteau à la main ! C’était absurde. Et s’ils se réveillaient à ce moment-là, c’était le meilleur moyen pour leur flanquer la frousse de leur vie.

Je m’armai de courage et avançai doucement dans la pénombre. Avec mon téléphone portable, j’éclairais droit devant en tremblotant. La porte de leur chambre était à moitié fermée. Je la poussai du bout des doigts. Dans les lits superposés, je devinais deux formes cachées sous les couvertures. Je distinguais le visage de Romain, sur le matelas du haut. Il était plongé dans un sommeil profond, les paupières closes, enfoui dans ses rêves. Hadrien était retourné, le visage contre le mur. Je ne voyais que ses cheveux dont les boucles brunes scintillaient dans la lumière de mon téléphone.

Tout à coup, je compris. Le borborygme venait du radiateur. Les premiers frissons de l'hiver se faisaient sentir et j'avais dû allumer le chauffage au gaz. La chaudière montrait des signes de fatigue, il lui arrivait de glouglouter sans prévenir. J'étais vraiment ridicule ! Parce qu'on était la nuit d'Halloween, je m'étais mis à supposer toutes sortes d'imbécilités. Décidément, j'avais trop d'imagination. Il était temps que je me ressaisisse.

Mais quelque chose n'allait pas.

Je me concentrai sur le bruit et je m'aperçus qu'il fluctuait étrangement. L'écoulement d'eau n'était pas continu. Par moments, la note montait dans les aigus, puis elle redescendait dans les graves. On aurait dit un chant, ou un dialogue. Je tendais l'oreille et me raidissais. Hadrien lui aussi produisait des sons, un mince filet de voix sortait de sa bouche. Je m'approchai. Tout doucement.

— Hadrien... Hadrien ! Tu m'entends ?

Je percevais maintenant distinctement ses petits gémissements. Une suite de sons ou de mots qui n'avait pas de sens.

... o baigne oie l'eau coque re noyé eau...

— Comment ? Qu'est-ce que tu dis, Hadrien ??

... suie scie sang l'eau non dé dessin coq table eau noyé...

Je pris sa tête délicatement dans mes mains et la retournais. J'eus un haut-le-cœur. Il avait les yeux ouverts et vides. Il ne semblait pas conscient mais il parlait. Il parlait un langage que je ne comprenais pas.

— Hadrien, réveille-toi ! Réveille-toi !!

Je le secouai avec le plus de précautions possible. Il parut revenir à lui. Il me regarda avec de grands yeux surpris.

— Hadrien, tu as fait un mauvais rêve ?

Un éclair de lucidité stria ses pupilles.

— Hadrien, comment tu te sens ?

D'un coup, son regard prit une teinte effrayée.

— Tu as fait un cauchemar ?

— Oui, papa.

— Alors, raconte-moi ! Il faut que tu me racontes, Hadrien !

— Non, papa, non.

— Mais pourquoi ?

— Je ne peux pas. Je ne peux pas te raconter, sinon je vais avoir encore plus peur.

À ce moment-là, j'entendis le silence. Les bruits du radiateur avaient cessé.

17

J'avais longuement câliné Hadrien. Il avait fini par s'endormir dans mes bras. J'avais observé une bonne partie de la nuit ce petit être qui paraissait si fragile au creux de son lit. Il avait retrouvé un air serein, enfoncé dans les profondeurs de rêves qui ne semblaient plus être des cauchemars. Je m'étais finalement assoupi à côté de lui. Son frère laissait entendre un léger ronflement, un sifflement attendrissant. Il n'avait rien perçu de ce qui s'était passé.

Au petit matin, Hadrien ne se souvenait de rien. Il avait le vague sentiment d'avoir fait un sale mauvais rêve. J'étais nauséeux après cette nuit difficile, et parce qu'un 1er novembre avait toujours un goût amer. Je n'étais pas croyant, hors de question pour moi d'effectuer ce jour-là un quelconque acte de dévotion, mais je ne pouvais m'empêcher de penser à Amélie. J'essayais d'effacer son image de ma tête en regardant les garçons se lever.

— Bon, ben, très bien, je suis content que vous ayez bien dormi tous les deux ! Moi j'ai fait... une petite insomnie. J'ai besoin de me remettre de mes émotions. Est-ce que vous voulez des croissants et des pains au chocolat ?

— Trop cool, papa ! On devrait fêter Halloween plus souvent !

— Peut-être pas, non...

J'allais trouver à la boulangerie du bas de la rue de quoi approvisionner un petit déjeuner pantagruélique. Le festin terminé, je dressais la liste des corvées à expédier. Romain devait passer l'aspirateur et mettre le linge dans la machine à laver en échange d'un peu d'argent de poche, dix minutes de jeu vidéo et toute ma gratitude.

Accompagné d'Hadrien, je montais au troisième étage où résidait une vieille dame qui avait été sympathique au début de notre aménagement ici, mais qui, au fil des années, prenait une mauvaise tournure. Elle vivait seule, ses deux filles ne venaient la voir que très épisodiquement, et on avait fini par comprendre pourquoi, même si son isolement nous tracassait beaucoup.

Dans les premiers temps, nous nous relayions entre voisins pour lui porter ses courses, l'aider à remplir ses documents administratifs ou l'emmener voir le médecin. Les choses s'étaient peu à peu envenimées au point qu'elle ne disait même plus bonjour quand on la croisait dans les escaliers. J'avais eu le malheur de prendre la défense du jeune couple métis du dernier étage qui venait d'avoir un enfant et voulait récupérer le palier pour agrandir son appartement. Nous n'allions jamais au dernier étage, à part pour leur rendre visite, et personne d'autre qu'eux dans l'immeuble n'avait l'utilité de ce palier. Mais la voisine du troisième en avait fait une question de principe et avait refusé de signer l'acceptation de la vente du lot pour un euro symbolique lors de l'assemblée générale des copropriétaires. Le couple n'avait pas pu faire les travaux et avait fini par déménager.

Je me trouvais aujourd'hui dans une situation similaire. Pour faciliter l'accès à notre appartement, Amélie avait fait légèrement déplacer notre porte d'entrée. Nous avions eu besoin d'empiéter sur un demi-mètre carré dans les parties communes. Les tracasseries administratives étant pour moi une véritable phobie, les choses avaient traîné et je n'avais pas été au bout de la procédure. Pour pouvoir vendre l'appartement, il fallait à présent régulariser les aménagements effectués et j'avais besoin de l'accord unanime des habitants de l'immeuble.

Depuis plusieurs jours, je n'arrivais pas à joindre la voisine du troisième, elle ne m'ouvrait pas quand je frappais à sa porte. Elle m'avait dit qu'elle ne se rendrait pas à l'assemblée générale extraordinaire que j'avais dû convoquer et qui allait se tenir dans moins d'une semaine. Elle ne voulait pas signer de procuration pour se faire représenter. Elle avait le pouvoir de tout bloquer et de nous empêcher de partir pour Bordeaux. J'étais déterminé à la faire plier.

J'appuyais sur le bouton de la sonnette. Un son strident se répandit dans tout l'escalier. J'entendis nettement des pas dans le couloir derrière l'épaisse porte en bois. Sans que rien ne bouge. Je sonnais plusieurs fois.

— Madame Villemain, je vous en prie, ouvrez !

Je sentis sa présence derrière la lourde porte.

— Madame Villemain ! Je sais que vous êtes là.

— Non, je n'ouvrirai pas.

— Enfin, voyons, soyez raisonnable. Je suis avec Hadrien. Nous devons absolument avoir votre signature, sinon nous ne pourrons pas quitter Toulon.

J'entendis les clefs qui tournaient dans la serrure.

— Si c'est pour que vous déguerpissiez de l'immeuble, je peux peut-être faire quelque chose pour vous.

— Vous êtes trop aimable, madame Villemain.

Elle nous précéda dans le couloir jusqu'à son salon. Elle s'assit en balayant des papiers qui attendaient sur une table carrée décorée de moulures en bois soigneusement verni. Elle était habillée d'un élégant chemisier et d'un pantalon de velours côtelé, escarpins aux pieds. Un piano droit de belle facture dormait dans un coin. Je m'asseyais à mon tour, Hadrien à mes côtés.

— C'est bien, vous êtes revenue à de meilleures dispositions. Vous êtes d'accord pour signer ?

Elle me toisa avec un sourire malin. Cela faisait une éternité que je ne l'avais pas vue sourire.

— Ça dépend...

— Ça dépend de quoi ?

— Il faut payer.

J'ouvrais des yeux ronds.

— Comment ça, il faut payer ?

— Eh bien oui, il faut payer. Si vous ne payez pas, je ne signe pas.

— Mais c'est illégal ! C'est du racket ! C'est à l'ensemble des copropriétaires que j'achète ce demi-mètre carré. Une moitié de mètre carré que personne n'utilisait et qui ne gêne personne. Il n'est pas considéré comme habitable, il ne rentre même pas dans la loi Carrez. Il n'augmentera pas le prix de notre appartement, si c'est ça qui vous pose problème. Je dois l'acheter pour un euro symbolique. Je n'ai pas à vous donner d'argent !

Elle fit une petite moue triste.

— Vous savez, j'ai une maigre retraite. J'ai beaucoup de mal à joindre les deux bouts. Ce serait bien si vous m'aidiez.

Décidément, elle était très forte. J'étais mal à l'aise, indécis sur la conduite à adopter.

— J'imagine bien que votre retraite ne doit pas être très élevée, comme pour beaucoup de gens malheureusement. Je suis bien placé pour le savoir avec ma mère. Je vous aiderais bien volontiers, mais pas de cette façon !

— Alors, c'est non.

Stupéfait, je laissais passer un silence. Elle ne manquait pas de culot. Hadrien la scrutait avec un air de plus en plus renfrogné.

— Combien vous voulez ?

— 5 000 euros.

— Quoi ?

— 5 000 euros, ou je ne signe pas.

Je calculais rapidement combien cela me coûterait en emmerdements si elle ne signait pas. À l'évidence, bien plus cher. Et elle avait déjà fait le calcul.

— Bon, 1 000 euros.

— 4 000

— On coupe la poire en deux. 2 500 euros.

Elle réfléchit un instant.

— D'accord pour 2 500.

— Je vais chercher mon chéquier et je vous paie tout de suite, comme ça c'est réglé.

— Ah non, pas de chèque. Vous me payez en liquide.

— Mais, je ne peux pas retirer autant en liquide ! C'est la Toussaint, toutes les banques sont fermées, je ne peux même pas aller au guichet !

— Fête des morts ou pas fête des morts, vous vous débrouillez comme vous pouvez.

Elle me tenait. Sans plus attendre, je partis avec Hadrien à la chasse aux distributeurs. J'utilisai ma Visa et celle du travail, qui me servait d'habitude pour l'avancement des frais. Je m'arrangerais avec le boulot pour rembourser plus tard. Au bout de trois distributeurs, j'avais réussi à réunir la somme.

Nous étions en tout début de mois, mon compte n'était pas encore trop dégarni, mais j'avais atteint mon plafond de retrait et je me retrouvais à sec jusqu'à la réouverture des banques. Essoufflé, Hadrien toujours avec moi, je revenais au troisième étage où attendait tranquillement la voisine. J'étalais les petites coupures sur la table. Elle compta les billets, puis sortit une feuille d'une enveloppe kraft tamponnée. Elle signa la procuration et me la tendit.

— Voilà. Vous pouvez partir.

Je me levai de la chaise sans un mot et tournai les talons. Au moment de franchir la porte, Hadrien se retourna. Il regarda la voisine droit dans les yeux. Comme s'il avait eu un colt dans les mains, il ajusta la vieille dame et fit mine de tirer dans sa direction.

— Pan ! T'es bientôt morte, mémé !

18

— Tu ne peux pas me faire ça !!

Noémie avait changé de visage. Elle secouait ses fines tiges blondes, la surprise et la déception se lisaient dans ses yeux.

— C'est une manière de me dire qu'on n'est plus ensemble ?

— Tu es la première depuis très longtemps avec qui je sens qu'il y aurait quelque chose de possible. Mais je dois déménager à Bordeaux avec les enfants. Il le faut. Pour plein de raisons.

— Et moi dans tout ça ? Je compte pour rien ?

Elle avait encore haussé le ton. Les clients du restaurant se retournaient vers nous avec des mines compatissantes ou excédées. J'avais horreur des esclandres de couple en public. J'avais connu cette torture avec mes parents quand j'étais gamin, je ne supportais pas ce déballage de linge sale où l'on convie tout le monde.

— Ça fait à peine un an qu'on se connaît. On n'a encore jamais habité ensemble. On ne sait pas vraiment ce que ça pourrait donner toi et moi.

— Eh bien, figure-toi que moi, je commençais à me faire des films. Je commençais à y croire. Peut-être même que je t'aime.

— Moi aussi, je te jure, j'ai des sentiments pour toi, des sentiments très forts. Mais... mes enfants sont ma priorité, ma priorité absolue.

Il y eut un silence. Elle avait deux filles, elle pouvait comprendre.

— Tu le sais depuis quand ? Pourquoi tu ne m'en as pas parlé avant ?

J'avais attendu d'être certain que le déménagement se ferait avant de lui annoncer notre départ pour Bordeaux. Maintenant, je ne pouvais plus reculer. J'avais réservé un appartement qui se libérait dans trois mois, sans même le visiter. Ou plutôt, en réalisant une visite virtuelle, un WhatsApp vidéo avec l'agent immobilier que j'avais contacté sur place. Les appartements disponibles, avec deux chambres pour les enfants et un loyer raisonnable, étaient rares sur le marché. J'avais aimé le parquet en bois verni, les grandes fenêtres qui offraient de la lumière dans le salon. L'autoproclamé « Stéphane Plaza bordelais » m'avait assuré que c'était une occasion à saisir. Je n'avais pas hésité, tout en mesurant les risques que je prenais. Avec l'image pixellisée d'un téléphone portable, difficile de se rendre compte si l'appartement est fonctionnel, si la rue est bruyante, si les voisins sont sympas.

J'avais aussi préinscrit les enfants dans les écoles les plus proches qui avaient bien voulu accueillir des élèves en cours d'année suite à une « mutation professionnelle ». Là aussi à distance, là aussi en espérant qu'il n'y aurait pas de mauvaises surprises. J'étais plein d'espoir, même si je devais faire des sacrifices.

— Je redoutais de t'en parler. Je m'attendais à ta réaction.

— Espèce de couilles molles ! Tu m'as laissé espérer pendant des semaines et maintenant tu me laisses tomber ?

— Ça suffit ! Ne le prends pas comme ça. Je te dis que je n'ai pas le choix !

— On a toujours le choix ! C'est à cause de ton boulot ? Tu n'es pas obligé de partir là-bas. Tu as rencontré quelqu'un ?

— Fais-moi confiance, pour une fois. Si je te dis que je n'ai pas le choix, c'est que c'est vrai. Je dois partir, avec les enfants.

— Tu fuis, encore.

Elle remuait joyeusement le couteau dans la plaie. Je pris ses mains dans mes mains, je les serrai fort, enfonçai mon regard dans le sien.

— Et si toi tu venais à Bordeaux, avec les filles ?

Elle sourit tristement.

— Tu sais bien que ce n'est pas possible. C'est toi-même qui viens de dire qu'on n'avait jamais vraiment vécu ensemble. Je ne vais pas tout abandonner pour te suivre.

Elle avait raison.

Je me penchais doucement au-dessus des verres de vin et du dessert que nous n'avions pas terminé. J'avais réservé cette soirée pour lui faire cette annonce. Les garçons devaient être couchés depuis longtemps pendant que la nounou regardait la télévision.

J'embrassai Noémie. Le cœur au bord des lèvres.

19

Le couple avait l'air plutôt sympathique. La trentaine, lui, juriste dans une association militant pour l'environnement, grand mince à rouflaquettes rousses, elle, chirurgienne ophtalmique, petite aux cheveux noirs coupés court. J'avais profité de la pause de midi pour les rejoindre sur le pas de la porte où attendait aussi l'agent immobilier toulonnais. J'avais tenu à être présent pour la visite, je voulais connaître les éventuels futurs acquéreurs. Amélie avait mis tout son cœur et toute son âme dans ce petit nid et je voulais être en confiance, être sûr que ce serait *des gens bien* qui en prendraient soin.

— Une belle journée pour une belle visite ! avait lancé l'agent immobilier, tout sourire.

Nous avions convenu ensemble de l'horaire et du jour en fonction de la météo. La porte d'entrée franchie, on avait sur la gauche un accès direct au salon avec sa grande baie vitrée qui ouvrait sur le jardin. Amélie avait voulu qu'on abatte le mur entre le hall d'entrée et le salon. L'impression était saisissante, je ne m'étais jamais lassé de cette sensation d'espace et de confort quand on pénétrait dans l'appartement. Il devait être 12 h 30, le soleil réchauffait toute la pièce.

— Ah oui, sympa ! C'est très lumineux.

La jeune femme avait une bonne première impression, c'était déjà un point positif. Je m'étais préparé à cette visite, mais je pris tout à coup conscience que ce couple allait peut-être s'installer ici, *chez nous*, entre ces murs que nous avions *habités* pendant autant d'années. C'était comme si des étrangers allaient violer notre intimité. Je luttais contre cette sensation absurde. Après tout, ce n'était qu'un appartement.

— Vous habitez ici depuis longtemps ?

Le déménagement de Paris, la naissance de Romain un an plus tard, la naissance d'Hadrien...

— Treize ans... Plus de treize ans, déjà.

Elle dut sentir le voile qui était passé devant mes yeux. Elle eut une brève hésitation avant d'ajouter :

— Treize ans, c'est bon signe pour nous, c'est que vous vous plaisiez dans l'appartement.

— Vous ne croyez pas si bien dire...

— Vous déménagez à Bordeaux, c'est bien ça ?

— Euh, oui. Si je n'avais pas eu une opportunité professionnelle, nous serions restés ici, répondis-je en assumant mon demi-mensonge.

Nous nous étions avancés dans le salon, qui faisait aussi office de salle à manger, avec un bar américain qui donnait sur la cuisine. Un mur séparait auparavant le séjour de la cuisine, nous l'avions aussi démonté à coups de masse pour agrandir encore l'espace. J'avais pris soin de ranger le matin les jouets qui traînaient, la vaisselle, mes affaires de bureau dispersées sur la grande table en bois massif. La veille, j'avais entrepris un grand ménage en lavant méticuleusement les vitres pour accueillir au mieux le soleil. Tout le mobilier choisi avec goût par Amélie donnait à l'ensemble beaucoup de charme, on se serait cru dans un magazine de décoration d'intérieur. Les deux visiteurs semblaient conquis quand ils se figèrent devant un des murs.

— Tiens, c'est original ! C'est vous qui l'avez dessiné ?

Je venais à leur hauteur et observais le mur que les travaux du voisin du premier avaient parsemé de larges taches. Je me figeais à mon tour, interloqué. Au milieu du mur, un personnage était tracé à l'encre noire, une silhouette qui représentait un guerrier spartiate, torse nu, coiffé d'un casque orné de grandes plumes. Plus bas gisait un monticule de plâtre et de lambeaux de peinture.

— Mon agent immobilier a dû vous dire que nous avons eu plusieurs dégâts des eaux. Je suis désolé, ce n'est vraiment pas de chance que ce soit arrivé maintenant. Mais je... Ce personnage, là, non, il n'y était pas ce matin. C'est un morceau d'enduit qui a dû tomber, ça devait être caché derrière. Je suis aussi surpris que vous.

— Effectivement, confirma l'agent immobilier, ça n'y était pas la dernière fois que je suis venu.

— C’est étrange, on dirait un dessin de Cocteau ou Matisse, remarqua le mari de la chirurgienne.

— Si c’est un Cocteau ou un Matisse, l’appartement ne sera pas au même prix, sourit le commercial.

— Ils sont venus plusieurs fois à Toulon, rectifiai-je, mais à ma connaissance ils n’ont jamais résidé dans cet appartement.

— Dommage, ce sera intéressant de vérifier, insista l’agent immobilier en prenant une photo avec son téléphone portable. Je connais un expert en arts à qui je poserai la question. Bon, on continue la visite ?

Nous revenions vers le hall d’entrée où, côté rue, un couloir desservait les deux chambres, les toilettes et la salle de bains. Dans la chambre des garçons, le mur lépreux qui avait subi les outrages de l’immeuble mitoyen faisait peine à voir. La peinture s’écaillait et il faudrait sûrement encore quelques mois avant que tout ne soit complètement sec.

— J’ai déclaré le sinistre à l’assurance, comme pour le mur du salon. Ne vous inquiétez pas, je m’engage à ce que tout soit repeint sans que vous ayez à débourser un centime. Nous pourrons ajouter une clause suspensive dans le compromis de vente, si vous le souhaitez.

Le juriste de la chirurgienne ne se fit pas prier pour rebondir sur ma proposition.

— Oui, nous y tenons absolument, c’est la moindre des choses.

— Ce sera à régler avec le notaire, c'est une simple formalité, tempéra l'agent immobilier.

— Si je ne me trompe pas, cela fait quand même trois infiltrations d'eau dans les murs. Nous espérons que les fondations sont saines, quand même.

Je serrai les dents.

— Bien sûr que les fondations sont saines ! Pour le troisième dégât, il n'y a presque rien. J'ai pu intervenir à temps et il y a juste un peu d'eau qui a coulé dans le hall.

— Chéri, ce n'est pas grand-chose. Ce qui est important, c'est que les fuites ont été réparées.

— Venez voir le jardin, suggéra l'agent immobilier, qui sentait qu'il y avait du tangage. Vous allez être définitivement conquis !

L'atout maître de l'appartement, en dehors de son grand salon et de sa luminosité, était cet intervalle de verdure luxuriante sans vis-à-vis. Amélie aimait s'installer sur la terrasse, un verre de rosé à la main, dans la douce chaleur des soirs d'été. Tout avait poussé en s'entremêlant, cistes, lauriers-roses, lavandes, magnolias, tout se mélangeait avec bonheur. Un magnifique bougainvillier avait pris ses aises en grimpant le long d'un mur. J'appréciais cet air de jardin à l'anglaise miniature. En sortant du tumulte de la ville, on se retrouvait soudain dans un havre de paix très reposant.

La femme du juriste ne semblait pas insensible à ce calme surprenant si proche du centre-ville.

— C'est un petit paradis, ici !

— Quand ils ne sont pas pourchassés par les chats du quartier, on entend les oiseaux. C'est très agréable.

Son mari, de son côté, scrutait les volets à la peinture gris galet qui fermaient un débarras dans le fond du jardin.

— Je suis sûr qu'il y a du plomb dans ces volets.

— Tout à fait. Il faudra un jour entreprendre de les décaper pour enlever le plomb. Mais je vous assure qu'à part si vous grattez la peinture et que vous mangez les éclats au petit déjeuner, vous n'aurez pas de problème. Mes deux enfants jouent dans cette cour depuis des années et ils n'ont jamais souffert de saturnisme.

— Oui, mais quand même...

— J'ai fait établir un diagnostic pour tout l'appartement. À part ce plomb présent dans les volets, il n'y a ni amiante ni termites, aucun défaut caché. Vous pouvez être rassurés.

La chirurgienne prit son juriste par le bras.

— Allez, chéri, ne va pas chercher la petite bête. Des appartements comme celui-ci avec extérieur, on n'en a pas vu beaucoup. Moi, j'ai un coup de cœur.

Comme ce couple, j'étais partagé. Je ne devais pas traîner pour trouver un acquéreur. Mais je me demandais s'ils allaient vraiment amener des ondes positives dans notre maison.

20

Après la visite, j'étais reparti travailler à la rédaction. Tout en calant des sujets, je tournais et retournais les différentes options dans ma tête. Le mari juriste avait essayé de soulever des lièvres jusqu'à la fin du tour du propriétaire. C'était normal que d'éventuels acquéreurs se montrent tatillons. J'aurais agi de la même façon à leur place. Je devais moi-même donner l'impression d'être sur la défensive. Il fallait que j'arrête de me poser trop de questions. Mon attachement à cet appartement était insensé.

Quand je revenais le soir, tout l'ordre que j'y avais instauré en vue de la visite s'était fait la malle. On pouvait suspecter que le tapis du salon avait servi de circuit automobile, les plis que je devinais devaient être les restes d'un rallye sauvage en pleine montagne, des voitures accidentées parsemaient le parcours. Je marchais sur des Lego qui devaient être les vestiges d'une ville futuriste. La grande table était jonchée de feuilles et de feutres disséminés un peu partout. Hadrien s'affairait à dessiner. Assise à un bout de la table, la nounou était plongée dans son téléphone portable, sans doute occupée à chasser des Pokémon. J'avais toujours trouvé cette lubie légèrement déplacée pour une jeune retraitée, mais ce côté en permanence décalé était plutôt attachant.

— Je ne vous dérange pas ?

Je tempêtais intérieurement. Elle détacha ses yeux de son smartphone, son regard passant au-dessus de ses lunettes.

— Pas du tout, vous êtes le bienvenu chez vous ! Enfin, tant que vous êtes toujours chez vous, ajouta-t-elle avec un sourire futé.

— Les devoirs ?

— Romain est en train de finir un exercice de maths dans la chambre, Hadrien les a vite expédiés.

— Coucou Papa !

Hadrien semblait réaliser que son papa était entré dans la pièce.

— Ça va, mon chéri ? La journée s'est bien passée ?

— Très bien.

— Tu as l'air concentré. Tu dessines ?

— Oui. J'apprends à dessiner un bonhomme.

— C'est chouette, ça ! Tu me montres ce que tu as fait ?

Je m'approchais de lui en regardant la feuille qu'il me tendait. Je stoppai net. Tracé au feutre noir, avec un trait étonnamment assuré qui n'était pas du tout le style habituel d'un enfant de sept ans, un guerrier spartiate coiffé d'un casque à plumes me narguait.

— Tu aimes bien ? C'est le bonhomme qui est sur le mur.

— Ah oui, je vois. Et tu l'as bien dessiné. Quelqu'un t'a aidé ?

— Absolument pas ! intervint la nounou. Je ne l'ai pas aidé, son frère non plus, il l'a fait tout seul, et en pas mal d'exemplaires, poursuivit-elle en montrant la pile de feuilles.

Je tournais la tête. Je reconnaissais sur la table des dizaines de guerriers spartiates avec des plumes. Tous quasiment identiques.

— C'est étrange, d'ailleurs, ce dessin sur le mur. Je ne l'avais jamais vu.

Je levais les yeux vers le mur où le guerrier à l'air sévère était statufié dans son encre noire.

— Moi non plus, je ne l'avais jamais vu. Il était protégé par de l'enduit, recouvert par la peinture. La maison nous avait réservé cette surprise.

— Vous avez une piste pour savoir qui l'a dessiné ?

— Aucune idée. Un ouvrier de chantier facétieux, un artiste du dimanche, ou peut-être un peintre très connu, mais j'en doute.

— Eh bien, il se passe de drôles de choses dans votre appartement. Figurez-vous que c'est un nid à Pokémon. Avec l'appli de mon téléphone, j'en ai trouvé partout.

Décidément, la nounou était plus à la page que moi. Elle se livrait parfois avec les garçons à des combats enflammés de Pokémon qui me laissaient sans voix. Chaque fois, j'avais du mal à identifier qui était le plus jeune des trois.

— Moi, je l'aime beaucoup, ce bonhomme, je le trouve très joli, reprit Hadrien en exposant ses dessins sur les murs avec de la gomme adhésive.

— Oui, il est très joli, mais on ne va peut-être pas le mettre partout dans la maison, il y a déjà assez d'esprits frappeurs ici, dis-je en adressant un clin d'œil à la nounou.

Pendant qu'elle prenait son sac pour repartir chez elle, j'allais retrouver Romain dans la chambre. Au moment où j'entrais, je vis son geste furtif. Il cacha rapidement sa Nintendo sous un livre.

— C'est comme ça que tu révises les maths ?

— Bonsoir, papa. C'est bon, j'ai fini mes exercices.

— Montre-moi, que je vérifie tout ça.

Je m'approchai pour saisir la console de jeux.

— Confisqué ! Et tu n'es pas près de la revoir.

— Oh non ! Je te jure, j'ai fait tous mes devoirs !

— On va voir ça.

Je passais la demi-heure qui suivit à tout contrôler, comme pratiquement tous les soirs, en essayant de m'énerver le moins possible. Il fallait encore que je rappelle à la nounou que je ne l'employais pas seulement pour assurer la garderie. Je préférais faire autre chose avec mes enfants que de me prendre la tête avec eux en rentrant le soir après une journée de travail harassante.

Mis à part l'épisode des devoirs, le reste de la soirée se passa tranquillement. J'avalais des spaghettis à la sauce tomate avec les gars en scrutant le guerrier spartiate et en me demandant s'il aurait aimé partager le plat de pâtes avec nous...

02 : 38

Les chiffres s'affichaient sur la photo de nos enfants, bras dessus bras dessous, prise un soir de vacances sur la promenade des Anglais, face à la Baie des Anges à Nice. L'évocation de ce souvenir heureux incrusté dans le fond d'écran de mon téléphone est fugitive.

De nouveau les bruits.

Un « glouglou » incessant, comme une musique.

Je me levai et avançai à pas de loup vers la chambre des garçons. Je poussai la porte le plus délicatement possible.

Ils dormaient.

Dans la pénombre, tout était calme, tout semblait normal.

Tout sauf le vieux radiateur en fonte qui, lui, ne chômait pas. Il chantait en continu, on aurait dit qu'une rivière coulait dans ses entrailles. Le plombier m'avait dit qu'il faudrait envisager de purger tout le réseau. Que les bruits pouvaient aussi venir de la dilatation des tuyaux au passage de l'eau chaude. Mais, là encore, ces gloussements du radiateur avaient quelque chose qui n'avait rien à voir avec la plomberie.

Quelque chose d'inquiétant.

Hadrien, les yeux clos, se mit à chantonner lui aussi, comme s'il lui répondait.

Je m'approchai du lit, m'assis sur le rebord. J'allumai la petite veilleuse en forme de lapin qui avait accompagné une bonne partie de son enfance.

— Hadrien, mon chéri, tu fais encore un cauchemar ?

Il laissait filer de sa bouche des sons étranges qui n'avaient pas de sens. Des sons qui n'avaient rien de mélodieux et qui produisaient pourtant une musique entêtante, une sorte de chant liturgique joué sur un disque rayé.

— Hadrien, je t'en prie, je t'en supplie ! Tu me fais peur quand tu fais ça !!

D'un coup, il ouvrit les yeux et me fixa.

— Papa, je sais !

— Comment ça, tu sais ?

— L'esprit de la maison me l'a dit.

— Quel esprit de la maison ? Qu'est-ce que tu me racontes ?

Il avait un regard intense. Dans la faible lumière du lapin blanc, ses yeux étaient enfiévrés. Je plaçais ma main sur son front. Il était brûlant.

— Le bonhomme qui est sur le mur. Il a été dessiné par un grand artiste. Mais un artiste méconnu. Quelqu'un qui n'a pas eu de chance, quelqu'un qui est triste parce qu'on n'a pas reconnu son talent.

— Enfin, Hadrien, d'où tu sors tout ça ?

— C'était un ami de Jean Cocteau. Lui, c'est un artiste qui a eu du succès.

— Tu connais Cocteau ? C'est la maîtresse qui vous en a parlé ?

— Non, c'est pas la maîtresse. C'est l'esprit de la maison.

— Mais enfin, Hadrien !! Qu'est-ce que...

— Il a habité ici. Il s'appelait Sébastien Morel. Il m'a dit que Jean Cocteau l'avait copié, qu'il s'était inspiré de ses poèmes et de ses dessins, qu'il avait promis qu'il l'aiderait mais qu'il ne l'avait pas aidé. Alors il s'est... il s'est tué.

— Il s'est tué ??

— Oui, je l'ai vu. Il s'est mis dans la baignoire. Il y avait de l'eau bien chaude. Il a pris une bouteille de vin qu'il buvait. Il l'a cassée. Il a pris un morceau de la bouteille et il a fait couler du sang de son bras. C'était pas beau à voir. C'était dans notre salle de bains. Et puis il est parti.

— Comment ça, dans notre salle de bains ? Comment ça, il est parti ?

— Eh bien, il s'est tué dans notre salle de bains. Il est parti. Il est mort. Comme maman.

Je tressaillis.

— Hadrien, ce n'est pas possible, tu ne peux pas savoir tout ça, tu... tu as fait un rêve...

— Non, papa. C'était comme un rêve, mais ce n'était pas un rêve.

— Qu'est-ce qu'il raconte, encore ?

La voix embrumée de Romain venait du lit en hauteur. Je vis son visage fatigué, les yeux cernés, se pencher au-dessus du garde-fou en bois.

— Il dit n'importe quoi, comme d'habitude.

— Non Romain, ton frère ne dit pas n'importe quoi. Mais il a sans doute fait un mauvais rêve.

— C'était pas un rêve ! s'énerva Hadrien. Je l'ai vu ! Je l'ai vu *en vrai* !!

— C'est ça, reprit Romain. En attendant, laisse-moi dormir. Y a école demain.

— Bon, Romain a raison. On va aller dormir, sinon vous allez être trop fatigués. Hadrien, tu peux venir avec moi dans mon lit, tu pourras peut-être mieux dormir.

Hadrien ne se fit pas prier. Il fila dans ma chambre où il se plongea sous la couette et s'endormit *illico*.

Pour moi, en revanche, impossible de trouver le sommeil.

21

— Vous voyez cette zone, là ?

Le neurologue aux cheveux aussi blancs que sa blouse pointait avec sa souris une image sur laquelle se dilataient ou se contractaient des surfaces rouges, bleues, jaunes et vertes. L'IRM qui s'affichait sur l'écran d'ordinateur me faisait froid dans le dos. J'avais l'impression qu'on avait découpé le cerveau d'Hadrien en fines lamelles.

— Oui. C'est tout rouge. Ça signifie quoi ?

— Cette zone activée en rouge indique qu'il y a eu ici de fortes stimulations au moment des tests. Cela révèle les réseaux neuronaux de votre enfant. Les personnes à haut potentiel possèdent des ramifications plus denses à certains endroits de leur cerveau. C'est le cas pour votre fils.

De l'autre côté de la baie vitrée, Hadrien lisait une BD en balançant nerveusement les jambes, assis sur un coin de la civière. Le gros tube blanc dans cette salle toute blanche avait des airs de machine à remonter le temps sortie tout droit d'un film de science-fiction. Mon petit bonhomme avait été courageux. Allongé sur un étroit matelas qui n'avait rien de confortable, il avait patienté de longues minutes, la tête coincée dans un étau en mousse, répondant à toute une batterie de questions que lui soufflaient les médecins dans un micro grésillant. Tests de logique, exercices de français, images projetées sur un écran à l'intérieur du tunnel, tout y était passé. J'avais l'impression que les scientifiques étudiaient un petit alien tout juste débarqué sur Terre. La psychologue avait fait jouer ses relations pour nous obtenir un rendez-vous dans le service neurologique de La Timone, à Marseille, un des plus réputés de France. En appelant sans être recommandé par un « ami médecin », impossible de voir le grand Professeur avant au moins neuf mois. Là, nous avions dû patienter juste quelques semaines.

— Un cerveau d'enfant possède dans les premières années de son développement dix fois plus de connexions potentielles que tout l'Internet mondial. La myéline est une substance qui entoure les fibres nerveuses, les axones, elle les protège et les isole, elle sert à accélérer le passage de l'information d'un neurone à l'autre. Chez les enfants précoces, la myéline est particulièrement développée. Pour faire simple, elle leur permet de réfléchir plus vite.

J'avais vu des informations de ce genre sur la Toile. J'étais médusé par la complexité de cette cervelle qui pouvait faire naître le meilleur comme le pire. L'être humain me fascinait. Hadrien encore plus.

— Donc, Hadrien est bien un enfant précoce.

— Sans aucun doute. Si vous faites évaluer son QI, il sera certainement au-dessus du lot. Cela ne veut pas dire qu'il sera beaucoup plus intelligent que la normale et surtout qu'il aura une vie plus facile. Et même au contraire...

— Oui, je m'en suis rendu compte.

— Mais il y a autre chose...

Il fit défiler sur l'écran d'autres images en noir et blanc striées de couleurs vives. La géographie du cerveau d'Hadrien disséquée au scalpel électronique.

— Là, vous voyez ?

Son doigt pointait une zone vide où on aurait dit qu'il n'y avait pas de matière, ni blanche ni grise.

— Il y a une détérioration de cette aire corticale qui est symptomatique d'un stress post-traumatique. Ce serait compatible avec le décès de sa maman à sa naissance.

J'accusai le coup.

— Ah... Et... ça peut avoir des conséquences ?

— C'est plutôt à un psychiatre ou un psychologue de vous dire s'il y a des conséquences.

— Hadrien a vu les deux. Ils disent bien que c'est un enfant... disons, perturbé. Mais ils n'avaient pas l'air trop inquiets.

— Tant mieux s'ils ne sont pas inquiets. Sa précocité peut avoir compensé ce choc post-traumatique. Moi, je constate qu'il y a des lésions. Après, ces lésions peuvent entraîner des perturbations, notamment sur le plan hormonal, qui peuvent engendrer des difficultés psychologiques, des difficultés d'adaptation.

— Oui, on peut dire ça comme ça, il a quelques difficultés d'adaptation…

— Alors, papa, on y va ?

Hadrien venait d'ouvrir la porte du sas qui séparait l'énorme machine de la salle de contrôle.

— J'en ai marre d'attendre, on y va ?

— Deux secondes, mon chéri, tu vois bien que je discute avec le professeur.

Le neurologue prit un air compatissant.

— Il est très vif, comme garçon. Dans tous les sens du terme. Vous devez bien vous amuser avec lui…

— C'est ça, c'est la fête tous les jours à la maison.

Je le saluai en prenant les planches-contacts qu'il me tendait. Je n'étais pas beaucoup plus avancé. Avoir plus de connexions neuronales permettait-il d'avoir des contacts avec l'au-delà ? Je n'avais pas osé lui poser la question.

22

Le bouddha était toujours plongé dans la contemplation de son intérieur, les plantes vertes étaient toujours aussi vertes, les livres n'avaient pas bougé eux non plus. La psychologue, en revanche, avait un air pincé que je ne lui connaissais pas. Elle leva le nez des papiers qu'elle tenait dans une main, enleva ses lunettes et se frotta les yeux.

— Les conclusions du neurologue ne m'étonnent pas. On a la confirmation de ce que je pressentais.

Je me tortillais sur le canapé, redoutant le diagnostic qu'elle allait poser. Hadrien dessinait tranquillement dans l'autre pièce, à côté du jeu d'échecs.

— Pour ce qui concerne son test de QI, il est éloquent. Il a répondu très rapidement à toutes les questions. Il a obtenu un quotient de 135. La limite communément admise à partir de laquelle on est considéré comme un « surdoué » est à 125 ou 130. Donc il n'y a pas de doute là-dessus, il a un haut potentiel. Ce n'est ni positif ni négatif, il y a autant d'avantages que d'inconvénients à être un enfant précoce. Mais c'est un fait à prendre en compte.

— Oui, je commence à le savoir, le neurologue m'a dit la même chose.

— Ça explique beaucoup de choses. Ses difficultés à l'école, son décalage par rapport à l'apprentissage, son hypersensibilité...

— D'accord, mais... par rapport à... ses visions ? Vous pensez que ça peut avoir un lien ?

— Je n'en ai pas la moindre idée. Pendant toutes les séances que j'ai faites avec lui, j'ai essayé de lui tirer les vers du nez, sans résultat. Il n'y a qu'au premier rendez-vous qu'il s'est vraiment livré. J'ai l'impression qu'ensuite il a voulu se protéger, ou protéger quelqu'un. Ou peut-être que quelqu'un l'empêchait de parler.

— Sa maman ?

— Sa maman est peut-être comme un ami imaginaire. Il la fait revivre dans son imagination, c'est rassurant pour lui. Et c'est elle, enfin, cette maman imaginaire, qui contrôle tout et qui ne veut pas qu'Hadrien m'en dise trop.

— Et si... ça allait un peu plus loin qu'une « maman imaginaire » ?

— Là, on entre dans un domaine que je ne maîtrise pas du tout. Sa maman, jusqu'à preuve du contraire, n'est plus là. Mais c'est peut-être une piste à explorer...

— Vous me conseillez quoi ? Je ne vais quand même pas aller voir un médium ou une cartomancienne ? Je vous l'ai dit, je ne crois pas à tout ça !!

— Il y a très certainement un bon pourcentage de charlatans. Mais il y en a peut-être quelques-uns qui pourraient... vous aider.

— Alors, je tape sur internet « médium », et je prie en espérant que je ne vais pas tomber sur un escroc ?

— On m'a parlé d'une librairie ésotérique de confiance. Je vais vous donner leur adresse. Ils auront sûrement quelqu'un de sérieux à vous recommander.

— Et vous ? Vous m'aviez dit que vous... sentiez des choses ?

Son regard était fuyant. J'avais l'impression qu'elle me cachait quelque chose, qu'elle non plus ne voulait pas tout dire.

— J'ai senti des choses, oui. Comme des présences, des sensations de froid, des frôlements... mais je n'ai pas d'explication.

— Vous n'avez pas vu des objets... bouger tout seul ?

— Ah non, rien de cet ordre.

— Eh bien des fois, moi, je me demande...

— Écoutez, tout ceci me dépasse.

Elle se leva de sa chaise et se dirigea vers une étagère. Dans un panier en osier, elle prit une carte de visite qu'elle me tendit.

— Tenez, allez voir cette librairie. De toute façon, vous n'avez rien à perdre à essayer.

La photo d'une galaxie circulaire ornait la petite fiche noire cartonnée, avec cette inscription en lettres dorées : « Le Verseau – lectures essentielles et ésotériques ». Je poussais un soupir.

— Mouais… et si je me retrouve embrigadé dans une secte ?

La psychologue esquissa un sourire. C'était son premier signe de réchauffement depuis le début de l'entretien.

— Vous êtes une grande personne, vous saurez déjouer les pièges. Blague à part, je pense sincèrement qu'Hadrien a… quelque chose de particulier.

Elle se tourna vers Hadrien, qui dessinait toujours. Il semblait absorbé par sa tâche.

— Tu nous amènes ce que tu as dessiné ? Avec ton papa, on aimerait bien voir ce que tu as fait.

Il prit plusieurs feuilles étalées devant lui et s'avança en nous les montrant. On y voyait une série de motifs géométriques qu'il avait coloriés. Le noir et rouge dominait largement.

— C'est quand même très sombre, vous ne trouvez pas ?

J'étais bien obligé de le reconnaître. Il ressortait de ces dessins comme une tristesse indicible, une mélancolie sourde. Elle saisit une chemise cartonnée d'où elle sortit d'autres feuilles. On y voyait des guerriers ninjas habillés de noir qui pointaient leurs kalachnikovs vers des gens qui fuyaient. Les canons crachaient de longues flammes rouges.

— Avec Hadrien, c'est souvent noir et rouge. Colère et tristesse. Regardez aussi celui-là.

Elle montrait le dessin d'un Dracula qui égorgeait de petites victimes. Du sang rouge giclait dans tous les sens.

— C'est sûr, ça ne respire pas la joie de vivre, lui accordais-je en regrettant immédiatement d'avoir dit ces mots devant lui. Pourtant, je vous assure que la plupart du temps, Hadrien est un garçon plein d'énergie, qui aime rire, jouer, un garçon... presque comme les autres.

— L'un n'empêche pas l'autre. Il a de toute évidence un tempérament gai et enjoué, mais un fond de tristesse et de colère dont il n'arrive pas à se défaire.

Elle regarda Hadrien qui ne paraissait pas prêter un grand intérêt à notre conversation. Il semblait encore une fois parti ailleurs.

— Hadrien, tu es avec nous ?

— Je suis là, je vous écoute, répondit-il du tac au tac en la regardant d'un coup droit dans les yeux. J'ai bien compris que je faisais des dessins trop noirs et trop rouges.

— Et à ton avis, pourquoi tu fais des dessins comme ça ? reprit la psychologue.

— Je sais pas.

— Moi, je crois que tu sais mais que tu ne veux pas le dire.

— C'est possible.

— Et pourquoi tu ne veux pas le dire ?

— Je sais pas.

La psychologue lui adressa un sourire amusé.

— Écoute, Hadrien. On va s'arrêter là pour le moment. Je te propose que tu reviennes me voir quand tu sauras. D'accord ?

Il la fixait maintenant avec une intensité redoutable. Elle soutenait son regard avec la même acuité.

— D'accord.

— Marché conclu ! Je compte sur toi, Hadrien. Je ne veux pas que tu laisses ton papa comme ça. Il est inquiet pour toi, tu sais ?

— Oui, je sais. Mais il ne devrait pas être inquiet. Tout va bien.

Je souris à mon tour. Cet enfant était un cœur de chamallow dans un corps de petit diable. Et c'était notre enfant ! Je sentais cet attachement viscéral que j'avais pour lui, cet attachement profond qui me reliait à Amélie à travers lui.

23

On revenait de la piscine. Romain et Hadrien étaient inscrits à un cours de natation le samedi en début de soirée. J'avais pris l'habitude de les accompagner et de nager dans une autre ligne d'eau pendant qu'ils récitaient leur brasse et leur crawl. J'avais toujours préféré nager en mer, avec un vrai horizon, plutôt que d'enchaîner des allers-retours dans un bassin qui sentait le chlore. Les enfants aussi, et ils avaient du mal à se motiver pour aller se plonger le soir dans une baignoire où on grelottait avant de patauger comme un forcené pour se réchauffer. Mais j'avais tourné tant de sujets sur des parents démolis par la minute d'inattention qui avait suffi à leur enfant pour se noyer que j'avais inscrit de force les garçons à ces cours en piscine. Et quand nous en revenions, nous éprouvions cette satisfaction du corps qui a pu défouler le stress accumulé pendant la semaine, ce sentiment bienfaisant du devoir accompli.

Donc, en général, sur le chemin du retour, tout allait bien. Dans la Picasso familiale, nous connections l'iPod en chantant à tue-tête leurs tubes préférés. Mais ce soir-là, j'avais allumé la radio pour écouter les infos. À la rubrique faits-divers, la présentatrice annonça qu'un enfant avait reçu le morceau d'une corniche sur la tête dans la rue et qu'il en était mort. Combien y avait-il de malchances que cet enfant passe sur *ce* trottoir à *ce* moment-là et que *ce* bout de toiture tombe précisément *au même moment* ? Je trouvais ce drame terrible au-delà de toute limite. Je me mettais à la place des parents qui devaient se demander ce qu'ils avaient fait au Bon Dieu ou à qui que ce soit pour mériter ça. Hadrien, lui, n'avait pas la même opinion sur cette histoire. Le garçonnet avait sept ans, exactement son âge. Il faisait déjà nuit, je ne le voyais pas très bien dans le rétroviseur intérieur, mais j'entendis sa petite voix fluette me parvenir du fond de la voiture.

— Il a de la chance.

J'ai d'abord cru que j'avais mal compris.

— Comment ça, il a de la chance ?

— Ben oui. Maintenant, il est mort, il est tranquille.

Je freinais d'un coup sec, la voiture qui suivait faillit nous emboutir.

— Comment ça, il est tranquille ??

— Oui, il est tranquille maintenant. Moi, je trouve que la vie est trop dure. Il faut de l'argent pour tout. Pour pouvoir manger, pour pouvoir avoir une maison, pour pouvoir s'habiller. Vous, les adultes, vous passez votre vie à travailler pour avoir de l'argent. Regarde, papa, toi, tu es malheureux parce que maman est partie, tu fais un travail qui ne t'intéresse plus mais tu continues de le faire pour pouvoir nous payer ce qu'il faut. Je trouve ça trop triste. Je n'ai pas envie de vivre.

J'avais le souffle coupé. Je rassemblais mes neurones pour essayer de broder une réponse appropriée.

— Mais, voyons, Hadrien, pourquoi tu dis ça ? Il y a plein de choses super dans la vie !! Cette année, tu as plein de copains et de copines, tu t'amuses bien avec eux, non ? On va à la mer, à la montagne, c'est beau, c'est magnifique, la vie !! Elle est belle, la vie, non ??

— Pfffeuh, il raconte encore n'importe quoi.

La voix de Romain provenait de l'autre côté de la banquette arrière.

— En classe, cette semaine, on a vu un film sur des enfants qui sont vraiment pauvres. Mais VRAIMENT pauvres. Eh ben, eux, je peux te dire qu'ils n'ont pas une vie facile. Et pourtant ils avaient l'air plutôt heureux. Ils étaient contents déjà de pouvoir aller à l'école. Ils ne se posaient pas autant de questions que toi. Il y en avait même un qui avait perdu son papa. Mais il avait ses tontons qui habitaient pas loin et son papa n'avait pas l'air de trop lui manquer.

— Ben, au moins, si je mourais, je pourrais voir maman et je serais content. À moi, elle me manque.

— Moi aussi, elle me manque, enchaînais-je rapidement. Elle me manque très fort. Mais ce n'est pas pour ça que je veux la rejoindre là où elle est. Elle ne voudrait pas que je la rejoigne, elle préfère justement que je reste avec vous. Je suis sûr qu'elle veut que vous soyez heureux ici, avec moi.

— Je sais, maman me l'a dit. Mais je suis pas d'accord avec elle.

— Oh la la ! Mais on va te mettre à l'asile, mon pauvre frérot !

— Ne dis surtout pas ça, Romain ! Ton frère dit parfois des choses étranges, mais on doit l'écouter !

La situation devenait intenable. J'étais coincé au volant, dans un bouchon qui n'en finissait pas. Impossible de m'arrêter sur le bas-côté pour respirer en grand et reprendre les choses en main.

— En tout cas, moi, je sais ce que je dis. Et je ne suis pas fou.

— Mais non, tu n'es pas fou !

Je me retenais pour ne pas hurler. C'est moi qui devenais fou ! Il fallait que je trouve un médium, n'importe qui, quelqu'un qui nous aiderait à sortir de là.

24

Une fois. Deux fois. Trois fois... Je suis passé trois fois devant avant d'oser franchir la porte. C'était ridicule. J'étais ridicule. Je traînais depuis plus d'une demi-heure dans le quartier, arpentant la rue Corneille, les rues Molière et Jean Jaurès. J'effectuais des cercles concentriques en me rapprochant progressivement de ma cible. Je prenais un air affairé en redoutant de rencontrer une connaissance, ce qui ne manquerait pas d'arriver si je continuais à tourner ainsi autour du pot. Je me décidais enfin à entrer dans la rue de l'Humilité, étroite et sombre, comme la plupart des ruelles du vieux Toulon. La petite boutique, très discrète, était plutôt engageante. Au-dessus d'un arrondi de vieilles pierres joliment restaurées, un panneau de bois avec cette inscription en lettres violettes : « Le Verseau, librairie ésotérique ».

Mon entrée fut signalée par un carillon métallique estampillé zen. J'avais face à moi deux rangées de vitrines garnies de pierres plus ou moins précieuses, lapis-lazuli d'un bleu profond, cornaline orangée, amazonite vert émeraude. Un arc-en-ciel scintillant qui rappelait la caverne d'Ali Baba, avec un éclairage tamisé qui donnait l'impression de s'immiscer dans un club très intimiste. De chaleureuses étagères en chêne supportaient des rangées de livres, une collection d'encens, des pendules aux formes les plus extravagantes.

Trois personnes parcouraient tranquillement les rayonnages. Une dame assez âgée en tailleur très chic, un homme d'âge moyen habillé d'un blouson de cuir beige, un casque de moto sous le bras, enfin une jeune femme emmitouflée dans un joli manteau de laine rose pâle qui, comme les autres, ne semblait pas du tout embarrassée d'être là. Des gens que j'aurais pu croiser dans la rue, qui pourraient être des amis, des gens « normaux », tout simplement. La patronne, derrière le comptoir, au fond du magasin, était occupée à déballer un carton rempli de tisanes aux vertus thérapeutiques.

Je furetais d'une étagère à l'autre avec une nonchalance feinte. Je saisis un livre au titre étonnant : *Réincarné — les preuves scientifiques de la réincarnation d'un pilote de la seconde guerre mondiale*. Je feuilletai les pages. Il y était question d'un enfant dont les parents étaient persuadés qu'il s'était crashé en avion en 1945, abattu par les Japonais. Je restais perplexe et saisissais un autre recueil, *L'Enfant médium*, écrit par un certain Neil Terence qui disait avoir « conseillé les grands de ce monde jusque dans les coulisses de l'Élysée ». Je me mordais la lèvre, dubitatif. Dans *Le Test*, le journaliste Stéphane Allix s'interrogeait sur l'après-vie en détaillant la manière dont il avait testé six médiums. Je remarquai deux autres titres intrigants, *L'Invisible et la science*, *N'ayez pas peur de la vie*, également rédigés par une journaliste habituée des best-sellers et des plateaux de télévision, Patricia Darré. J'attrapai encore un ouvrage, *Te retrouver – l'amour plus fort que la mort*. Geneviève Delpech, femme de Michel, y décrivait sa relation « au-delà de la mort » avec son époux décédé. Elle assurait aussi aider les policiers à dénouer certaines enquêtes criminelles.

Une curiosité mêlée d'effroi me saisit à la gorge. J'entrais dans un monde dont je soupçonnais l'existence mais auquel je m'étais toujours refusé à croire. Un monde nébuleux, plein de mystères et de chausse-trappes. S'agissait-il d'un vaste conglomérat d'illuminés qui croyaient voir des choses que nous, communs des mortels, ne pouvions pas voir ? Ou pouvait-on trouver quelques vérités essentielles dans tous ces témoignages ? J'avais l'impression de me tenir au bord d'une falaise et de sentir le souffle du vide prêt à m'aspirer.

— Je peux vous aider ?

La maîtresse des lieux me prit de court. Je comptais attendre que les autres clients s'éclipsent pour pouvoir poser la question qui me brûlait les lèvres depuis que je louvoyais autour de la boutique. Je bafouillais ma demande.

— Eh bien... je... euh...

— C'est la première fois que vous entrez dans une librairie comme la mienne, je me trompe ?

— Oui, effectivement, je n'ai pas l'habitude de fréquenter... votre monde.

Je chuchotais, mal à l'aise. Je ne voulais pas que les autres entendent ce que j'avais à lui dire. Elle se pencha vers moi. Elle ne releva pas mon chuchotement pour ne pas me mettre davantage dans l'embarras. Elle se mit elle aussi à parler à voix basse. On aurait dit deux conspirateurs en train d'échafauder un plan.

— Vous savez, « notre monde », comme vous dites, c'est aussi le vôtre. C'est juste une question de point de vue. Ouvrez vos yeux, et vous verrez.

— Eh bien, j'essaie de les ouvrir, justement. Mais, bon, disons que j'ai besoin d'aide.

— Et en quoi pourrais-je vous être utile ?

— Disons que... je voudrais voir un médium, ou quelque chose comme ça, enfin quelqu'un... quelqu'un qui pourrait...

— Vous tirer les cartes ? Entrer en contact avec un défunt ?

— Euh, je ne sais pas. Je vais être franc avec vous. Je ne crois pas du tout à toutes ces choses-là.

— Détrompez-vous. Vous devriez essayer, vous serez surpris. Si vous ne tombez pas sur un charlatan, bien sûr. J'ai une adresse à vous donner, si vous voulez.

Elle m'auscultait du regard. Elle semblait vouloir déceler jusqu'où j'étais sérieux. Jusqu'où j'étais prêt à aller.

— Ah oui, je veux bien. Je n'ai rien à perdre à essayer, de toute façon.

— Comme vous le dites. Et vous avez même tout à y gagner, je vous l'assure.

Elle griffonna un numéro de téléphone sur un bout de papier qu'elle me tendit.

— En fait... c'est pour mon fils.

— Votre fils ?

— Oui, il... il fait des choses bizarres. Il voit des choses bizarres.

— Très bien. La personne dont je vous donne le contact est quelqu'un de confiance. Vous pouvez y aller les yeux fermés, si je puis dire. Elle fait tout un tas de choses, elle communique avec les morts. Elle pourra vous aider, vous et votre fils.

Je pris le papier que je glissai furtivement dans mon portefeuille. Je frôlais les trois autres personnes qui cherchaient toujours secrètement leur bonheur sur les étalages et me précipitais hors du magasin, comme si j'avais peur qu'on me prenne en flagrant délit de sorcellerie.

25

Une maison anonyme, dans un quartier résidentiel du Pradet, en banlieue de Toulon. Une « maison Phénix », comme il en existe tant dans le sud de la France, avec leur crépi jaune-orange qui a mal vieilli et qui défigure le paysage. Des traces noirâtres dégoulinaient du toit et du rebord des fenêtres, le jardin avait pris des teintes hivernales avec ses arbres défeuillés et son gazon rabougri. Un bric-à-brac de transats, tables pliantes et autres lampes d'extérieur était empilé le long du mur. Rien d'excessivement accueillant. Une piscine recouverte d'une grande bâche effilochée laissait à penser que l'endroit devait être bien plus engageant dès les beaux jours revenus.

Posté devant le portail défraîchi, j'observais la sonnette avec perplexité.

« Madame et Monsieur Briata ».

Pas de signe distinctif, rien qui évoque l'activité un peu particulière de madame Briata. Au téléphone, elle m'avait spécifié de ne pas faire attention au désordre, qu'il me permettrait au moins de savoir que j'étais bien arrivé.

— Papa, pourquoi tu m'amènes ici ? C'est moche, cette maison.

Sautillant d'un pied sur l'autre, Hadrien montrait déjà des signes d'impatience.

— Je te l'ai dit. C'est une dame qui devrait pouvoir nous aider.

— Mais, papa, on a déjà vu deux psychaispasquoi, un docteur du cerveau, et ça n'a pas servi à grand-chose. J'en ai marre qu'on me pose plein de questions à chaque fois.

— Je cherche des solutions. On verra bien ce que ça donne.

— Mais, papa, je n'ai pas besoin de solutions. Tout va très bien. Je me débrouille tout seul avec tout ça. Enfin, presque tout seul.

— C'est ça, oui, soupirai-je. C'est justement ce qui me pose problème.

J'appuyai sur le bouton de l'interphone pour ne pas me laisser le temps de réfléchir. Ce n'était pas le moment de reculer. Une voix se fit entendre à travers les grésillements.

— Bonjour, oui ?

— Euh, bonjour, nous venons pour... ce que vous savez.

— Ah, très bien, vous êtes mon rendez-vous de dix heures. Entrez, le portail n'est pas fermé.

Quand je poussai la barrière, un léger grincement se fit entendre.

— Ah ah ! Tout y est, papa ! gloussa Hadrien. C'est la maison des fantômes !!

— Tu as raison, fiston, souriais-je à mon tour. On va voir l'autre monde.

Je m'étonnais moi-même de prendre la situation avec autant de désinvolture. J'essayais de cacher le fond d'inquiétude qui ne me quittait pas depuis plusieurs mois. La porte s'ouvrit sur une femme d'une trentaine d'années au visage doux, aux longs cheveux auburn et au sourire chaleureux. Chic et décontractée, elle portait un pull de laine bleu clair, une jupe de cuir et de grandes bottes marron. Ce n'était pas tout à fait comme cela que j'avais imaginé un médium.

— Vous êtes surpris, n'est-ce pas ? Je vous souhaite la bienvenue ! Je fais souvent cet effet. Mais vous savez, ça fait bien longtemps que nous ne sommes plus des sorcières avec de longs nez crochus, habillées comme des paillasses.

— Par contre, vous habitez toujours dans des châteaux hantés, vu l'état de votre maison.

Je tançai Hadrien du regard mais la médium partit dans un grand éclat de rire.

— Eh bien, mon grand, je vois que tu as de la repartie ! On va bien s'entendre tous les deux.

L'intérieur de la maison était tout ce qu'il y a de plus normal. On entrait dans un salon équipé d'une cuisine américaine, une grande table recouverte d'une nappe bariolée occupait une bonne partie de l'espace. Le tout était décoré avec goût, un mélange de style industriel et campagne qui n'aurait pas déplu à Amélie. Des camions et des poupées Barbie traînaient sur le tapis au pied du canapé en velours bleuté.

— J'ai deux enfants, un garçon et une fille. Ma fille est la seconde, c'est une vraie petite tornade. Elle laisse toujours du bazar derrière elle.

— Oui, je connais, dis-je en adressant un clin d'œil à Hadrien. Il a un grand frère qui est… un peu plus calme.

— Suivez-moi, je vais vous faire découvrir ma tanière.

On emprunta un couloir d'où partaient plusieurs chambres. Des photos accrochées aux murs exposaient la vie d'une famille qui avait l'air de nager dans le bonheur. Des enfants rieurs à la plage, sur un sentier en tenue de randonneurs, chaussés de skis dans un décor d'Alpes blanches, avec des parents enlacés dont le sourire éclatant était presque une agression. Je filai vite vers le fond du corridor où la porte de la dernière pièce était grande ouverte.

— Voilà le lieu où tout se passe ! déclara-t-elle avec un air enjoué.

C'était une pièce toute simple, quasi monacale, avec juste quelques livres disposés sur des étagères, quelques dossiers, des feuilles et des crayons. Une lumière diaphane pénétrait par la fenêtre qui donnait sur le jardin. Seule note d'originalité, des tableaux d'inspiration impressionniste qui représentaient des scènes de la vie quotidienne, des champs de blé, des paysages bucoliques.

— Vous voyez, c'est très épuré, chez moi. Pas d'encens partout, de grigris, d'images pieuses, rien de tout ça. Pour la déco, je me fais plaisir dans le reste de la maison. Mais ici, j'ai besoin que ce soit le plus neutre possible pour accueillir ceux qui viennent me rendre visite. Comme vous.

Elle nous adressa un large sourire avant de reprendre.

— Je ne dois pas vous « polluer » avec mon univers. J'ai besoin de ressentir *votre* univers. La seule note de fantaisie que je me suis permise, ce sont les tableaux. C'est moi qui les ai peints. J'ai installé mon atelier à l'étage. C'est un vrai capharnaüm... il vaut mieux que je ne vous reçoive pas là, ajouta-t-elle en riant.

Elle nous indiqua deux chaises où nous asseoir, en face d'un bureau formé de deux tréteaux qui supportaient un plateau de verre.

— Vous êtes... médium depuis longtemps ? osais-je formuler en m'asseyant.

— J'ai commencé à ressentir des choses quand j'étais adolescente. C'est à ce moment-là que j'ai compris que j'étais différente. Quand ma grand-mère maternelle est morte, j'ai été profondément choquée. J'étais très attachée à elle et j'ai eu beaucoup de mal à supporter son départ. Et puis j'ai commencé à sentir sa présence la nuit. Elle venait me rassurer et me dire qu'il ne fallait pas que je m'inquiète, que tout allait bien pour elle.

Hadrien, qui ne cachait pas sa nervosité en se grattant compulsivement l'oreille et le cou, se mit tout à coup à fixer la jeune femme.

— Petit à petit, j'ai senti d'autres *présences*, j'ai eu des visions. Pendant très longtemps, bien sûr, je n'en ai parlé à personne. J'avais trop peur qu'on me prenne pour une folle. J'ai fait des études de marketing, j'ai travaillé dans la communication pour de grandes entreprises. Après la naissance de ma fille, j'ai fini par faire un burn out. Et là, j'ai tout arrêté. Mon mari a un salaire suffisamment correct pour que je me permette de quitter mon travail. Je me suis demandé ce que je voulais faire de ma vie. J'ai toujours aimé dessiner. Je me suis jetée à corps perdu dans la peinture. J'ai pris des cours... et voilà le résultat.

Elle indiqua les tableaux avec un air malicieux. La multitude de petits traits de pinceau colorés avait visiblement été tracée par quelqu'un qui n'était pas seulement un peintre du dimanche. Il fallait reconnaître qu'elle avait un certain talent.

— Tout en me plongeant dans la peinture, je me suis posé plein de questions sur ma vie, la vie... et les visions ont recommencé, plus fortes, plus intenses. Je les avais mises de côté pendant de nombreuses années. Mais elles sont revenues en boomerang. Je me les suis prises en pleine figure. Et j'ai ressenti le besoin profond d'aider les gens. J'avais la possibilité de le faire, il fallait que je le fasse. Donc, si ça peut vous rassurer, je ne fais vraiment pas ça pour l'argent. Je ne prends pas beaucoup de rendez-vous, je ne fonctionne que par le bouche-à-oreille.

Effectivement, je devais avouer que c'était un point qui me rassurait. Je l'écoutais attentivement.

— Alors, dites-moi. Vous vous faites du souci pour Hadrien, c'est bien ça ?

— Oui. Comme je vous l'ai dit au téléphone, il se passe des choses étranges chez nous. Hadrien voit...

— Je vois maman.

Il m'avait coupé sans ménagement, d'un ton assuré. Je restais coi.

— Ta maman qui n'est plus là, si je me souviens bien.

Il y eut un lourd silence. Ils ne faisaient plus attention à moi. Elle avait enfoui ses yeux dans ceux d'Hadrien. C'était électrique. J'avais l'impression qu'un éclair allait jaillir entre les deux regards.

— Ma maman EST là.

Il avait dit ces mots en détachant chaque syllabe. Fermement. C'était un fait. Ça ne souffrait aucune contradiction.

Je frémissais de tout mon être. Discrètement, j'observais chaque recoin de la pièce. Rien. Comme chaque fois, il n'y avait rien. Absolument rien... de visible.

— Tu peux être plus précis, s'il te plaît ?

Il fit un petit signe de la tête, le menton en avant.

— Elle est derrière vous.

La jeune femme eut un tressaillement. Elle détacha son regard de celui d'Hadrien pour se tenir bien droite sur son siège. Elle ferma les yeux.

« Un ange passe... »

Jamais cette expression ne m'avait autant parlé.

Un silence profond régnait dans le bureau. Un silence inquiétant. Pesant.

J'avais l'impression de ressentir toutes les molécules d'air qui m'entouraient.

Qui m'emprisonnaient.

— Oui. Je sens qu'elle est là.

Elle avait prononcé ces paroles très simplement. Comme une évidence.

La lumière du jour entrait toujours par la fenêtre, je voyais tout distinctement, je n'étais pas dans un rêve, c'était sûr, j'en étais certain. Enfin, pour autant que la vie tout entière n'était pas un rêve !

La médium ouvrit les yeux. Elle n'avait pas l'air d'avoir peur. Elle semblait très sereine, complètement détendue.

— Est-ce que tu veux lui parler ?

Hadrien hésita.

— Je lui parle très souvent. Je n'ai pas besoin de lui parler maintenant.

Elle referma ses yeux, attendit un moment.

— Moi, je crois qu'elle veut te parler. Maintenant.

Mais où est-ce que j'étais ?? Est-ce que j'avais franchi le mur d'une réalité invisible ? Est-ce que je devenais fou ? Est-ce que cette prétendue médium se fichait de moi ? De nous ? Est-ce que mon fils était fou ?

— Elle me dit qu'elle veut que tu arrêtes de t'inquiéter pour elle. Pour ton papa. Pour tout. Elle te l'a déjà dit mille fois. Mais elle profite que je sois là pour te le dire encore. Elle veut que tu sois heureux. Elle veut que ton papa soit heureux. Qu'il arrête de vivre dans le passé et de penser tout le temps à elle. Elle vous aime tous les trois. Avec ton frère. Elle vous aimera toujours. Mais elle veut que vous soyez heureux.

Je grelottais de tout mon corps. Je retenais mes larmes. Et dans le même temps, je bouillonnais. Qu'est-ce qui me prouvait qu'elle n'était pas en train d'inventer tout ce qu'elle disait ? Après tout, quoi de plus facile que de dire à un mari éploré que sa femme l'aime toujours, qu'elle veut qu'il soit heureux ? C'est exactement ce qu'il a envie d'entendre ! À ce compte-là, n'importe qui peut fermer les yeux et entendre parler les morts. Je peux être médium quand je veux !

— Elle dit qu'elle aime bien Noémie. Que vous devez prendre soin d'elle.

Un coup de tonnerre.

Une déflagration dans ma tête.

Comment pouvait-elle savoir ?

Au téléphone, je ne lui avais surtout pas parlé de Noémie. Nous avions d'ailleurs très peu parlé. Justement parce que je me méfiais des déductions qu'elle pourrait faire par la suite. Comment savait-elle ? Elle n'était quand même pas allée fouiller sur internet ? De toute façon, je n'exposais pas ma vie sur le réseau, il était impossible qu'elle ait appris son nom par ce biais-là. Mais alors, comment ?

J'étais sidéré, incapable de dire quoi que ce soit. Hadrien observait la médium avec une force terrible. Je ne l'avais jamais vu concentré à ce point. Il la *fixait*.

Il y eut de nouveau un long silence.

Et là, À CE MOMENT-LÀ, j'ai ressenti.

C'était d'abord comme un frôlement. Une sensation légère.

Comme si une plume caressait mon épaule. Et puis c'est devenu plus insistant.

Une main.

Une main qui se pose sur mon épaule.

Nous n'étions que trois dans cette pièce. Aucun doute possible.

Je n'osais pas bouger. J'étais littéralement pétrifié.

La main est restée. Longtemps. Un temps infini.

Au début, le contact était froid, très froid. Mais doucement, une chaleur s'est répandue dans tout mon être. Une douce chaleur. Tout doucement.

Le temps était suspendu.

Dans un mouvement lent, Hadrien a tourné sa tête vers moi.

Et il m'a souri.

L'étreinte s'est desserrée.

J'ai senti un souffle. Comme un courant d'air. La chaleur s'est évanouie.

La médium a ouvert les yeux. Elle m'a souri, elle aussi.

Elle a laissé passer un temps, avant de rompre le silence.

— Vous avez perçu sa présence ? Elle était là. Elle est venue juste à côté de vous.

J'étais complètement déstabilisé. J'essayais d'analyser ce qui venait de se passer.

— Je vous laisse reprendre vos esprits. Détendez-vous. Vous n'avez rien à craindre.

— Alors, papa, cette fois, tu me crois ?

Je regardais Hadrien, extrêmement troublé, ne sachant que penser. Je suis profondément cartésien, je le revendique, mais là...

— Hadrien, dis-moi, tu sais que ce ne sera pas possible de faire revenir ta maman.

Elle s'était adressée à lui avec un ton d'une grande douceur. Le timbre de voix de quelqu'un qui comprend.

— Oui, bien sûr, je sais.

— Si tu penses trop à elle, elle ne pourra pas vraiment partir. Tu dois l'aider, toi aussi.

— Mais je pense tout le temps à elle ! Je ne peux pas m'en empêcher.

— Essaie. Tu verras, avec le temps, c'est possible. Il faut que tu vives *dans la vraie vie*, sinon tu vas être malheureux. Ton papa m'a dit que tu voyais d'autres personnes ?

— Oui, je l'ai déjà dit à la *spychologue*.

— La psychologue, oui. Mais j'ai besoin de savoir moi aussi.

— Eh bien, il y a eu les noyés de la plage en Italie, le type qui s'est suicidé dans notre baignoire, et puis d'autres, des gens que je ne connais pas. Des fois, ils me font peur, alors maman intervient et les chasse. Vous pensez que vous pouvez faire quelque chose pour moi ? Parce que la psychologue, ça a servi à rien.

— Tu sais, ça dépend surtout de toi. Je te parle comme à une grande personne. Tu dois apprendre à gérer ces fantômes, ces présences, comme je l'ai fait moi avant toi. Tu ne dois pas avoir peur d'eux, sinon ils en profitent.

Elle sourit, avant de reprendre.

— C'est comme les animaux. Ils sentent si tu as peur. Et alors ils vont vouloir te faire encore plus peur… Est-ce que tu arrives à faire bouger des objets ?

— Oui, il le fait ! Je suis sûr de l'avoir vu faire !

Ça m'avait échappé. Comme un cri. J'étais tellement soulagé de pouvoir enfin en parler à quelqu'un, quelqu'un qui me prenne au sérieux. C'était sorti tout seul.

— En général, c'est quand je suis en colère, répondit Hadrien en s'excusant presque. Je ne le contrôle pas. Si je suis très en colère, c'est comme si j'avais la tête qui allait exploser. Et au bout d'un moment, je ne peux pas garder tout ça en moi, alors j'ai l'impression que ça sort de ma tête et il y a des choses qui bougent autour de moi.

— Tu sais que c'est extraordinaire ? Il y a très peu de gens qui arrivent à faire ça. Mais tu vas voir, en grandissant, c'est comme pour les fantômes, tu vas apprendre à contrôler tes... pouvoirs. C'est comme l'eau et le feu. Tes pouvoirs peuvent être tes meilleurs amis comme tes pires ennemis, tout dépend de la façon dont tu les utilises. Tu comprends ce que je veux dire ?

Hadrien regardait la médium comme s'il parlait d'égal à égal avec elle, comme s'ils appartenaient au même monde.

— C'est plus facile à dire qu'à faire. J'essaye de contrôler, mais je n'y arrive pas.

— Tu dois apprendre à te protéger, à couper les liens avec les défunts quand tu ne veux pas qu'ils t'embêtent, surtout la nuit. C'est quelque chose qui viendra peu à peu, instinctivement. Il n'y a pas vraiment de recette. Tu pourras toujours venir me voir si tu as besoin d'aide. Il faut que tu sois patient. Et ton papa aussi.

Elle se tourna vers moi. Je lus de la compassion dans son regard. Elle savait que je n'avais pas fini d'en voir de toutes les couleurs.

— Vous devez accompagner votre fils sur son chemin. Surtout, il faut que vous *croyiez en lui*.

— Je ne fais que ça. Même si ce n'est pas facile tous les jours, croyez-le bien.

Elle laissa de nouveau échapper un formidable rire. Un rire incongru, mais un rire cristallin, pur, sans arrière-pensée.

— Je vous crois sur parole !

Je souriais à mon tour et ajoutais :

— Et... Amélie. Elle est toujours là ?

— Non, elle est partie depuis un moment. Elle a préféré nous laisser tranquilles, tous les trois. Vous savez, les fantômes, ils vont, ils viennent. Ils ont leur propre vie.

26

— Amélie ! AMÉLIE !!...

Une fois de plus, je me réveillais ruisselant de sueur, le cœur en alerte, tous les sens en éveil. Depuis la séance avec la médium, je rêvais d'Amélie presque toutes les nuits. Je sentais la chaleur douce de sa peau aux notes subtiles de mandarine, bergamote et mimosa, l'odeur de son parfum préféré. Elle me parlait, nous nous embrassions, je fantasmais des étreintes enflammées. Au réveil, des images persistantes émergeaient de ces retrouvailles nocturnes. Quel crédit leur apporter ? Amélie était-elle vraiment venue me voir ? Mon inconscient pouvait très bien avoir tout inventé. On peut interpréter un rêve de mille façons, lui faire dire ce qu'on veut, ça n'avait rien de *réel*. Même si j'étais profondément troublé par ces apparitions qui me donnaient parfois un sentiment de réalité saisissant.

Pendant la journée, je sursautais au moindre bruit, au moindre frémissement. Mon cœur s'emballait dès que je croisais une jeune femme qui avait la même chevelure ou le même style d'habillement qu'Amélie, ce qui m'arrivait beaucoup dans les premiers temps de sa *disparition* mais avait fini par s'estomper.

Je voyais des signes partout. Étaient-ce juste des coïncidences ? Un mail envoyé par le site ameli.fr, une publicité dans la rue pour « *Inexploré*, le magazine qui va ouvrir votre esprit », des Témoins de Jéhovah qui sonnaient à ma porte, tout me ramenait à Amélie et ses fantômes. Le nombre 13 me harcelait. C'était le numéro de ma place le soir où j'emmenais les garçons à un concert, le nombre de minutes qu'avait duré une conversation importante au téléphone, les chiffres tatoués sur la peau d'une personne que je croisais...

Mais c'était en même temps logique. À partir du moment où vous êtes plus attentif, vous remarquez beaucoup plus de choses qui vous étaient *invisibles* jusque-là. Ça ne signifiait pas obligatoirement qu'il s'agissait de « signes de l'au-delà » !

Quand je prenais ma douche, chaque matin, j'avais toujours une appréhension diffuse. Au moment d'enjamber la baignoire, je ne pouvais éviter de penser au suicidé. Mais jusqu'à présent, il ne s'était absolument rien passé d'étrange dans notre salle de bains. Je prenais soin de ne jamais fermer la porte quand les garçons se lavaient. Hadrien refusait catégoriquement de prendre des bains, et je devais insister pour qu'il finisse par aller se doucher.

Je me disais que c'était un peu comme la « pensée positive ». Si vous vous dites tous les jours que vous allez réussir, si vous vous persuadez que des choses vont arriver, ces choses finiront par arriver. Plus ou moins consciemment, vous mettrez tout en œuvre pour qu'elles arrivent. Si vous

vous interrogez constamment sur l'existence d'une vie après la mort, vous finissez par voir des références à votre obsession partout.

J'avais fouillé la Toile de fond en comble pour y trouver des réponses. J'avais trouvé de tout sauf des réponses. Une multitude de sites étaient consacrés aux recherches sur « la vie après la vie », les esprits et autres bizarreries. Mais aucun n'était réellement convaincant. Il y avait une bonne dose d'illuminés dans lesquels il fallait faire le tri, sans compter les escrocs purs et durs avec, dans le haut du palmarès, la voyance par téléphone qui semblait bien abriter des commerciaux sans aucun scrupule. J'avais été harcelé par de prétendus médiums, Esmeralda, Chris et bien d'autres. Ils m'envoyaient plusieurs fois par jour des mails m'invitant à acheter pour 49 euros un arbre de Sephiroth qui me donnerait accès à « six jours de Lumière », ou à débourser 499 euros pour dix séances de voyance par Internet qui me permettraient de « réparer mon Aura perturbée ».

J'avais lu quantité de récits de gens plus ou moins crédules qui regrettaient amèrement de s'être fait berner. Un papier sur le procès d'un couple de faux médiums avait attiré mon attention. Ils faisaient croire à leurs victimes qu'ils parlaient avec les morts. Ils avaient fini par être démasqués parce qu'il y avait eu des attouchements lors de massages prétendument thérapeutiques. En garde à vue, ils avaient très vite avoué que leur tour de passe-passe avait été monté de toutes pièces. Leur escroquerie avait duré de nombreuses années sans qu'ils ne soient inquiétés.

Je m'étais aussi passionné pour les NDE ou EMI, Expériences de Mort Imminente. Je m'étais rendu à une conférence où des gens qui avaient échappé de peu à la mort assuraient avoir vu *de l'autre côté* leurs proches décédés. Un homme d'une cinquantaine d'années racontait qu'au moment où son cœur s'était arrêté, sur la table d'opération, il était entré dans un tunnel, avait vu la fameuse « lumière blanche », et s'était retrouvé en apesanteur au-dessus de son corps, assistant à la panique des chirurgiens qui tentaient de le réanimer. Il certifiait avoir vu ses parents disparus venir à lui pour lui dire qu'il n'était pas encore temps de partir. Une jeune femme d'une vingtaine d'années garantissait avoir eu les mêmes sensations quand elle avait été victime d'un grave accident de la route. Elle disait avoir pu parler à son frère aîné mort deux ans plus tôt.

Il n'y avait aucun doute sur la sincérité de leurs témoignages. Mais les neuroscientifiques, eux, s'orientaient vers une explication plus terre à terre. Des études montraient que le cerveau sécrète, au moment de la mort, des hormones liées au stress intense ressenti, provoquant cette impression de « sortie du corps » et pouvant entraîner des hallucinations. Là encore, je ne trouvais pas de preuve tangible, indubitable, de l'existence d'un au-delà.

Et pourtant... J'étais obnubilé par ce que j'avais vécu chez la médium. Je passais et repassais le fil des évènements dans ma tête. Toujours sans comprendre.

27

Le notaire était un homme élancé, au visage anguleux, avec les yeux d'une souris malicieuse qui serait toujours prête à vous faire une bonne blague. Il était constamment survolté, et son agenda compliqué débordait de rendez-vous qui auraient dû être honorés la veille. Il m'avait été recommandé par l'agent immobilier, c'était un de ses amis d'enfance. J'étais arrivé en avance. Stressé. J'attendais sur le canapé en cuir marron qui offrait son confort poli à l'entrée du cabinet. Le notaire était passé en coup de vent en m'adressant un petit signe de la main.

— J'ai un peu de retard, je fais au plus vite. Ne vous inquiétez pas, tout est en ordre.

J'allais signer le compromis de vente. C'était le moment de couper les ponts avec l'appartement.... et ses souvenirs. Amélie aurait dû être là pour apposer son nom à côté du mien. Des tracasseries administratives avaient retardé la signature, il avait fallu définir l'héritage, à qui et comment reviendrait sa part de la vente, une fois les emprunts remboursés. Des questions que je n'avais jamais formulées. Que je n'avais jamais voulu me poser. J'avais ouvert un compte en banque pour les enfants. À leur majorité, ils pourraient avoir un peu d'avance pour envisager l'avenir un peu plus sereinement. Amélie les accompagnerait dans la poursuite de leurs études.

Les futurs acquéreurs étaient arrivés à l'heure pile du rendez-vous. Le juriste avait revêtu son costume-cravate, la chirurgienne était en tailleur pantalon gris. Pour eux aussi, c'était un jour important. Ils avaient serré ma main sans chaleur excessive. Je ne me formalisais pas, c'était leur façon d'être. Après tout, nous ne nous connaissions pas, nous allions juste faire l'échange d'un bien, signer un contrat. Mais je ne pouvais m'empêcher de penser à l'engagement qu'il représentait pour eux et au « désengagement » qui serait le mien.

J'avais toujours regardé avec une grande admiration et une grande incrédulité une amie anglaise qui avait le sens des affaires et n'avait quasiment jamais loué d'appartement. Elle achetait, elle revendait, elle achetait et louait à d'autres. Un vrai business model qu'elle avait commencé très jeune, dès qu'elle avait pu avoir un apport suffisant pour emprunter, aidée par un petit héritage bienvenu. À côté, j'étais un bigorneau accroché à son rocher, emprisonné dans son passé, incapable de se projeter dans un avenir meilleur.

C'était un déchirement.

Les futurs propriétaires semblaient n'en avoir aucune conscience.

— Vous n'avez pas constaté d'autres fuites ? Pas de vice caché ?

Le mari juriste avait toujours autant de tact.

— Tout va bien. Pas d'autre fuite. Pas de vice caché.

— Nous comptons sur vous pour que les travaux soient effectués à vos frais, bien entendu.

— Bien sûr, vous savez bien qu'il y a une clause suspensive dans le compromis qui m'oblige à faire réaliser les travaux. De toute façon, je n'ai aucune intention de vous laisser un appartement en mauvais état, rassurez-vous.

La compagne du juriste lui donnait de légers coups de coude. Elle le châtiait du regard.

— Mon mari est du genre pointilleux, comme vous avez pu le remarquer. Mais votre appartement est une petite merveille. Nous vous faisons confiance. Nous sommes ravis de prendre votre suite.

— Je vous promets que vous vous y sentirez bien. Avec ma femme, nous y avons passé de très belles années. Nous...

Je m'arrêtais net. J'étais sur un terrain glissant. Je n'avais aucune envie d'entrer dans les détails avec ces gens qui n'étaient pas des amis.

— Votre femme ? Ah oui, nous sommes désolés pour ce qui est arrivé. Vous...

— Désolé pour ce petit retard !

Le notaire me sauva la mise. Sorti de son bureau comme un diable de sa boîte, il coupa court à la conversation. Tout en saluant une vieille dame qui se dirigeait vers la sortie, il nous fit entrer dans la pièce.

— Le grand jour est arrivé ! Je suis très heureux d'être le témoin de votre entente cordiale, glissa-t-il d'un air enjoué. Une signature, ça m'a toujours fait penser à un mariage. Vous allez vous unir à une maison, ajouta-t-il en s'adressant au couple.

— Pour le meilleur et pour le pire, dit le mari, pince-sans-rire.

— En général, c'est pour le meilleur ! reprit le notaire avec un sourire exagéré.

Nous étions assis tous les trois face à lui. Un écran démesuré trônait au-dessus de son bureau, accroché au mur, légèrement décalé pour que nous puissions voir ce qui y apparaissait. L'écran était relié à l'ordinateur du notaire. Tout ce qu'il pianotait sur son clavier se retrouvait instantanément affiché sur cette télévision XXL.

— Voici le contrat. Vous en avez reçu un exemplaire par mail. Il n'y a rien de changé. Nous allons le relire ensemble rapidement pour vérifier qu'il n'y a pas d'erreur et il n'y aura plus qu'à signer.

Je levai la tête pour voir s'afficher en grand mon seul nom sous la rubrique « Désignation du vendeur ». Je serrai les dents pour ne rien laisser paraître.

Le notaire lisait en abrégé la trentaine de pages du compromis. Il modifiait quelques détails, sautait des passages, ne s'attardait pas sur les points de procédure. Malgré sa célérité, l'épreuve semblait sans fin, c'était pour moi insupportable.

Je vis défiler l'alinéa concernant l'ajout d'un lot d'un demi-mètre carré pour la modification du hall d'entrée. Je repensais à notre voisine du troisième en maugréant intérieurement. Grâce à la procuration que je lui avais arrachée, l'assemblée générale des copropriétaires avait pu se dérouler normalement, toutes les dispositions avaient été votées.

Quand arriva soudain la clause suspensive concernant les dégâts des eaux. Il était écrit noir sur blanc que l'assurance s'engageait à remettre en état à ses frais les murs endommagés avec les références des dossiers déclarés, sous peine de voir la vente annulée. Le notaire fit une pause dans son interminable logorrhée.

— Ah, il faut que je vous dise ! Monsieur Valmante, votre agent immobilier, que je connais bien, m'a contacté ce matin. J'aurais dû vous en informer mais j'étais débordé et puis, comme ça ne change rien à notre affaire, je me suis dit que je vous en parlerais à la signature. Il a eu la réponse de l'expert pour le dessin. L'expert a fait quelques recherches, il est formel, ça ne peut pas être l'œuvre de Matisse ou de Cocteau. En revanche, il a peut-être une piste. Il pense que ce pourrait être un dessin de...

— ... Sébastien Morel.

— Ah, vous connaissez son nom ? Monsieur Valmante vous a appelé ?

Je frémis. J'avais dit ce nom sans réfléchir. Il me hantait depuis la nuit où Hadrien avait eu sa *vision*.

— Disons que...

— Tout va bien ? Vous êtes tout pâle tout à coup ? Vous voulez un verre d'eau ?

— Non, merci, ça ira, je... Vous savez, cette vente, c'est un moment très émouvant pour moi. Très éprouvant.

— Oui, oui, nous comprenons, bien sûr, répondit la future propriétaire. Nous savons que vous êtes très attaché à l'appartement. Nous vous promettons que nous en prendrons soin.

Elle semblait sincère. Elle me regardait avec une tendresse, une sollicitude qui me surprirent.

— Je vous remercie. Je... j'ai aussi mené ma petite enquête et j'ai vu que le dessin pouvait avoir été tracé par ce Sébastien Morel.

— C'est quelqu'un qui aurait pu être connu mais qui ne l'a pas été, enchaîna le notaire. Un artiste maudit, en quelque sorte.

C'est au mot « maudit » que l'ordinateur s'est éteint. Exactement là. D'un coup, il n'y eut plus que deux écrans noirs.

— Eh bien, ça alors, c'est la première fois que ça m'arrive ! C'est un PC tout neuf. Je suis désolé.

Le notaire tambourina sur le clavier de son ordinateur. Il vérifia les prises, appuya plusieurs fois sur le bouton d'allumage. Des gouttes de sueur commençaient à perler de mon front. Je craignais de connaître l'origine de la panne.

— Vous pourrez le ramener chez votre revendeur, remarqua le juriste.

— Oui, je ne m'en priverai pas, tempêta le notaire, passablement irrité. Pas de panique, j'ai une sauvegarde automatique, tout est enregistré.

Au moment où il prit le combiné du téléphone pour appeler la secrétaire, les deux écrans se rallumèrent. Sans autre forme d'explication.

— Alléluia ! Que la Lumière Soit !

Le notaire poussa un long soupir de soulagement. Je soufflais aussi, mais plus discrètement.

— Mes excuses pour ce contretemps, qui fort heureusement n'aura pas duré longtemps ! Reprenons. Je disais donc que cet artiste...

Il eut une hésitation. Le temps fut suspendu un instant. Je retenais ma respiration.

— ... je disais que cet artiste, donc, était bien un ami de Jean Cocteau. Mais ses œuvres n'ont aucune valeur, ou presque. C'est dommage pour vous, indiqua-t-il en me regardant, cela ne fera pas s'envoler le prix de l'appartement. Mais c'est tant mieux pour vous, précisa-t-il à l'intention des acquéreurs.

Nous étions parvenus quasiment à la fin du contrat. Il termina la lecture jusqu'à la page des signatures.

— Nous y sommes ! Voilà le moment tant attendu.

Il tendit au couple une petite tablette avec un stylet.

— Nous sommes au XXIe siècle, comme vous le savez, et maintenant les signatures sont électroniques.

L'instant était solennel. Chacun des deux prit le stylet et signa. Je sentis une pointe d'émotion même chez le mari. Je saisis à mon tour la tablette. Au moment où je posais la pointe de ce stylo sans encre sur le petit écran, l'ordinateur s'éteignit de nouveau, et la tablette avec.

— Mais c'est pas vrai ! Qu'est-ce que c'est que ce matériel !!

Cette fois, le notaire était furibond. Les acquéreurs me regardaient avec un drôle d'air. Suspicieux.

— Je ne comprends pas, balbutiais-je péniblement, tout en comprenant très bien. Je... je dois être un peu électrique.

Ma réplique eut le mérite de calmer le notaire, qui sourit de nouveau.

— Vous avez raison, l'atmosphère est un peu électrique. C'est souvent le cas lors des signatures. Il y a beaucoup de tension dans l'air, beaucoup d'émotion, c'est normal.

Comme par enchantement, les écrans se rallumèrent. Les presque nouveaux propriétaires affichaient des mines perplexes.

— Ah, vous voyez, c'est juste un petit bug. Je règlerai cela en temps voulu. Donc, nous y sommes, vous pouvez enfin signer.

Et cette fois, la main tremblante, je signai.

28

— Qu'est-ce que ça fait du bien ! Mieux qu'une séance de yoga ! Tu trouves pas ?

Noémie se tenait à califourchon au-dessus de moi, son carré blond en bataille, la couette jetée au pied du lit.

— Fantastique ! Je me sens comme un nouvel homme, totalement relaxé, approuvai-je dans un sourire coquin.

Elle bascula sur le côté pour venir se blottir au creux de mon bras gauche. Je regardais son corps nu, fin et menu, qui avait la grâce des petites choses qu'on a envie de protéger. Mais elle n'avait pas vraiment besoin d'être protégée.

— Tu n'es pas un dieu du sexe. J'ai connu mieux, mais j'ai connu pire aussi. Tu te débrouilles pas mal dans ton genre.

— Trop sympa ! Tu en as d'autres comme ça ?

Noémie habitait un appartement coquet du centre-ville, dans le vieux Toulon. Des rues autrefois glauques comme de vrais coupe-gorges qui avaient été entièrement réhabilitées et avaient retrouvé une certaine douceur de vivre. Les loyers étaient attractifs et elle avait pu aménager avec ses deux filles qui se partageaient une chambre comme mes garçons. Quand elles étaient gardées par leur père, nous pouvions nous retrouver là pour donner libre cours à nos ébats.

— On devrait le faire plus souvent, c'est bon pour la santé, bon pour le moral, et bon pour la suite.

— La suite ?

— La suite de notre histoire. S'il y a une suite.

— Tu serais prête à venir à Bordeaux ?

— Non. Je ne sais pas. Peut-être... Écoute, j'ai décidé de profiter du moment. Je ne fais pas de plans sur la comète. Tu es mon sex-toy, c'est déjà pas mal.

— Merci pour le compliment ! répliquai-je en grimaçant.

— Tu rigoles ? Je connais des tas de mecs qui rêveraient qu'on leur dise ça.

Avec un sourire mutin, elle caressa mon torse imberbe.

— Si tu pouvais être aussi doux à l'intérieur que tu l'es à l'extérieur, ce serait un bonheur !

— Mais je suis doux, trop doux, même !

— Que tu dis ! Regarde, tu es prêt à m'abandonner pour aller rejoindre *chaispasqui* ou pour fuir *chaispasquoi*.

Je me rembrunis, me redressant pour m'adosser à la tête de lit.

— C'est plus compliqué que ce que tu crois. J'ai besoin de changer d'air, j'ai besoin de changer de boulot…

— Et tu as besoin de changer de maîtresse.

— Mais non, sinon je ne te proposerais pas de venir avec moi. Et puis, tu n'es pas ma maîtresse !

— Ah bon ? Je suis quoi, alors, pour toi ?

— Tu es… tu es mon amour. Voilà. Je t'aime.

— Ah ben, ça finit par sortir, quand même ! Tu es vraiment un handicapé des sentiments, toi !

Elle m'observait avec un sourire taquin. J'attrapai la couette et nous recouvris pudiquement. Depuis que j'avais vu la médium, chaque fois que nous nous donnions l'un à l'autre, je redoutais de sentir la présence d'Amélie. Était-elle là, en train de nous observer ? Une appréhension qui avait le don de menacer sérieusement l'envolée de mes désirs. Mais non. Il ne s'était jamais rien passé de bizarre dans ces moments-là. Amélie *m'avait demandé* de prendre soin de Noémie, elle tenait visiblement à nous laisser tranquilles. Noémie me lança un regard fripon.

— Bon alors, on remet ça ?

On s'engouffra de nouveau sous la couette dans un grand éclat de rire.

29

Un paysage fantomatique. Une brume épaisse enveloppait toute la côte. J'avais l'impression de déambuler sur la plage de Sandwood Bay, fréquentée, dit-on, par les esprits des marins dont les navires se sont échoués sur les côtes nord-ouest de l'Écosse. La marée basse laissait découvrir sable et algues qui s'étendaient jusqu'aux limites du voile laiteux. Ma mère avait pris sa retraite dans un petit port breton, Brignogan-Plages, à la pointe du Finistère. Un havre de paix, un îlot de nature préservée.

Hadrien courait devant, fidèle à lui-même. Il jetait un bâton à Dingo, un épagneul joueur et affectueux que ma mère avait adopté pour accompagner ses vieux jours. Romain traînait des pieds, fidèle à lui-même lui aussi. Le fond de l'air était frais et vivifiant. Je savourais ces promenades revigorantes où on avait la sensation de sentir la vie couler dans ses veines, où on se sentait *vivant*. Au chevet de la brume, la mer s'étalait tranquillement. L'Atlantique avait ce pouvoir fascinant de faire ressentir l'appel du large. J'aimais cet océan pour son immensité qui était pleine de mystères et d'aventure. Au-delà de l'horizon : l'Amérique, les Amériques. Je rêvais de partir un jour en voilier pour la grande traversée, une transatlantique fantasmée mais jamais réalisée. Je n'éprouvais pas la même sensation quand je contemplais la Méditerranée. J'aimais cette mer tout autant, mais pas de la même façon. La Méditerranée était plus solaire et plus capricieuse, avec ses coups de vent aussi subits que redoutés. La Méditerranée était fragile, imprévisible, l'Atlantique ample, majestueux et rude.

— Alors, toujours dans les nuages ?

Ma mère avait ce don de me ramener sur le plancher des vaches depuis l'enfance. Mes bulletins scolaires avaient souvent été gratifiés de commentaires agacés : « Est dans la lune... Ne participe pas assez en classe... Élève rêveur... » Ces annotations blessantes énervaient prodigieusement mes parents qui me sermonnaient régulièrement. Ma mère était professeur de mathématiques au collège, mon père comptable. Ils se demandaient souvent comment ils avaient pu enfanter un garçon aussi tête en l'air et nul en calcul.

Mes parents s'étaient séparés quand j'avais 13 ans. J'avais toujours eu des relations compliquées avec mon père, alcoolique et violent, jusqu'à ce que je coupe les ponts avec lui. Je ne l'avais pas revu pendant de longues années. Il avait été emporté par un cancer généralisé et fulgurant sans que j'aie eu le temps de lui dire au revoir. En avais-je eu seulement envie ? Je m'étais souvent posé la question.

— Hadrien est en pleine forme, ça fait plaisir à voir, remarqua ma mère en le voyant se rouler dans le sable avec Dingo. Quand il est venu cet été, il avait l'air… inquiet, angoissé. Il était constamment sur le qui-vive. On dirait que ça va beaucoup mieux. Et Romain, c'est le vrai ado. Il me fait penser à toi quand tu avais son âge. Il donne toujours l'impression d'être ailleurs, perdu dans ses pensées. Il est très… cool.

— Maman, ça va. Tu ne vas pas le harceler avec ça comme tu l'as fait pour moi. Considère comme acquis qu'il ne fera pas Polytechnique ou une autre grande école. Il n'a clairement pas le profil.

— Et Hadrien ? Il a un esprit plus logique, il est dynamique, il pourrait faire de grandes choses.

— Romain aussi peut faire « de grandes choses », même s'il ne fait pas « de grandes études ». Ils ont encore le temps de voir. Et puis, même s'ils ne font pas « de grandes choses », ce n'est pas pour autant qu'ils auront raté leur vie.

— Oh, tout de suite, les grands mots, ce n'est pas ce que je voulais dire.

— Allez, c'est bon. Tu dis ça à chaque fois.

Je coupais court à la discussion, énervé par la tournure qu'elle prenait encore une fois. J'étais fils unique, mes parents avaient fondé beaucoup d'espoir sur leur rejeton. Ils avaient longtemps eu du mal à admettre que je ne devienne qu'un « simple journaliste », un métier utile mais tant décrié, qui conjuguait souvent galère et précarité. Longtemps, jeune adulte, j'avais dû supporter les comparaisons avec un fils du voisin ou un cousin éloigné qui avait intégré HEC ou l'ESSEC en décrochant une bourse et était propulsé, « lui », sur une voie royale. Les reproches avaient fini par s'estomper quand les enfants prodiges avaient divorcé, s'étaient épuisés en burn out et avaient changé de métier pour redonner du sens à leur vie.

La balade s'était poursuivie jusqu'au crépuscule. Nous n'étions là que de passage, avant d'aller rejoindre la famille d'Amélie pour fêter Noël à la Rochelle. Nous étions venus en vol low cost le matin même de Marseille à Brest, le trajet en train nous aurait pris toute la journée. Dans l'avion, j'avais hérité du siège 12 A, près du hublot. Je n'aurais pas pu tomber sur la rangée 13, puisqu'elle n'existait pas. Je me rappelais que certaines compagnies aériennes, ou plutôt leurs passagers, étaient bien plus superstitieux que moi. Ma mère était venue nous chercher avec sa Dacia gris métallisé à l'aéroport.

La soirée se passa sans autre anicroche, dans la petite maison nichée au cœur du village. Avec sa maigre retraite, ma mère n'avait pas les moyens de s'offrir une résidence en front de mer. Mais ce petit refuge lui convenait très bien. On se serait cru dans une maison de poupée. Elle avait longtemps souffert de ne pas avoir pu offrir « plus » à son unique fils. « Plus » de confort, « plus » d'années d'études, « plus » de sécurité financière. Au moment de la séparation, elle avait obtenu la garde exclusive. Je rendais visite à mon père le week-end et pendant les vacances. En représailles, mon père avait tout fait pour lui verser le moins de pension possible, avec le plus de retard possible. Je n'avais jamais réellement ressenti cette gêne. Fille d'agriculteurs bretons, ma mère au contraire avait toujours été frustrée de ne pas avoir pu accéder à un statut social plus enviable. Avec le temps, ses velléités de revanche sociale s'étaient atténuées et, après avoir longtemps habité en banlieue parisienne, elle s'accommodait à présent de sa vie paisible dans ce petit village perdu en bord de mer.

Après un dîner frugal mais très goûteux, agrémenté d'une soupe cuisinée avec les légumes bio des producteurs locaux, les garçons avaient grimpé à l'étage pour dormir dans la chambre d'ami. En guise de digestif, je dégustais une tisane de thym, le fameux « pisse-mémé » comme on l'appelait dans la famille. Je déployais le canapé convertible du salon, pendant que ma mère rejoignait sa chambre, en face de celle des enfants. Je m'allongeais sur le sommier grinçant, tentant maladroitement de faire le moins de bruit possible. Enfin, je fermais les yeux, épuisé par notre périple depuis Toulon, mais apaisé par l'air de l'océan qui semblait encore emplir mes poumons.

30

Le chien. Le chien aboyait. Ses grognements puissants résonnaient dans le salon et dans ma tête. Il s'était endormi près du canapé. Dans l'obscurité profonde et le silence de la maison, ses aboiements déchiraient mes tympans. Je me relevai brusquement, laissant tomber la lampe de chevet en l'allumant. J'étais en nage malgré la température polaire qui régnait dans la pièce. Ma mère avait l'habitude de baisser le chauffage au plus bas pendant la nuit pour préserver l'environnement autant que ses économies. J'entendis confusément ses pas dans l'escalier.

— Au pied, Dingo ! Tais-toi ! Tu vas réveiller les garçons !

Elle se précipita vers l'épagneul breton en se collant à lui et en le caressant.

— Du calme, Dingo ! Tu ne me fais jamais ça, d'habitude. Qu'est-ce qui s'est passé ?

Le chien grognait en furetant du museau dans ma direction. Je relevais l'abat-jour, émergeant péniblement. Je me rappelais maintenant ce qui m'avait réveillé, juste avant que le chien aboie.

— J'ai fait un rêve, un rêve bizarre...

— C'est pour ça que Dingo aboie ?

— Non, ce n'est pas ce que je veux dire...

J'essayais de rassembler mes pensées dans mon cerveau embrumé.

— J'ai rêvé de papa.

Elle eut l'air interloquée.

— Il est encore là, lui ? Il n'a pas fini de nous pourrir la vie ?

— Arrête, je t'en prie. Ce n'est pas le moment... *Il est venu me voir.*

J'avais dit ces mots sans les comprendre. Ma mère me regardait, abasourdie.

— Qu'est-ce que tu racontes ? Tu as bu ?

— Mais non, pas du tout ! Je n'ai pas bu, et ce n'est pas non plus ce que je voulais dire. J'ai fait un cauchemar. Enfin, non, ce n'était pas un cauchemar, ce n'était pas un mauvais rêve.

— Décidément, tu n'es pas bien réveillé, toi !

Je laissais passer un silence.

— J'ai vu papa en rêve. Il était comme la dernière fois que je l'ai vu, bien avant sa mort. Il est venu vers moi, il m'a dit que ça faisait très longtemps qu'il voulait me parler, qu'il était content d'en avoir enfin l'occasion.

— Mais pourquoi il vient chez moi, lui ? Je ne veux pas le voir ici, même pas en rêve !

Sur la fin, il était revenu habiter dans le village de son enfance, pas très loin d'ici. Sa deuxième épouse étant décédée, il avait tenté un rapprochement avec ma mère. Il venait frapper à sa porte pour essayer de parlementer. Mais elle avait toujours refusé. Elle le mettait dehors sans ménagement. Pour elle, la page était tournée depuis longtemps, il était hors de question de retenter quelque chose.

— Il m'a dit qu'il s'excusait pour le comportement qu'il a eu, qu'il savait qu'il n'avait pas été *un bon père.*

J'en voulais à mon père de l'image qu'il m'avait donnée de la figure paternelle. Je m'étais sans cesse efforcé de ne jamais lui ressembler. Je m'étais acharné à ne pas avoir la même relation avec mes enfants. En fait, il n'était pas totalement alcoolique, il ne supportait pas l'alcool. Boire deux bières lui suffisait pour s'enliser dans une paranoïa terrifiante. Je l'avais vu de nombreuses fois maltraiter ma mère. Je me souvenais de son œil au beurre noir, des bleus qu'elle essayait de cacher, de son bras cassé. Chaque fois, elle prétextait une chute, une glissade, un « bête accident de la route ». Je ne comprenais pas pourquoi elle ne prenait pas une valise pour s'enfuir et nous éloigner de cet enfer conjugal. À l'époque, il n'était même pas question d'aller voir la police. J'avais gardé de la rancœur contre les voisins qui entendaient les cris, les amis qui voyaient ma mère se faire insulter pendant les dîners, sans réagir.

Un enfant protégera toujours ses parents. Je ne pouvais pas dénoncer mon père. Et je ne pouvais pas aider ma mère. Je me sentais impuissant, profondément impuissant. J'avais été tellement soulagé quand ils avaient enfin pris la décision de se séparer. Décision qui, paradoxalement, avait été engagée par mon père, lorsqu'il avait rencontré celle qui allait devenir sa seconde épouse et à qui il allait faire vivre le même cirque des horreurs. Quand j'avais été en âge de pouvoir m'opposer à lui, les choses avaient changé. Et j'avais irrémédiablement coupé le cordon avec lui.

— Il pleurait. Je te jure, c'est la première fois de ma vie que je le voyais pleurer.

— C'est trop tard pour pleurer ! Trop tard pour s'excuser ! Je ne comprends vraiment pas pourquoi tu fais ce genre de rêve. Je m'en suis tellement voulu de ne pas avoir pris mes cliques et mes claques avec toi sous le bras pour t'éviter de vivre tout ça. Mais bon, les choses n'étaient pas si simples, c'était compliqué de se séparer. Je ne savais pas où aller, je...

Je sentis un voile passer sur son visage. Je crus que c'était elle maintenant qui allait se mettre à pleurer.

— Enfin... J'ai manqué de courage. J'aurais dû partir.

— Tout ça, c'est du passé. On ne va pas revenir là-dessus. Il m'a surtout dit qu'il regrettait de ne pas avoir vu grandir ses petits-enfants.

Je n'avais déjà plus aucun lien avec lui quand Romain était né. Il n'avait donc jamais vu les garçons. Le priver de ses petits-enfants avait été pour moi un moyen de lui rendre la monnaie de sa pièce. Ce n'était peut-être pas très beau de ma part, mais je me vengeais de tout ce qu'il nous avait fait endurer.

— Il m'a dit qu'il était heureux d'avoir pu les voir *ce soir*...

À ces mots, ma mère se figea.

— Tu vas trop loin, là. Tu me fais peur. Il est drôlement réaliste, ton rêve.

Je m'étais bien gardé de lui parler de tout ce qui s'était passé ces derniers mois. Et je n'avais aucune intention de le faire.

— Oh, t'inquiète pas. C'était juste un rêve.

Dingo s'était assagi, il s'était allongé sur le tapis à côté du canapé. La maison avait retrouvé tout son calme. Rien ne semblait anormal. Ma mère s'apprêtait à retourner se coucher quand je l'ai remarqué. Il était assis sur une marche, dans la pénombre de l'escalier. Il nous observait. Je *savais* qu'Hadrien avait tout entendu.

31

Le lendemain, nous prenions tous la voiture pour rejoindre La Rochelle. J'étais arrimé au volant, fatigué par la nuit, endurant cinq heures de route avec le chien qui s'impatientait à l'arrière entre les jambes des enfants. Dans le coffre, les cadeaux du père Noël occupaient une valise pleine. Cette année encore, il avait fallu user de tout un tas de stratagèmes pour ne pas éveiller les soupçons d'Hadrien. Romain m'avait aidé à emballer tout ce qui avait été commandé à papa Noël. C'était sans doute la dernière année où Hadrien se plairait à y croire encore un peu. Je le laissais vivre un petit peu de magie avant de lui annoncer la cruelle vérité et d'envoyer valdinguer lutins, traîneau, lapin de Pâques et autres petites souris.

À notre arrivée, un comité d'accueil nous attendait. Hadrien courut se jeter dans les bras des parents d'Amélie. Son grand-père était venu ouvrir le portail, sa grand-mère suivait derrière à petits pas pressés. La maison de maître était située en proche banlieue de La Rochelle. Une élégante demeure entourée d'un grand jardin, avec un ruisseau qui déambulait doucement à l'autre bout du gazon impeccablement entretenu.

— Comme je suis heureuse de vous voir !

Francesca serrait Hadrien à le faire étouffer. Romain se prêta nonchalamment au jeu des retrouvailles. Je suivais avec ma mère, tirant les valises.

— Vous avez fait bon voyage ?

— Disons qu'on est contents d'être arrivés, répondis-je en embrassant Francesca.

Dingo avait bondi de la voiture pour courir en tous sens, il se roulait déjà dans l'herbe grasse. Hadrien l'accompagna dans ses cabrioles. Sur le perron, je vis apparaître Nathalie et son mari. La sœur cadette d'Amélie avait un joli ventre légèrement arrondi.

— Surprise !

Je m'avançais vers elle.

— Oh, tu m'avais caché la nouvelle !

— Elle a un peu plus de trois mois. Je ne voulais pas faire d'annonce avant que ce soit sûr. J'ai fait une échographie juste avant de décoller de Dubaï. C'est trop beau de voir son petit cœur battre !

Nathalie était très liée à sa sœur. Elles se voyaient très souvent et j'avais toujours eu de bonnes relations avec elle. Jusqu'à la *disparition*. À ce moment-là, elle avait coupé les ponts avec tout ce qui lui rappelait Amélie. Au fil des années, elle avait peu à peu renoué le contact. À distance, elle prenait régulièrement des nouvelles de ses neveux.

— C'est génial, je suis vraiment très content pour toi, pour vous.

Je serrai la paluche de son armoire à glace de mari. Un grand bonhomme aux larges épaules, un vrai pilier de rugby.

— Alors, heureux papa, tu nages dans le bonheur ?

— Yes, je suis charmed ! me lança-t-il avec son accent so british.

Hadrien se précipita sur sa tante sans ménagement en enserrant dans ses bras le petit ventre naissant.

— Attention, Hadrien ! Une petite merveille est en train de grandir dans ce nid douillet, le grondai-je gentiment.

— Super ! Un nouveau bébé dans la famille !

Il inonda de bisous le gros pull en laine bordeaux de sa tante.

— Allez, tout le monde rentre avant d'attraper froid !

Imitant le berger rassemblant son troupeau, le père d'Amélie poussa toute sa couvée à l'intérieur. Une douce chaleur m'enveloppa dès que je passai le palier. Un grand feu avait été allumé dans la cheminée. J'avais toujours trouvé cette maison accueillante, avec ses murs de pierre apparente, ses vieilles poutres, ses meubles en bois massif, une vraie « maison de famille ».

À côté du sapin de Noël et de la crèche, sur la commode, je retrouvais les photos d'Amélie disposées comme sur un autel. C'était humain, tout à fait normal et compréhensible de vouloir garder son souvenir vivant en affichant ces photos au beau milieu du salon. Mais elles me faisaient tressaillir chaque fois. Mes amis me demandaient parfois pourquoi on ne voyait pas de photos d'Amélie dans notre appartement de Toulon. Je répondais invariablement qu'elle était « dans mon cœur » et que je n'avais pas besoin de clichés pour me souvenir d'elle. Ce qui était vrai. Mais la vraie vérité, c'est qu'il m'était insupportable de croiser ces images du bonheur « d'avant » plusieurs fois par jour, tous les jours. Je revivais nos derniers moments ensemble et fondais en larmes. J'avais fini par bannir toutes les photos de la maison, même celles où elle ne figurait pas. Tout était soigneusement rangé dans des albums, sauvegardé dans l'ordinateur ou mon « nuage » Internet.

Les photographies de défunts étaient courantes au XIXe et début du XXe siècle. On prenait un cliché de la personne décédée sur son lit de mort. Cette photographie funéraire était bien souvent le seul témoignage *concret*, le seul souvenir visuel que pouvait conserver la famille. Ces images précieuses étaient exposées à la vue de tous dans la pièce principale, une manière de faire perdurer la présence du proche disparu. Je m'interrogeais régulièrement sur ma propre lâcheté et sur l'hypocrisie de notre société occidentale qui balayait aujourd'hui la mort sous le tapis, ce qui était pour le moins paradoxal à l'heure du tout-image, des excès de la transparence et des réseaux sociaux. J'avais toujours eu cette sensation que la mort était taboue, qu'on la cachait le plus possible. Moi y compris.

Je dépassai rapidement la commode et filai à l'étage avec les bagages. Je m'installai avec les enfants dans l'habituelle chambre d'ami qui nous était réservée.

En début de soirée, on commença à préparer le réveillon. J'étais assigné à la corvée de l'ouverture des huîtres, aidé par Edward, le mari de Nathalie. J'adorais les huîtres, mais je détestais les ouvrir. Je ne pouvais m'empêcher de frémir en pensant qu'on allait les gober vivantes. Je m'escrimais à trouver la bonne entrée pour y mettre la lame du couteau, je manquais une fois sur deux de me charcuter les doigts. Malgré ses battoirs qui lui faisaient office de mains, Edward se montrait d'une dextérité étonnante. En peu de temps, il avait déjà éventré une douzaine de mollusques.

— Alors, le boulot ? Ça roule ?

— Ça what ?

— Le travail, ça marche ? Ça se passe bien ?

— Oh yes ! C'est a lot of work. Beaucoup de containers. Beaucoup de navires.

Edward travaillait toujours pour la grande entreprise de transport maritime. Il supervisait l'acheminement des containers en mer d'Arabie et dans le Golfe Persique. Un vrai casse-tête dans cette région compliquée du globe. Mon anglais étant très approximatif, nos conversations n'étaient en général pas très développées mais j'appréciais ce géant aux airs de bon vivant qui se montrait toujours cordial quelles que soient les circonstances.

À l'heure de l'apéro, on fit sortir les garçons avec leur grand-père pour aller jeter les déchets dans les poubelles de tri au bout de la rue. En moins de cinq minutes, tous les paquets cadeaux s'entassèrent au pied du sapin. Le monticule était chaque année un peu plus élevé. J'avais la phobie de la course aux cadeaux qui précédait les fêtes de fin d'année. On se promettait tous les ans d'y mettre un frein, de n'offrir des présents qu'aux enfants, pour qui la féérie de Noël avait réellement un sens. Mais la décroissance des cadeaux n'était pas encore à l'ordre du jour. Il avait fallu de nouveau se creuser la tête pour trouver la surprise adéquate, subir les magasins bondés avec la certitude qu'une bonne partie des achats finirait au fond d'un tiroir.

Papy Pierre toqua à la porte pour s'assurer que tout était prêt. Je lui ouvrais, il prit une grosse voix en mettant ses mains sur ses hanches, le ventre en avant.

— Oh oh oh, je crois que le père Noël est passé !

À ces mots, comme chaque année, les deux garçons se précipitèrent vers le sapin en poussant de grands cris. C'était LE moment qui me réconciliait avec Noël, le stress des préparatifs, les tensions qui semblaient inhérentes à toute réunion de famille, cette fête où il manquait Amélie depuis sept ans maintenant. Son absence était comme un tabou elle aussi. Elle était là, présente dans les pensées de tous, mais personne n'osait l'évoquer. De peur de gâcher la fête. De peur de quoi, au juste ?

J'évacuai rapidement mon malaise pour savourer le plaisir de voir Hadrien et Romain déchirer les papiers cadeaux en s'extasiant. Heureux.

32

La grande table avait été dressée dans le salon. Le feu crépitait joyeusement dans la cheminée. Dingo était étalé de tout son long devant l'âtre chaleureux. C'était la première fois depuis longtemps que l'essentiel de la famille était réuni. Restés cantonnés dans leurs contrées éloignées, Nathalie et son mari s'étaient exemptés des réjouissances plusieurs années de suite. Je soupçonnais Nathalie de ne pas avoir trop insisté pour participer à ces agapes qui lui rappelaient immanquablement l'absence de sa sœur. La perspective de cette nouvelle naissance avait sans doute pesé dans leur décision de faire le voyage cette année. Il ne manquait que Lucia, la mère de Francesca, seule survivante des arrière-grands-parents qui avaient tous passé l'arme à gauche au fil des ans. Elle allait sur ses 90 ans, n'avait plus toute sa tête et séjournait à présent dans une maison de retraite médicalisée.

Ma mère était d'humeur joviale. Tout au long de l'année, elle souffrait en silence de son célibat. Elle comptait beaucoup d'amis et, depuis la séparation, elle avait définitivement fait sienne la devise « mieux vaut être seule que mal accompagnée ». Mais je sentais bien qu'elle aurait préféré s'adjoindre un associé pour égayer ses vieux jours. Cette grande tablée où se trouvait rassemblée une bonne partie de l'histoire de la famille lui réchauffait le cœur.

Elle n'avait jamais eu des relations très approfondies avec les parents d'Amélie, ils étaient issus de milieux sociaux trop différents pour parvenir à se rejoindre. Pierre avait été architecte et Francesca avait réalisé toute sa carrière dans une banque. Ils représentaient la réussite sociale à laquelle elle avait aspiré mais qu'elle n'avait pu obtenir. Si les ressentiments mal digérés affleuraient au moindre prétexte, la trêve des confiseurs permettait en général de faire en sorte que tout se passe à-peu-près bien. Chacun faisait un effort pour mettre les différences de valeurs en sourdine et on évitait soigneusement certains sujets comme la politique, le problème des migrants ou la religion. Les parents d'Amélie étaient catholiques par respect de la tradition, très modérés et peu pratiquants, ma mère était farouchement athée.

Nathalie avait elle aussi décidé de se montrer sous son meilleur jour. Elle riait par moment à gorge déployée, couvrait ostensiblement son Edward de baisers. Nous avions dégusté les huîtres en un tour de main. Nous étions maintenant occupés avec la dinde de Noël.

— Vous vous plaisez toujours autant à Dubaï ?

J'étais réellement fasciné par cette ville champignon sortie de nulle part au beau milieu du désert. Pour moi, c'était de la science-fiction.

— Oui, c'est une ville vraiment étonnante, me répondit Nathalie. On n'y passera pas toute notre vie, mais c'est une expérience intéressante. On a l'impression de vivre dans un Disneyland géant.

— C'est anti-écologique au possible ! intervint brusquement ma mère.

Le sujet avait le don de la faire bouillir et la trêve de Noël avait ses limites. Nathalie ne se démonta pas.

— Effectivement, c'est une totale hérésie. C'est la société de consommation poussée à son extrême.

— Ça ne vous dérange pas de cautionner tout ça en y habitant ?

— Maman, c'est bon !

Il fallait arrêter l'escalade rapidement. Si ma mère montait sur ses grands chevaux, c'en était fini de la soirée de concorde familiale. Francesca lui lançait des éclairs, Pierre affichait un regard blasé tandis qu'Edward essayait de suivre la conversation avec une mine perplexe. Nathalie répondit toujours aussi posément.

— Je ne suis pas tranquille avec ça. J'ai bien conscience de tous les problèmes que pose cette ville. La climatisation partout, la voiture omniprésente, la démesure de tout, les ouvriers immigrés surexploités... Mais il faut arrêter d'être caricatural, ce n'est pas aussi superficiel qu'on le dit. C'est une ville où on compte plus de trois millions d'habitants et il en arrive tous les jours de nouveaux. On a fait beaucoup de rencontres, on a de vrais amis là-bas. C'est un peu comme le monde en miniature. Enfin, pas tout à fait en miniature...

— Las Vegas, c'est un peu le même principe. Un temple de la consommation et du plaisir planté en plein désert. Ça n'a jamais empêché les jusqu'au-boutistes de l'écologie de dormir.

Je venais au secours de Nathalie d'autant plus volontiers qu'au fond, nous étions tous d'accord. Chacun autour de cette table avait fini par prendre conscience des enjeux environnementaux qui se dressaient devant nous. J'y pensais en regardant Hadrien et Romain jouer au pied du sapin. Ils avaient rapidement avalé leur part de dinde élevée en plein air pour repartir vite assembler leurs nouvelles briques de plastique en partie recyclé ou faire rouler leur voiture en bois. Quelle Terre allions-nous leur laisser en héritage ? La question me taraudait.

— Vous venez avec les enfants en Italie pour les grandes vacances ?

La mère d'Amélie tentait de faire diversion. Je m'attendais à cette question et cherchais la réponse que j'avais préparée. Je pensais immédiatement aux trois noyés qui risquaient de ressusciter.

— Eh bien, je...

— Ça ne va pas ? Vous n'avez pas l'air dans votre assiette...

Mon hésitation n'avait pas échappé au père d'Amélie qui, sous ses airs souvent absents, analysait tout ce qui se passait.

— Non non, tout va bien. Je n'ai pas encore établi le programme de cet été. Les garçons ont été invités par des amis de leur dernière colo pour faire du camping à la campagne. Je vous dirai dès que je serai fixé.

— Ils peuvent y aller avant ou après l'Italie, s'insurgea Francesca. Vous n'allez pas confisquer nos petits-enfants !

Pour Amélie, parce que les garçons avaient autant besoin de leurs grands-parents que les grands-parents de leurs petits-enfants, j'avais toujours essayé de rester en bons termes avec eux.

— Il ne s'agit pas de les confisquer. C'est bien aussi qu'ils voient autre chose que la plage. Ne vous inquiétez pas, je ferai au mieux.

Décidément, cette veillée de Noël s'annonçait embrouillée. Je me demandais comment j'allais me sortir de la nasse quand j'entendis la petite voix d'Hadrien qui venait du sapin.

— Moi, je veux y aller, en Italie.

— Hé, moi aussi ! renchérit Romain. On a tous les copains de la plage à revoir. On y va tous les ans, pourquoi on n'irait pas cette année ?

Pourquoi ? Oui, pourquoi ? Tout simplement parce que je n'avais aucune envie d'avoir encore à faire à des fantômes qui allaient sans aucun doute venir hanter les nuits de notre fils cadet. C'est pas très compliqué à comprendre, non ?

— Allez, papa, c'est trop cool, la plage !

— Je crois que l'affaire est entendue, conclut ma belle-mère. On vous accueillera avec plaisir. Cette année, nous louons un plus grand appartement. Vous pourrez loger avec nous.

Je me sentais piégé. Ma mère ne put s'empêcher d'ajouter son grain de sel.

— Et moi, je prends les enfants au moins deux semaines. J'ai bien le droit de les avoir aussi !

Ce marchandage entre grands-parents avait le don de m'énerver. Je mesurais la chance qu'ils soient encore là pour pouvoir s'occuper des garçons pendant les vacances, mais cette lutte d'ego était pénible.

— On se calme ! Bien sûr que tu les verras, je travaille une bonne partie de l'été donc tu les auras à un moment, ne t'inquiète pas. Les grandes vacances, c'est dans plus de six mois. On a encore le temps de voir.

— C'est pas beau, ça, des grands-parents qui se disputent leurs petits-enfants ? tenta Nathalie pour détendre l'atmosphère. J'en connais d'autres qui sont à la retraite mais qui se débinent parce qu'ils sont trop occupés pour prendre en charge les mioches de leur descendance.

— Ou parce qu'ils n'en ont tout simplement pas envie, ajoutai-je. Je suis très content que vous vouliez les avoir avec vous, au contraire, mais cette année... c'est un peu particulier.

— En tout cas, pour ce Noël, on est vraiment heureux d'avoir pu réunir toute la famille, se réjouit Francesca, qui prônait à présent l'apaisement.

— Oui, this is un beau jour de fête, conclut Edward en brandissant son verre. Trinquons à la family !

Tout le monde but une gorgée d'un excellent Bandol que j'avais glissé dans les bagages. Nathalie se leva de sa chaise, prit son verre et le fit tinter pour réclamer l'attention de tous.

— Je voudrais avoir une pensée pour ma sœur, qui devrait être parmi nous ce soir.

Je faillis m'étouffer, le vin resta entortillé dans mon gosier quelques instants. Il y eut un silence. C'était la première fois que Nathalie évoquait ouvertement Amélie sur un ton aussi solennel.

— Je ne vous en ai jamais parlé. Quand j'étais en Thaïlande, après le décès d'Amélie, j'ai fait une sorte de crise de spiritualité. J'ai fréquenté des temples bouddhistes, j'ai participé à des stages de méditation, j'ai séjourné dans un ashram. Ça m'a fait beaucoup de bien, ça m'a apaisée. J'ai retrouvé une paix intérieure dont j'avais besoin. Mais ça a fini par me passer. Au fond, ça n'a pas répondu à mes questions. Je crois qu'en fait, je cherchais à entrer en contact avec elle, quelque chose comme ça. Je voulais savoir ce qui se passait *après*. Mais je n'ai eu aucune réponse. En tout cas rien qui m'éclaire vraiment.

— Je comprends tout à fait ta démarche. Moi-même, j'ai... j'ai cherché des réponses.

Je me mordais la langue pour ne pas parler de la médium, des visions d'Hadrien, des fantômes. Je ne voulais pas être pris pour un affabulateur.

— Les bouddhistes croient à la réincarnation, ou plutôt à une renaissance, reprit Nathalie. Je trouve ça très beau. Mais je n'arrive pas à y croire. En Afrique, on dit que les morts sont partout, dans l'air qu'on respire, dans l'eau qu'on boit. C'est un peu la même idée mais ça ne m'a jamais convaincue. J'ai besoin de quelque chose de *concret*.

— Moi, je suis persuadée qu'il y a un paradis quelque part, quelque chose qui y ressemble, et qu'Amélie y est en ce moment, intervint Francesca.

— C'est une façon de te rassurer de penser ça, maman. Mais franchement, je n'y crois pas.

— Tu sais, Nathalie, quand je suis sur le chemin de Saint-Jacques, je ressens cette paix intérieure dont tu parles.

Le regard de Pierre s'était éclairé. Il semblait vraiment être en empathie avec sa seconde fille, peut-être même avec ses deux filles. Edward, lui, s'était visiblement fait une raison et n'essayait plus de deviner ce qui se disait.

— Je pense... que...

Les mots avaient du mal à s'extraire de ma bouche. Je tentais d'articuler. Tous les regards se tournèrent vers moi.

— Je pense qu'il faut accepter que tout ça nous échappe. Qu'il y a des choses que, justement, on ne peut pas comprendre.

Un courant d'air puissant refoula les flammes de la cheminée. Le chien se dressa d'un bond sur ses pattes. Il se mit à grogner.

— Doucement, Dingo. Tout va bien.

Ma mère quitta sa chaise pour prendre l'épagneul dans ses bras. Elle lui caressa la tête longuement mais il continuait à grommeler entre ses dents.

Je sentis un frisson me parcourir. Ce frôlement que je commençais à connaître.

Un contact froid, puis une chaleur qui se répand doucement dans mon corps.

Elle était là.

J'en étais sûr maintenant.

Je prenais une grande inspiration et me lançais.

— Des fois, c'est... très bizarre. J'ai déjà eu l'impression de la *sentir* près de moi. C'est une sensation très étrange.

— Oui, approuva Nathalie. Ça m'est arrivé aussi. Mais ce sont juste des sensations. Rien ne prouve qu'on ne se fait pas des idées. On a tellement envie qu'elle soit encore là, je pense que par moment on s'autopersuade qu'elle est là.

— Je suis tout à fait d'accord avec toi. Enfin, c'est ce que je pensais avant... maintenant, je ne sais plus très bien.

— Pourquoi dites-vous « maintenant », interrogea Pierre. Quelque chose vous a fait changer d'avis ?

— Bon, il faut que je vous avoue un truc. Je suis allé voir une médium.

Un rire strident partit du coin de la cheminée. Tout en cajolant Dingo, ma mère ne pouvait se retenir de pouffer.

— Où tu vas chercher ça ? Décidément, tu prends encore tes rêves pour la réalité !

— Vous allez un peu loin, c'est vrai, renchérit Francesca. Je préfère encore aller voir un curé qu'un médium.

— Ce n'est pas moi qui vais te jeter la pierre, ajouta Nathalie. J'ai bien failli rentrer dans une secte, donc je sais ce que c'est. Mais j'en suis revenue, vraiment. Pratiquer la méditation, ça ne peut faire que du bien. De là à faire revenir les morts, non, ça ne marche pas. Ça n'est pas possible. Ça n'existe pas.

À ces mots, mon verre tomba de la table, se brisant sur le carrelage. Tout le monde sursauta. Je m'attendais à *quelque chose dans ce genre*, mais je n'arrivais pas à m'y habituer.

— Toujours aussi maladroit ! me sermonna ma mère, comme si j'étais encore un petit garçon.

— Je me passerai de tes commentaires, maugréais-je en ramassant les morceaux.

Je n'avais pas le cœur à en dire plus. Elles m'avaient coupé dans mon élan. Comment leur expliquer tout ce par quoi j'étais passé ? J'avais le sentiment de vivre dans un film, d'être quelque part entre *Sixième Sens* et *Ghost*. Où étaient donc cachées les caméras ?

Pierre restait muet. Il donnait l'impression d'avoir son opinion sur ce qui s'était déroulé mais de ne pas oser la dévoiler. De sa place, il avait dû voir que je n'avais pas touché le verre.

— C'est malin, vous avez fait partir maman !

Accroupi près du sapin, Hadrien s'était arrêté de jouer.

— Ne dis pas de bêtise, gronda Francesca. Ta maman est partie depuis longtemps et tu le sais très bien.

Hadrien répondit sans sourciller.

— Ça, c'est ce que vous croyez. Moi, je m'en fiche. Je sais ce qui est vrai.

— Ah bon ? interrogea Nathalie. Et qu'est-ce qui est vrai ?

— Ben par exemple, je sais bien que le père Noël n'existe pas. Je fais semblant d'y croire parce que ça fait plaisir à papa. Comme les cloches de Pâques ou des choses comme ça. Mais maman, je sais que des fois elle est là. Et ça, vous pouvez pas comprendre.

Pendant que j'encaissais le coup, Nathalie alla prendre Hadrien tendrement dans ses bras. Elle le serra fort. Très fort.

— Tata, tu m'étouffes.

— Excuse-moi, mon chéri.

Elle desserra son étreinte et regarda Hadrien au fond des yeux.

— Tu sais, tu as raison, maman est là. Elle sera toujours dans nos cœurs. Toujours.

Hadrien ne répondit pas. Je voyais les larmes de Nathalie couler sur ses joues.

33

Pour moi, c'était comme un mouroir médicalisé. Un endroit dont vous ne sortiez pas vivant. Une sorte de couloir de la mort où vous attendiez plus ou moins patiemment votre tour. Le comble de l'horreur. J'avais toujours eu du mal avec les maisons de retraite. Ces EHPAD, Établissement d'Hébergement pour Personnes Âgées Dépendantes, un nom barbare dénué de toute humanité. Mes propres grands-parents étaient passés par là. J'en avais gardé un souvenir terrifiant.

Hadrien n'était pas à l'aise, lui non plus. Il observait, épouvanté, *les vieux* qui déambulaient, hagards, dans la grande salle qui faisait à la fois office de cantine et de lieu de vie. On y jouait au Scrabble, on y regardait la télé toute la journée, on y espérait ou redoutait la mort sans en avoir l'air. Romain était plongé dans sa Nintendo. Je ne m'étais pas senti de le dissuader de tripoter son joystick en attendant qu'on s'occupe de nous.

— Soyez les bienvenus dans notre petit paradis !

Je levais la tête pour voir qui pouvait bien avoir un sens de l'humour aussi inapproprié. Mais la jeune personne en tailleur et talons aiguilles qui nous faisait face était visiblement tout à fait sérieuse.

— Je suis la directrice de cet établissement. Je suis ravie de vous accueillir chez nous. Vous venez voir Lucia, c'est bien cela ?

— Tout à fait. Elle est internée chez vous depuis deux mois.

Elle eut l'air surprise. Le mot m'avait échappé.

— Voyons, Lucia n'est pas « internée ». Ce n'est pas une prison ici, tout de même, ni un hôpital. Nous faisons tout pour que nos pensionnaires aient une fin de vie la plus agréable possible.

Je jetais un œil aux murs à la peinture criarde, aux bouquets de fleurs en plastique disposés un peu partout, au revêtement de sol en faux parquet miteux, en me demandant jusqu'à quel point elle se foutait de ma gueule. Ça sentait le vieux. Les odeurs de cuisine se mélangeaient à des relents âcres qui devaient être un précipité d'urine et de sueur rance.

— Vous plaisantez ? C'est une antichambre de la mort, ici. Vu le prix que vous demandez, vous pourriez au moins faire un effort sur la déco.

— Le personnel soignant coûte cher, vous savez, me lança-t-elle, pincée. Nous sommes équipés avec un matériel médical de pointe.

Elle tourna les talons en nous devançant.

— Suivez-moi, je vais vous conduire à sa chambre.

Nous empruntâmes un dédale de couloirs. Des croûtes représentant des natures mortes égayaient les murs à intervalles réguliers. Les néons blafards donnaient à l'ensemble l'allure d'une clinique qui aurait mal vieilli. On entra enfin dans une chambre dont la fenêtre laissait filtrer la lumière de ce début d'après-midi malgré les stores baissés.

— Alors, Lucia, comment allez-vous aujourd'hui ?

Elle était allongée, la tête du lit légèrement surélevée, les yeux mi-clos embués par les médicaments dont elle devait être assommée. Elle paraissait frêle dans son pyjama rose, ses cheveux blancs bordant un visage de petite pomme ridée. La directrice prit sa main décharnée, parsemée de taches de rousseur, striée de veines bleutées. Elle la posa un instant sur sa joue pour lui donner un peu de chaleur. Elle semblait soudain un peu plus humaine.

— Bonjour madame. Qui êtes-vous ?

Lucia nourrissait un Alzheimer qui lui attaquait le cerveau jour après jour, la progression de la maladie s'était accélérée ces dernières semaines.

— Je suis la directrice, vous le savez bien, Lucia. Le mari de votre petite-fille et vos arrière-petits-enfants sont venus vous rendre visite.

Je m'avançai, Hadrien et Romain à mes côtés. Ils ne l'avaient pas revue depuis le précédent Noël.

— Bonjour Lucia, vous nous reconnaissez ?

— Ah, non. Je suis désolée, monsieur. Mais vous avez de bien jolis garçons.

— Je suis le mari d'Amélie, votre petite-fille. Voici Hadrien et Romain, qui sont nos enfants.

— Ah, bien. Je suis enchantée de vous rencontrer. Amélie va bien ?

— Eh bien, euh... Amélie est partie depuis longtemps...

Je reprenais ma respiration.

— ... Nous sommes le jour de Noël, Lucia. Toute la famille vous embrasse. Nous ne sommes pas venus tous ensemble pour ne pas trop vous fatiguer.

Hadrien ne la quittait pas des yeux. Romain soufflait bruyamment, une manière sans doute d'exprimer son désarroi d'être ainsi obligé de venir au chevet d'une vieille folle. La directrice se dirigea vers la sortie.

— Bien, je vous laisse avec votre descendance, Lucia. À plus tard.

Je relevais les stores pour faire entrer plus de soleil et venais m'asseoir à côté du lit, pensif. Ce n'était plus Lucia qui était là, devant nous. Ce n'était *plus vraiment elle*. Un an auparavant, son Alzheimer avait déjà été diagnostiqué. Mais il n'était pas encore très avancé, et les symptômes n'étaient pas encore visibles. Tout juste avait-elle de légères pertes de mémoire qu'on avait auparavant attribuées à son grand âge.

— Lucia, est-ce qu'on prend soin de vous, ici ? Est-ce que vous vous sentez bien ?

Elle sembla rassembler toutes ses forces pour réfléchir à ce qu'elle pouvait dire. Articuler des mots paraissait être une épreuve insurmontable.

— Oh... Ce n'est pas le Club Med... Mais je ne vais pas me plaindre. C'est gentil de venir me voir.

— C'est normal. Nous habitons loin, à Toulon, vous vous rappelez ? Alors nous ne pouvons pas venir vous voir souvent. Nous allons déménager à Bordeaux. Nous serons plus proches de La Rochelle, nous pourrons venir plus facilement.

— Ah... C'est très bien, ça. Mais vous savez, je ne sais pas si je serai encore vivante... Je sens bien que je n'en ai plus pour longtemps.

Je me raidissais, troublé. Malgré les apparences, elle avait encore *conscience* de ce qui lui arrivait. Pierre et Francesca m'avaient prévenu qu'elle avait parfois des éclairs de lucidité surprenants.

— Grand Mamie, vous avez raison, moi je sais qu'il ne vous reste plus beaucoup de temps.

Je toussais nerveusement en fronçant les sourcils à l'adresse d'Hadrien. Il avait formulé sa sentence sur un ton assuré, comme si tout cela était dans l'ordre des choses et qu'il n'y avait pas à s'en offusquer. Lucia releva ses paupières et le fixa. Intensément. Elle sortait des brumes de son état comateux. Je voyais dans ses pupilles dilatées qu'elle avait retrouvé d'un coup toutes ses facultés.

— Tu m'as l'air bien intelligent, mon garçon. Et comment sais-tu cela ?

— Je le sens, Grand Mamie. Je ne saurais pas vous expliquer.

— De toute façon, c'est bien mieux comme ça. Par moment, je perds la tête. Des fois, je ne me rappelle même plus qui je suis. Alors, à quoi bon.

— Voyons, Lucia, il ne faut pas dire ça, bredouillai-je, désemparé.

— Mes journées, je les passe dans ce lit, à m'ennuyer, à regarder la télévision. Ce n'est pas une vie. Je suis prête à partir.

— Je peux vous aider, si vous voulez.

— Hadrien !! Ça va pas, non ? Qu'est-ce que tu racontes ?

Je le houspillais du regard, effaré.

— C'est gentil, mon petit, lui répondit-elle sans sembler le moins du monde prendre ombrage de ce qu'il venait de dire. Mais je n'en aurai pas besoin. Je peux partir toute seule. Je n'ai qu'à me laisser aller...

Je sursautai.

Une main venait de se poser sur mon épaule. Furtivement. Juste un léger toucher.

Je me retournai mais ne vis personne.

Dans un coin de la pièce, Romain s'était assis sur une chaise, absorbé par son jeu vidéo. Il ne prêtait aucune attention à ce qui était en train de se passer.

Amélie était là.

— Grand Mamie, quand vous serez partie, vous pourrez leur dire de me laisser tranquille ?

— Comment ça, mon petit ? Tu veux que je le dise à qui ?

— Eh bien, quand vous serez *de l'autre côté*, vous pourrez dire aux gens que vous verrez qu'ils me laissent tranquille ?

— Ah, parce que tu crois qu'il y a *un autre côté* ? demanda Lucia avec un sourire espiègle.

— Je ne crois pas, je suis sûr.

Cette conversation entre une vieille dame proche de la mort et un garçon à peine sorti de la petite enfance était surréaliste. Et émouvante.

— Alors, tu me rassures, ça veut dire que ce n'est pas encore la fin pour moi.

— Non, Grand Mamie. Les adultes disent que c'est le début d'autre chose.

— Ah... Et tu as une idée de ce que ça peut être, cet *autre chose* ?

— C'est difficile à expliquer. C'est des choses que je vois. C'est ici et c'est pas ici. C'est comme des fantômes, mais *en vrai*. Je sais pas comment dire.

La fenêtre s'ouvrit brusquement. Les stores voletèrent avec un bruit métallique. Je me précipitais pour empêcher le vent de s'engouffrer dans la pièce. En poussant la vitre, je vérifiais le loquet. Comme je m'en doutais, il n'avait pas de défaut. Romain, lui, avait toujours le nez dans sa Nintendo.

C'est à peine s'il avait remarqué que la fenêtre s'était ouverte *toute seule.*

— Fait pas chaud dehors !

Je grelottais en revenant vers le lit où était allongée Lucia. Hadrien s'était rapproché d'elle. Il lui caressait doucement les cheveux.

— Peut-être que quand tu seras morte décédée, tu verras maman.

Le sourire de Lucia s'élargit encore.

— Quand je serai morte décédée ? C'est possible, tu sais. Si je peux, je te ferai un petit bonjour de là-bas.

— Oui, Grand Mamie. Ça me ferait plaisir.

Je levais les yeux au ciel. Je commençais à me dire que plus rien ne m'étonnait.

34

Nous étions repartis dès le lendemain. Au moment de monter dans la voiture, Pierre était venu vers moi et m'avait glissé à l'oreille :

— Je vous comprends. Je sais ce que vous ressentez.

Je lui avais donné une longue accolade, sans pouvoir ajouter un mot. Nous avions tracé la route en sens inverse, dormi une nuit chez ma mère sans que rien d'étrange ne se produise, puis embarqué dans un avion vers le Sud.

Le soir du 31, nous étions invités par des amis sur les hauteurs de Toulon. Aux douze coups de minuit, en admirant la rade illuminée, j'avais eu l'impression très nette de *la* sentir près de moi. Une sensation fugitive, mais profonde. Qu'est-ce que nous réservait cette nouvelle année ? Je me posais inlassablement la question.

Et puis la vie avait repris son cours.

Aujourd'hui, je retrouvais Mathias, l'ami photographe qui avait été le déclencheur de notre arrivée ici. Avec le déferlement du numérique, il avait vu ses revenus divisés par deux. Il s'était reconverti dans le tournage de vidéos avec un drone. Il devait réaliser un film institutionnel sur un immense champ de panneaux photovoltaïques. J'étais venu lui prêter main-forte.

Nous étions perdus en pleine nature, au fin fond du Haut-Var. Une forêt de chênes-lièges, courts sur pattes, s'élançait derrière nous à l'assaut de la colline. Devant nous, une mer miroitante de panneaux solaires se gorgeait de photons. Mathias avait sorti deux drones de leurs valisettes. Il me tendit l'un des deux avec le boîtier de commande équipé d'un moniteur vidéo.

— Alors, tu es sûr de nous quitter ?

Je sentais le léger reproche amical dans le ton de sa voix.

— Je ne peux plus reculer. L'appartement est presque vendu. J'en ai déjà réservé un à Bordeaux. Les garçons se sont faits à l'idée de déménager. Y a plus qu'à.

— Tu vas me manquer, mon poto.

Mathias était resté l'ami le plus fidèle. Malgré les crises et les tempêtes, malgré mes longues absences après la *disparition*, il avait gardé le cap de notre belle amitié.

— Je sais, tu vas me manquer aussi, vieille canaille, répondis-je en lui donnant une petite bourrade dans l'épaule.

— Je viendrai te voir quand tu seras là-bas. Je suis sûr qu'il y a de belles vidéos à faire. Allez, on décolle !

Nos deux drones s'envolèrent, portés par leurs hélices qui émettaient un bourdonnement continu, deux gros insectes à la fois gracieux et maladroits. Mathias s'occupait de cadrer son film, j'étais chargé de prendre les photos qui serviraient à illustrer son site Internet.

— Le boulot, ça va ?

— Avec les prises de vue aériennes, je m'en sors plutôt bien. Le marché est encore en pleine expansion. Et je me fais plaisir. Je voulais être pilote de chasse quand j'étais gamin. Là, c'est un peu comme si je volais. Je réalise un peu mon rêve. Et toi ?

— J'avais de plus en plus de mal avec mon boulot de journaliste, mais là, la flamme est revenue. Je renoue avec mes rêves de Tintin reporter. À Bordeaux, je ne traiterai que des sujets liés à l'environnement. Ça me passionne, ça me permettra de me sentir plus utile. J'aurai au moins l'impression de participer un petit peu à la construction d'un monde meilleur. En actu, tu le sais bien, on court derrière BFM. C'est l'immédiateté qui compte, même si tu dis des conneries. Cette info fast-food et répétitive, ça me donne l'impression d'être un hamster qui court dans sa roue sans s'arrêter. Tu passes des jours à traiter la même information, et puis d'un coup une nouvelle chasse l'autre, et c'est comme si elle n'avait jamais existé. C'est anxiogène et c'est absurde.

— Ouais, c'est vrai. Mais bon... tout le monde critique les chaînes d'info en continu et, en même temps, tout le monde les regarde. Moi le premier.

— C'est sûr, même si je ne travaillais pas dedans, je les regarderais aussi. Elles ont leur utilité, surtout pour les gros évènements. Mais au bout d'un moment, tu t'aperçois que c'est vide de sens.

Il y eut une pause, juste troublée par le vrombissement des petits rotors. Mathias effectuait des passages en rase-mottes puis reprenait de l'altitude. Il se régalait, on aurait dit un gosse à qui on aurait offert un beau joujou. J'essayais de le suivre sans être dans le champ de sa caméra. Au bout d'une dizaine de minutes de vol, je relançai la conversation :

— Vous vous entendez toujours bien, avec Valérie ?

Depuis l'époque où nous avions emménagé à Toulon, Mathias avait rencontré Valérie. Ils avaient eu une petite fille, avant de divorcer, comme la plupart des couples que nous connaissions. Avec Amélie, nous étions quasiment les seuls survivants, seul couple à ne pas s'être séparé, jusqu'à...

— Il y a des hauts et des bas, comme quand on était en couple. Mais on ne veut surtout pas que notre fille en souffre, donc on prend sur nous, on fait bonne figure. Et toi, les enfants ?

— Romain est finalement content de partir pour Bordeaux. Il se dit qu'il se fera de nouveaux copains là-bas. Hadrien est ravi de changer d'école. Mais c'est un peu plus compliqué avec lui...

— Ah bon, pourquoi ? C'est parce qu'il est un peu hyperactif ?

— Ça, il a toujours autant d'énergie ! Mais non, le problème c'est que...

J'hésitais. Si ma propre famille ne me croyait pas, est-ce qu'un ami allait être capable d'un peu d'ouverture d'esprit ?

— Il pense beaucoup à sa maman.

— C'est normal. C'est terrible ce qu'ils ont vécu, tes deux gars. Elle doit leur manquer. Et puis, forcément, quand tu ne vis pas, ou plus, H24 avec la personne, tu as tendance à l'idéaliser, j'en sais quelque chose.

— Oui, mais il pense vraiment beaucoup à elle, peut-être trop.

— Qu'est-ce que tu veux dire ?

J'essayais de me concentrer sur le pilotage du drone tout en prenant des photos. Un exercice périlleux. La moindre fausse manœuvre pouvait aboutir au crash de la machine.

— Est-ce que tu crois aux fantômes ?

Le drone de Mathias fit un piquet en chute libre, il redressa sa trajectoire au dernier moment, juste avant qu'il ne se fracasse sur les panneaux solaires.

— T'es ouf, toi ! Pourquoi tu me poses ce genre de question ? Tu délires, mon poto.

— Bon, je me suis mal exprimé, dis-je en gardant l'œil fixé sur mon drone. Je voulais dire, est-ce que tu crois qu'il peut y avoir une vie après la mort, quelque chose comme ça ?

— Je comprends, bien sûr, ça doit te travailler tout ça. Moi, je me pose des questions, comme tout le monde. Je ne sais pas s'il y a *autre chose*. Mais, franchement, je suis comme saint Thomas, je ne crois que ce que je vois, et pour l'instant, je n'ai rien vu.

— Je suis d'accord, mais s'il t'arrivait d'assister à des choses bizarres, tu crois que tu changerais d'avis ?

Il me regarda avec des yeux suspicieux.

— T'as fumé ? Parce que si t'as fumé, je te laisse plus piloter mon drone !

— Mais non, pas du tout. Je suis très sérieux. Je crois qu'Hadrien voit des choses bizarres et fait des choses bizarres.

— Tu lui as fait voir un psy ?

— Oui, et même plusieurs. Ça n'a rien donné. Du coup, je me suis décidé à aller voir un médium. Et figure-toi que j'ai eu l'impression de... de sentir la présence d'Amélie.

— Mouais, pour moi, c'est de l'autosuggestion. Tu voudrais tellement qu'elle soit toujours là, que tu finis par te persuader qu'elle est là, quelque part. C'est facile pour un prétendu médium de te faire croire ce que tu as envie de croire. ET MERDE !!

Son drone s'était mis à zigzaguer. Le bourdonnement n'était plus aussi régulier, comme si le moteur avait des sautes d'humeur. Mathias manipulait frénétiquement ses commandes.

— Qu'est-ce qui se passe ? Je le contrôle plus !

Le drone fit une embardée et alla se perdre dans la forêt de chênes-lièges. On entendit un grand bruit et je vis des morceaux d'hélices voler dans tous les sens.

— MERDE DE MERDE DE MERDE !!!

Mathias se précipita vers le lieu de l'impact. Je fis atterrir délicatement la petite merveille de technologie qu'il m'avait confiée avant de le rejoindre. Son drone était éparpillé de tous côtés. Mathias s'était agenouillé pour essayer de récupérer la caméra miniature avec sa carte mémoire.

— Je ne comprends pas. C'est comme si les fréquences avaient été brouillées. Il a dû y avoir un bug.

En assistant, désolé, au spectacle de mon ami courroucé, je me surpris à penser :

Amélie, qu'est-ce que tu m'as fait, encore ?

35

— Concernant votre épouse, ça ne sert à rien de revenir me voir, je ne peux pas faire grand-chose de plus pour vous. C'est à vous de faire votre chemin.

La médium se voulait catégorique. J'avais dû insister au téléphone pour qu'elle accepte de me recevoir, de nous recevoir. Elle avait cédé quand je lui avais dit qu'Hadrien avait aussi besoin de son aide, qu'il avait besoin d'y voir plus clair. Même si c'était surtout moi, en fait, qui avais besoin de trouver des réponses.

— D'habitude, je laisse passer au moins six mois à un an entre deux séances. Sinon, ça devient vite une addiction. Une fois que vous êtes entré en contact avec un défunt, forcément, vous avez envie de le revoir.

Elle laissa filer un long silence. Nous étions assis dans son petit bureau, au fond de sa maison. Elle était vêtue d'un délicat pantalon en flanelle blanc et d'un pull fuchsia qui semblaient éclairer la pièce. Hadrien l'observait fiévreusement. Il s'accrochait au moindre de ses mots. Je devais aussi avoir l'air d'un homme qui a traversé le désert et qui voit une fontaine couler.

— Mais ça ne se passe pas comme ça. Nous ne sommes pas des interphones avec l'au-delà. Entrer en contact demande énormément d'énergie à une personne décédée pour *matérialiser* la relation, et ça m'épuise également. Si c'était si simple, tout le monde le ferait, nous serions tous médiums. Les vivants vivraient avec les morts, la société serait différente.

— Je veux bien croire qu'il y ait un monde parallèle, mais il me manque encore des clefs. Je voudrais comprendre ce qui m'arrive, ce qui nous arrive.

Elle me regarda profondément, comme si elle voulait découvrir en moi jusqu'où j'étais prêt à aller.

— J'insiste. Vous devez bien en avoir conscience. Ça ne sert à rien de venir me voir trop souvent. Ça ne la fera pas revenir.

— Oui, j'ai bien compris, mais...

— Vous pouvez sentir sa présence. Il faut quelque chose en plus, une sensibilité, un don, pour *l'entendre*... ou même *la voir*. Comme votre fils.

Hadrien acquiesça. Ils étaient sur la même longueur d'onde.

— On a tous ça en nous, au plus profond de nous. Mais

il faut savoir développer cette faculté, et ce n'est pas donné à tout le monde.

Je réfléchis un instant. Je pris une grande inspiration.

— D'accord. Et vous pensez que je pourrais développer cette... cette faculté ?

Elle me scruta de nouveau.

— Ça ne se fait pas du jour au lendemain. C'est comme un chemin intérieur que vous devez suivre. Vous devez mettre de côté tous vos préjugés, avoir l'esprit ouvert. Vous devez vous fier à votre instinct. Vous devez accepter de vous ouvrir à *autre chose*.

— Je dois faire ma révolution, en quelque sorte ?

Elle eut un sourire malicieux.

— Si vous voulez, vous pouvez le dire comme ça. C'est un peu votre révolution copernicienne. Le monde dans lequel vous avez toujours cru vivre jusqu'à présent n'est pas celui que vous croyez. Si vous y prêtez attention, vous découvrirez qu'il y a des connexions, des liens qui nous relient avec *l'autre monde*.

Un sentiment de vertige me saisit. Une curiosité folle se mêlait à une sensation de terreur.

— Je n'ai pas besoin d'une boule de cristal ou de trucs dans ce genre. Ces béquilles, ces artifices, c'est pour les charlatans et les magiciens. Je pourrais utiliser les cartes du tarot mais je n'y crois pas suffisamment pour que ça marche. L'homme a toujours voulu savoir ce qui se passe « après ». C'est humain. La sépulture est la première fiction. On se raconte des histoires pour se rassurer, on s'invente des dieux pour donner du sens à notre existence. Avant, la mort était beaucoup mieux acceptée. Les gens mouraient à la maison entourés de leur famille, elle faisait partie de la vie parce qu'elle n'était qu'une étape. La mort ne signifiait pas la fin, elle avait un sens parce qu'on savait qu'après on allait se retrouver au paradis... ou en enfer, ou quelque chose comme ça. La laïcisation de la société a mis le bazar là-dedans. Maintenant, la mort n'a plus de sens. Et la vie non plus. Je ne crois pas au Paradis tel que les religions le décrivent, mais je pense qu'il y a vraiment *quelque chose.*

— Au moins, ça donne de l'espoir. J'aimerais bien y croire comme vous.

— Ce n'est pas seulement une croyance. Ça ne se voit peut-être pas, mais j'ai un esprit assez rationnel. J'ai beaucoup d'amis qui sont de purs scientifiques et qui ne sont pas loin de penser la même chose que moi.

— Et... et vous pensez que je peux... arriver à communiquer avec Amélie ?

— Peut-être, je ne sais pas. Vous devez vous faire confiance... et lui faire confiance.

— Faire confiance à Amélie ?

Elle jeta un coup d'œil entendu à Hadrien.

— Je pense qu'elle essaie d'entrer en contact avec vous par l'intermédiaire de votre fils. Elle peut avoir le sentiment d'être partie trop vite, de ne pas avoir eu le temps de vous dire au revoir. C'est peut-être ce qui la retient ici. Quand les défunts ont eu une mort brutale, il y a un sentiment d'inachevé, des regrets qui les empêchent de partir vraiment. D'ailleurs, c'est peut-être *votre* impression de ne pas avoir pu lui dire au revoir qui la retient. Vous n'avez jamais réellement fait votre deuil, vous avez toujours trop de colère en vous, les souvenirs qui vous relient à elle sont encore forts, trop *présents*. Il y a comme un lien invisible qui vous attache à elle... et qui l'attache encore à vous.

— Et... et là, par exemple. Est-ce qu'elle est *là*, en ce moment ?

Hadrien fit légèrement « oui » de la tête. La médium n'était pas surprise.

— Si votre fils le dit, c'est que ce doit être vrai, répondit-elle avec un sourire énigmatique. Puisque vous en avez l'envie, essayez d'entrer en contact avec elle.

— Moi ? Là, maintenant ?

J'étais pétrifié, à la fois terriblement exalté et infiniment terrifié.

— Mais oui, voyons. N'ayez pas peur... Allez, c'est à vous de jouer !

— Je... je dois faire quoi ?

— Fermez les yeux. Détendez-vous, relaxez-vous. Vous devez lâcher prise, ne plus penser qu'à l'instant présent. Essayez de vous concentrer, d'être attentif à tout ce qui vous entoure.

Je prenais une large inspiration. Je fermais les yeux. J'avais cette impression étrange de me mettre à la place d'un aveugle, un jeu que j'aimais bien pratiquer quand j'étais gamin. Une sensation que j'avais aussi perçue au cours des rares séances de yoga auxquelles Amélie avait réussi à m'entraîner. Elle était une adepte de la méditation, une discipline de vie que je trouvais très intéressante pour les autres, pas pour moi. Je n'étais pas assez patient, pas assez sensible à cette forme de spiritualité. À son grand regret, Amélie n'avait jamais réussi à me convertir à sa recherche de plus de plénitude. Mais là, l'enjeu n'était pas le même.

Dès que mes paupières se fermèrent, je sentis ce noir profond, intense, enveloppant. Tous mes sens se mirent en alerte. Je sentais chaque point d'appui de mon corps, mes pieds qui semblaient peu à peu s'enraciner dans le sol, mon bassin qui ressentait tout à coup la rudesse du bois du siège sur lequel j'étais assis, le haut de mon dos qui se moulait dans le dossier de la chaise. J'avais posé mes mains sur mes cuisses, je sentais la chaleur de mon propre corps qui se diffusait dans mes paumes. Je prenais conscience de mon environnement et de moi-même, j'entrais pour une fois sans effort dans ce que l'on appelle cet « état de pleine conscience ».

J'entendais distinctement la respiration saccadée de notre fils, toujours sur le qui-vive, assis à côté de moi. J'avais l'impression de ressentir le regard de la médium qui devait scruter le moindre de mes mouvements. J'essayais de freiner le rythme de mes pensées qui galopaient comme un cheval fou. Lors de ces fameuses séances de yoga, c'est toujours ce qui m'avait paru le plus difficile. Impossible d'arrêter mon brouhaha mental, impossible de ne penser à RIEN.

Là, maintenant, j'essayais de toutes mes forces de maîtriser ce flux continu. Je devais à tout prix être dans *l'instant présent*.

Un sentiment nouveau s'insuffla graduellement en moi. Une sérénité inattendue.

J'attendais que *quelque chose se passe.*

Comme venue de très loin, la voix douce de la médium enroba mon obscurité.

— Bien, très bien. Vous vous sentez comment ?

— Eh bien... détendu. Enfin, autant que je peux l'être.

— Vous sentez tout ce qui vous entoure ?

— Euh... oui.

— Je veux dire, est-ce que vous ressentez *vraiment* ? Je ne suis pas en train d'animer un cours de yoga, mais il y a des similitudes, c'est sûr. Essayez de sentir les énergies qui vous entourent.

— Les énergies ?

— Le monde est fait d'énergie. Ce n'est pas moi qui le dis, ce sont les astrophysiciens. Einstein, $E=MC^2$, ça vous dit quelque chose ?

— Oui, bien sûr. Mais là...

— Aujourd'hui, avec la théorie des cordes, la théorie des univers multiples, le multivers quantique, on parle toujours d'énergie. À l'échelle de l'infiniment petit comme de l'infiniment grand, tout est énergie, le Tout est un mouvement perpétuel. On dit que quand tout s'arrête, c'est la mort. Mais c'est faux. La mort est juste un changement d'état.

Elle laissa passer un temps pour s'assurer que j'étais toujours connecté à ce qu'elle disait.

— Je ne vais pas non plus vous faire un cours de cosmologie. Est-ce que vous sentez cette énergie ?

J'essayais de ressentir le moindre souffle d'air, les vibrations des milliards de milliards de molécules qui m'entouraient. Mais l'exercice devait être trop métaphysique pour moi. Dans ce petit bureau, je n'arrivais à percevoir rien d'autre que le silence absolu qui régnait à présent.

— Papa ?

La petite voix d'Hadrien, avec ses intonations encore enfantines qui me faisaient fondre, résonna doucement dans ma tête. Je m'efforçais de garder les paupières closes pour ne pas rompre ma concentration.

— Papa, maman veut te parler.

Une décharge d'adrénaline fusa dans tout mon corps. Mes mains se crispèrent, je sentis le bout de mes orteils se contracter, la peau de mon visage se figer. NE PAS OUVRIR LES YEUX ! RESTER CONCENTRÉ ! Je contraignais mes paupières à ne pas bouger. Je savais que si j'ouvrais les yeux, je ne verrais rien. Il fallait que je garde tous mes autres sens en éveil pour percevoir, et voir peut-être.

— Maman dit qu'elle est très heureuse que tu essaies d'entrer en contact avec elle. Elle est très heureuse que tu penses à elle si souvent, toi aussi.

— ...

— Mais elle dit que ce n'est pas la peine. Qu'il faudra bien à un moment qu'elle parte. Que si on pense trop à elle, elle ne pourra pas partir.

Je sentis une larme filer sur ma joue. Puis une autre. J'essayais d'endiguer le flot de sanglots que j'avais accumulé depuis si longtemps. Je me sentais perdu.

— Tu n'es pas perdu, papa. Maman est là. Je suis là.

Je sursautai. *Il lisait dans mes pensées, maintenant ?* Je ne pouvais plus tenir. J'ouvris les yeux brusquement.

Hadrien m'avait pris la main, sans que je m'en rende compte.

Il me fixait intensément, avec ce même regard empli d'un amour absolu qu'il avait eu dès l'instant de sa naissance. La médium m'observait avec une profonde bienveillance. Évidemment, personne d'autre n'était présent dans la pièce.

— Et puis, papa, il y a Romain. Nous sommes toujours une famille.

Je le prenais dans mes bras et le serrais à le faire étouffer. Je pleurais à chaudes larmes. J'ouvrais enfin les vannes de mes émotions.

C'est à ce moment-là que j'ai senti son étreinte.

Elle nous serrait dans ses bras tous les deux, Hadrien et moi, j'en étais certain.

Je sentais la pression de ses bras et la chaleur de ses mains qui se diffusait dans mes épaules, même s'il n'y avait absolument rien de visible. Je refermais les yeux. La sensation de sa présence fut décuplée. J'avais le sentiment de percevoir son contact sur mes épaules, sa joue contre ma joue. J'eus l'impression de sentir le frôlement d'un baiser. Le temps fut suspendu quelques secondes infinies.

Et puis, il y eut un courant d'air glacial.

Une sensation de froid intense qui me fit rouvrir les yeux.

Rien n'avait changé dans la pièce. Je relâchai la pression de mes bras, Hadrien reprit sa place sur sa chaise. La médium me dévisageait pour essayer de savoir jusqu'où j'étais allé. Elle laissa passer un long moment avant de rompre le silence.

— Alors ?

Je sortis de mon état de sidération.

— Oui, elle était là.

Elle me laissa un peu de temps pour revenir au monde réel. Ou du moins ce monde qu'on dit *réel.*

— C'est rassurant de savoir qu'il y a *autre chose*, non ?

Les battements de mon cœur revenaient petit à petit à un rythme normal. J'opinais de la tête.

— Vous avez raison. Ça ouvre d'autres... perspectives. Je suis... troublé, vraiment. Je ne sais plus quoi penser.

— Ne pensez pas, tout simplement, répondit la médium dans un sourire. Ce sont des choses qui nous dépassent. Mais je vous avertis, il ne faut pas que ça devienne une obsession. Vous devez vivre. N'oubliez jamais l'importance de cette phrase : *nous sommes vivants*.

— Facile à dire... Vous, vous arrivez à ne pas parler tout le temps avec ceux qui sont disparus, avec ceux qui vous sont proches ?

— Bien sûr. Je mets des limites, sinon ma tête exploserait, je deviendrais folle. Je ne suis pas médium tout le temps. La plupart du temps, je suis comme tout le monde. Il n'y a qu'à certains moments, quand je le décide, que j'ouvre les écoutilles, que j'ouvre ce qu'on appelle dans notre jargon mon « canal médiumnique ». Il arrive parfois que des défunts essaient de passer en force, de rentrer en contact sans que je le veuille. Mais si je n'ai pas envie d'être réceptive à ce moment-là, je les envoie balader, je leur dis de revenir plus tard. Il faut apprendre à cadrer cette énergie, à la canaliser. Visiblement, votre fils arrive de mieux en mieux à le faire.

Hadrien approuva avec une petite mine timide. Il était sensible au compliment. Il avait l'air de comprendre tout ce qu'elle disait.

— Et... Comment ça se passe ? Vous entendez des voix dans votre tête ? Vous entendez *leurs voix* ?

— C'est difficile à expliquer. Mais oui, j'entends leurs voix. Ce n'est pas toujours très distinct. Parfois, ce ne sont que des sensations, des bribes de phrases, des mots difficilement compréhensibles qui jaillissent dans ma tête. Dans ce cas, je leur demande de répéter, d'être plus précis. Souvent, c'est presque comme une conversation, un dialogue intérieur. Sauf que ce sont surtout les défunts qui parlent, ils ont des choses à dire aux vivants, ils me font passer des messages pour leurs proches.

— Et vous les voyez ?

— En général, je vois plutôt des formes, des êtres avec des contours imprécis, évanescents, des visages un peu flous. Mais des fois c'est beaucoup plus clair. On emploie le terme d'hologramme pour définir ces apparitions. C'est assez juste, c'est vrai qu'elles ressemblent beaucoup à un hologramme. Certains médiums ont des visions très nettes, très précises. On dirait que c'est le cas de votre fils.

— Oui, moi, quand je vois maman, je la vois bien, intervint Hadrien. Comme si on était en train de parler tranquillement, *comme si elle était vraiment là.*

Je me tournai vers lui en prenant ses mains dans les miennes. Ses petites mains d'enfant à la peau douce contrastaient avec la teneur de la discussion que nous avions.

— Est-ce que maman t'a expliqué à quoi il ressemblait, son... monde ?

— Elle a essayé. Mais c'est pas facile. C'est comme si elle était un... *esprit*. C'est le mot qu'elle a dit. Elle a aussi dit *une âme*. Comme si elle était *une sorte d'onde*. Mais elle dit qu'il n'y a pas de mots pour expliquer. Elle dit qu'on ne peut pas comprendre. Elle dit que c'est *inimaginable*.

— Et quand elle apparaît, tu ne m'as jamais dit comment tu l'imaginais.

— Je ne l'imagine pas, papa, je la vois. C'est pas pareil.

— Excuse-moi, tu as raison. Elle est comment, maman, quand tu la vois ?

— C'est très bizarre. Elle est toujours habillée pareil. Elle a une longue robe rouge avec des petites fleurs bleues.

Je frémissais. Avant d'être enceinte pour la seconde fois, Amélie portait très souvent une robe rouge à fleurs qu'elle adorait.

— Elle a les cheveux longs ? courts ?

— Elle a de longs et beaux cheveux bruns. Elle a des yeux marron avec un peu de vert. Elle est très belle. Elle est toujours très belle. C'est normal, c'est ma maman.

La médium eut un sourire attendri. Je retenais mes larmes. Je ne voulais surtout pas rouvrir les vannes.

— En fait, elle est comme sur les photos que tu m'as montrées... Mais en plus vivante.

36

Sur le chemin du retour, dans la Picasso, Hadrien était d'humeur joyeuse. Il semblait heureux d'avoir pu me faire partager ses visions, appréhender un peu plus son monde, notre monde. Il me posa une multitude de questions sur Amélie, notre vie d'avant, quel était son métier, comment Romain était né… Ce n'était pas arrivé depuis très longtemps.

Avant même qu'il soit en âge de comprendre, je lui avais beaucoup parlé de sa maman. Ces récits avaient bercé son enfance, comme un conte des mille et une nuits qui l'avait sans doute aidé à se construire. Mais au fil du temps, j'avais arrêté d'évoquer Amélie constamment, pour lui éviter de vivre dans le passé. Elle était toujours là, dans une sorte de présence-absence que j'avais tant de mal à gérer. Et désormais, elle était peut-être encore un peu plus présente.

— Je sais comment vous êtes tombés amoureux avec maman. Elle me l'a raconté.

Je me mordais la lèvre. Décidément, impossible de s'y habituer...

— Ah ? D'accord. Et qu'est-ce qu'elle t'a dit ?

— Elle m'a dit que vous vous étiez rencontrés à un concert des Daft Punk. Ils ne mix... *mixtent* pas souvent sur scène, et ils ont de drôles de casques sur la tête. Mais vous aviez eu des places avec des amis. C'était comme une soirée privée. Et c'est là que vous vous êtes embrassés pour la première fois. Est-ce que vous vous êtes embrassés avec la langue ? C'est dégoûtant !

Lui avais-je parlé de nos premiers baisers quand il était plus petit ? Peut-être était-ce seulement une réminiscence, des souvenirs enfouis qui surgissaient de nouveau ? Malgré tout ce qui s'était encore passé chez la médium, mon hémisphère gauche cherchait toujours des explications. C'est Amélie qui me donna une réponse. Mon téléphone était connecté aux enceintes de la voiture. D'un coup, *One More Time* se mit à résonner dans l'habitacle. J'eus un mouvement de surprise, je manquai nous envoyer dans le décor.

— Je sais, papa ! C'est la chanson que vous avez écoutée dans la voiture le jour où je suis né ! C'est maman qui me l'a dit !

Je crispais mes mains sur le volant. Non, décidément, je ne m'y habituerais jamais...

Nous étions arrivés dans notre rue. Je trouvai une place où me garer. Hadrien sifflotait, il irradiait une joie de vivre communicative. Il sautillait sur le trottoir, mimant une drôle de danse du papillon. Peut-être allions nous pouvoir enfin trouver un nouvel équilibre, en paix avec nos fantômes ?

J'aperçus de loin la voisine du troisième étage qui peinait en tirant son caddie dans la montée. Depuis le différend que nous avions eu, je ne l'avais pratiquement pas vue. Elle devait guetter les moments où nous n'étions pas là pour être sûre de pouvoir sortir sans avoir à nous croiser. J'accélérais le pas pour pouvoir l'aider à porter ses provisions.

— Bonjour madame Villemain. Donnez-moi votre caddie, je vais vous aider à le monter à votre étage.

— Laissez-moi tranquille ! Je n'ai pas besoin de votre aide.

Je m'arrêtai net, surpris par cette nouvelle pique.

— Je vous propose ça de bon cœur, vous savez.

— Je ne veux pas de votre bon cœur, allez au diable !

Hadrien se planta devant elle avec un regard menaçant, les sourcils exagérément pointés en accent circonflexe, les bras croisés.

— Pourquoi vous êtes méchante ?

Elle le toisa de ses yeux gris anthracite.

— Ça te regarde, toi ? Vous avez été contre moi quand la petite chipie du dernier étage voulait son palier. Je ne vous le pardonnerai jamais !

— C'est ridicule ! repris-je, tentant de maîtriser la colère qui faisait frétiller mes narines. Nous en avons parlé plein de fois, il n'y avait aucune raison de s'opposer à ce qu'ils récupèrent ce palier que personne n'utilisait !

— Je m'en moque de ce palier. Cette petite peste était avec un Noir d'Afrique. Elle a fait un petit corniaud avec lui. Savoir qu'il allait se promener au-dessus de ma tête avec son papa noir, c'était hors de question !

La voilà donc, l'explication ! Je me doutais bien des raisons du ressentiment qu'elle avait nourri contre ce jeune couple beau, charmant et éminemment sympathique, mais elle n'avait jusque-là jamais osé s'en épancher.

— Vous n'êtes qu'une vieille pie aigrie ! Débrouillez-vous avec votre caddie.

— Débarrassez-moi le plancher ! Vivement que vous partiez à Bordeaux ou je ne sais où, avec vos deux morveux !

J'enrageais mais préférais en rester là pour éviter que la situation ne dégénère. J'ouvrais l'imposante porte en bois ciré de l'immeuble et la lui claquais au nez. Hadrien avait toujours ses sourcils en accent circonflexe, il ne s'était pas privé de lui jeter un regard noir. La porte de notre appartement s'ouvrit au moment où j'allais sonner.

— C'est quoi tout ce raffut ?

Romain nous dévisageait, un pain au lait assorti d'une barre de chocolat entre les mains. Il finissait son goûter après être revenu seul de son collège. J'entrai vite dans l'appartement, suivi d'Hadrien, et fermai violemment le massif battant de bois.

— C'est rien, c'est encore la voisine du troisième qui fait des siennes. Il est temps qu'on parte d'ici !

— Vous étiez où ? Je pensais trouver mon frérot avec la nounou en rentrant.

— On était chez une… psychologue.

Hadrien échangea un clin d'œil entendu avec moi.

— Ah, bon. Il a encore besoin de voir une psy ?

— Ça ne peut pas faire de mal. Et oui, c'est utile pour avancer dans la vie.

Sans transition, Romain me tendit avec enthousiasme une feuille double fièrement ornée d'un 13 tracé au stylo rouge.

— Papa, je suis content, j'ai eu une bonne note en français !

Je camouflais ma moue à la vue de ce 13 qui me poursuivait.

— C'est ma rédaction sur le château hanté de Trafanarogor. Tu sais, il fallait inventer un conte avec un chevalier emprisonné par un méchant ogre qui était délivré par une vaillante princesse.

Romain avait toujours eu un don pour raconter des histoires. Mais il truffait ses devoirs de fautes d'orthographe, ce qui me hérissait le poil et lui faisait perdre de précieux points pour sa moyenne. Je devais régulièrement lui faire faire des dictées. La lecture de Jules Verne, Jack London, *Harry Potter* ou *Twilight* développait son imaginaire mais ne suffisait pas à améliorer sa pratique calamiteuse de l'écriture. Je savais bien que le surf sur internet et l'usage immodéré du tchat y était pour quelque chose, et je m'arrachais toujours les cheveux en essayant d'y mettre de l'ordre.

— C'est très bien, mon chéri ! Même si je suis sûr que tu aurais pu avoir une note encore plus élevée, je me trompe ?

Romain souffla bruyamment en levant les yeux au ciel. Je saisis la feuille et remarquai immédiatement les étourderies soulignées en rouge avec ce commentaire dans la marge « Bonne rédaction, avec beaucoup de créativité, mais encore trop de fautes. Quel dommage ! »

— J'ai faim, papa, je vais prendre mon goûter.

Hadrien fila ouvrir le placard de la cuisine pour y chercher sa pitance. Il dévora son pain au lait industriel bourré de sucres et de conservateurs, entorse à la nourriture bio et circuit court que je m'efforçais tant bien que mal de maintenir à la maison. Pendant ce temps, je regardais distraitement le bout de casque à plumes qui dépassait du meuble collé au mur du salon. Je ne supportais plus d'être observé en permanence par ce guerrier de crayon et j'avais fini par déplacer une armoire pour le cacher en partie.

La collation finie, je vérifiais les devoirs qui, comme d'habitude, étaient à moitié terminés ou à moitié commencés. Alors que je perdais patience une fois de plus avec Romain sur des fractions de nombres décimaux et autres équations à plusieurs inconnues auxquelles je ne comprenais rien, Hadrien surgit du couloir, brandissant fièrement une robe rouge à fleurs bleues.

— Papa ! Papa ! J'ai retrouvé la robe ! Regarde !

— C'est quoi, cette robe ? lança Romain, surpris par cette apparition.

Déconcerté, je cherchai vite une réponse à donner.

— Euh... Une robe que votre maman aimait beaucoup. J'avais oublié que je l'avais gardée. Tu l'as trouvée où ?

Le sourire d'Hadrien s'agrandit.

— Dans le placard de ta chambre. Elle était rangée au fond d'un carton derrière tous les vêtements. J'ai eu du mal à la retrouver. Tu vas me gronder, papa, c'est le bazar dans ta chambre. Mais je m'en fiche. Je suis trop content de l'avoir retrouvée.

— Et pourquoi tu la cherchais, cette robe ? demanda Romain, inquisiteur.

— Parce que... Hadrien s'arrêta net. Il jeta un regard interrogateur dans ma direction.

— Parce que je lui ai parlé de cette robe que maman adorait, et il voulait la voir... en vrai.

— Ah, oui, elle est jolie, enchaîna Romain en se replongeant dans ses exercices de maths.

De nouveau, Hadrien m'adressa un clin d'œil complice.

37

Noémie saluait ses collègues en sortant de la pharmacie. Elle avait fini son service, le jour commençait à rosir. Je me précipitai vers elle, caché par un énorme bouquet que je brandissais à bout de bras.

— Un inconnu vous offre des fleurs !

Elle eut un petit rire attendri en saisissant le bouquet.

— Comme c'est mignon ! Pas très original, mais très mignon. C'est pour fêter ton départ ?

Je me renfrognais.

— Non, ce n'est pas encore pour tout de suite. Mais je viens plaider ma cause. On va chez toi ?

— Pas chez moi, les filles y sont avec la nounou. Ce n'est pas le moment de faire des présentations officielles.

Je ne connaissais toujours pas ses filles. Noémie ne tenait pas à ce que je fasse connaissance avec elles si je devais les laisser tomber quelques mois plus tard. Elle-même n'avait pas revu les garçons depuis le dîner que nous avions fait à la maison avant que tout ne s'accélère et que le déménagement ne devienne une nécessité.

— Je t'offre un Spritz ?

— Volontiers, ça me fera du bien après cette longue longue longue journée de boulot.

Les fleurs en bandoulière, on partit s'installer à la terrasse d'une brasserie de la place de la Liberté. La majestueuse fontaine en pierre de Calissane lançait ses volutes d'eau dans les airs. Les palmiers qui bordent la place donnaient à l'ensemble un air de Côte d'Azur, façon dolce vita en hiver. Je commandai un demi et le dernier alcool à la mode. Noémie me scrutait d'un air suspicieux.

— Tu as quelque chose à me dire ?

— C'est à toi de me dire ce que tu as décidé. Moi, je t'ai dans la peau, y a rien à faire, obstinément tu es là, j'ai beau chercher à m'en défaire, sifflai-je avec un faux accent de crooner. Tu veux que je reste ton amant occasionnel ou on essaie de voir plus loin ?

— Je serais prête à ce qu'on fasse un essai pour vivre ensemble, mais chez moi c'est trop petit et chez toi tu ne veux pas.

— Oui, en ce moment, c'est une période... abracadabrantesque. Mais... je suis sûr que tu pourrais avoir des opportunités de travail à Bordeaux. Et les filles se plairaient là-bas, même si c'est un peu plus humide qu'ici.

— On en a déjà parlé. Pourquoi ce serait à moi de te suivre ? Tu te rends compte de tout ce que ça implique ? Changer d'école pour les filles, changer de boulot, changer de logement...

— Le changement, c'est la vie, essayai-je pour détendre l'atmosphère.

— Le père des filles est à Toulon, ce serait trop compliqué.

Noémie était préparatrice en pharmacie. Elle n'aurait pas beaucoup de mal à retrouver une place dans un des rares secteurs qui recrutaient. On pouvait loger à six dans l'appartement que j'avais loué, si on arrivait à convaincre les enfants de partager leurs chambres. Mais le père des filles, c'était encore un obstacle difficile à surmonter.

— Je comprends. Je n'ai pas ce problème...

— Tu penses souvent à la mère de tes enfants ? Tu ne m'en parles jamais.

— Euh...

J'étais pris de court, je ne m'attendais pas à sa question.

— Ça veut dire que tu y penses souvent ?

— Non, elle est présente au travers des garçons, forcément. Mais, heureusement, je n'y pense pas tout le temps. En tout cas plus aujourd'hui.

— Tant mieux. Je maintiens une bonne relation avec mon ex dans l'intérêt des filles. Elles ne supporteraient pas d'être éloignées trop longtemps de leur père. Mais il y a des jours où j'ai envie de le massacrer.

— Dis-donc, j'espère que tu n'as pas ce genre d'envie avec moi !

Sans prévenir, elle m'attrapa par le col et me roula un beau palot.

— Toi, j'ai envie de te bouffer !

38

Les vibrations de l’orgue résonnaient puissamment dans l’église Saint-Sauveur. La foule se pressait le long des bancs. Grand Mamie Lucia avait visiblement beaucoup d’amis de son vivant. Nous avions appris son départ vers de nouveaux horizons plus d’un mois après la visite que nous lui avions rendue dans sa maison de retraite. Nous avions revêtu pulls sombres et chauds manteaux, la température en février à La Rochelle était bien moins clémente que celle du Sud.

Cette jolie petite église de style gothique, toute proche du Vieux-Port, était un écrin idéal pour faire ses adieux au monde. En tout cas pour quelqu’un comme Lucia qui n’avait jamais fréquenté assidûment les lieux de culte mais n’avait jamais oublié non plus qu’elle était issue d’une famille profondément catholique, fidèle à la tradition sans trop se poser de questions « parce que c’était comme ça et que c’était très bien comme ça ».

La chaleur de la foi et de tous ces corps réunis me permit d'ôter mon pardessus. La cérémonie touchait à sa fin, il régnait un sentiment de concorde et de réunification devant les mystères de la mort et leur cortège de questions. Pour honorer sa doyenne, des cousins aux derniers nés, une grande partie de la famille était représentée. Manquaient la sœur d'Amélie, bien trop éloignée dans son désert des Émirats, et ma mère, que les enterrements déprimaient. Beaucoup pleuraient, les yeux embués de peur en se demandant qui serait le prochain. L'émotion était palpable.

— C'est long, papa.

Hadrien était collé à mon côté droit, trépignant d'impatience au bout de plus d'une heure d'homélie, hommages et discours de circonstance. Romain était à ma gauche, avec un air de s'ennuyer ferme que je rabrouais régulièrement. Je lui avais interdit de souffler en levant les yeux au ciel au cours d'un petit briefing avant la messe où j'avais réexpliqué les règles élémentaires du respect des convictions des autres.

Les chants et prières se succédaient, repris en chœur par la partie la plus fervente de l'assemblée. Brusquement, Hadrien me donna un grand coup de coude dans les côtes qui me força à me plier légèrement en retenant un cri de surprise.

Je chuchotai :

— Ça va pas, non ? Qu'est-ce qui te prend ?

— Papa ! Papa ! Elle est venue !

Je le toisais, courroucé, en lui faisant signe de parler moins fort.

— Comment ça, elle est venue ?

— Grand Mamie, elle m'a fait un petit coucou !

Je jetai un regard rapide vers le cercueil pour vérifier qu'il était toujours là. Mais rien n'avait bougé. La grande boîte de hêtre reluisant de vernis reposait sur ses tréteaux recouverts d'un lourd tissu noir. Des bouquets de fleurs avaient été disposés autour de la photo de Lucia, souriante du haut de ses 89 ans, et qui paraissait porter un regard bienveillant sur cette assemblée venue lui rendre un dernier hommage.

— Et qu'est-ce qu'elle t'a dit, Lucia ?

— Elle m'a dit qu'elle était contente d'être enfin partie, qu'elle en avait marre. Là où elle est, il n'y a pas de télé mais ça ne la gêne pas du tout. Elle a dit à ceux qui m'embêtent de me laisser tranquille. Ça doit être pour ça que je fais moins de cauchemars en ce moment. Elle est vraiment gentille, Lucia.

Je sentais derrière nous les regards accusateurs qui nous intimaient de faire moins de bruit. Je murmurais le plus bas possible.

— Oui, c'était vraiment quelqu'un de bien, Lucia. Ta maman était très attachée à elle. Quand elle avait ton âge, ta maman passait souvent ses vacances dans sa maison à la campagne.

— Justement, elle a aussi revu maman. Elles sont contentes d'être ensemble de l'autre côté.

Comme chaque fois, un frisson me parcourut. Je toussotais pour empêcher l'émotion de trop me submerger.

— Ah, c'est génial, ça. Elles vont pouvoir se raconter plein d'histoires.

— Oui, ça va faire de la compagnie à maman, je suis content.

Une chanteuse lyrique s'était placée derrière le pupitre. Tout le monde se leva, je suivais le mouvement avec les deux garçons. D'un coup, sa voix cristalline résonna dans tout l'édifice. Alors que le prêtre commençait à agiter l'encensoir autour du cercueil en diffusant des volutes d'oliban, elle entonna un Ave Maria d'une profondeur et d'une puissance saisissantes. On eut l'impression que l'air se mettait à vibrer. Sa voix emplissait l'espace et se répercutait d'ogive en ogive en serrant le cœur de toute la communauté. Hadrien s'imprégnait de cet instant magique. Même Romain avait l'air impressionné. Il ne mouftait plus et écoutait religieusement cette voix miraculeuse.

Quand cet *a cappella* majestueux finit par s'éteindre doucement, un silence de cathédrale régnait dans cette église minuscule. Romain lâcha discrètement un « Waouh ! » d'admiration. Hadrien arborait un sourire extatique. On entendait des reniflements embarrassés, de nombreux mouchoirs avaient fait leur apparition pour sécher des larmes qui avaient largement laissé libre cours à leur inspiration.

Devant moi, Pierre soutenait Francesca. Elle était effondrée. La charge de son chagrin semblait bien trop lourde pour ses frêles épaules. Elle était secouée de spasmes violents qui l'obligeaient à enfouir sa tête dans le cou de son mari. Un brouhaha s'éleva des rangées de bancs qui se vidèrent de leurs hôtes. Tout le monde sortit de l'église pour dresser une haie d'honneur autour du cercueil porté par les employés des pompes funèbres qui le déposèrent délicatement dans le corbillard.

Un bon quart d'heure à pied séparait Saint-Sauveur du cimetière de Saint-Éloi. Les plus âgés et les plus pressés prirent leur voiture pour s'y rendre. Les autres marchèrent jusque là-bas, dispersés par petites grappes en fonction des affinités. Hadrien avançait d'un bon pas tout en étant plongé dans ses pensées, tout comme moi.

— Papa... Pourquoi maman n'est pas dans un cimetière ?

Je m'attendais à ce que cette question ressorte.

— Je te l'ai déjà expliqué, mon chéri. Avant qu'elle parte, maman m'avait toujours dit que si elle mourait, elle ne voulait surtout pas se retrouver au milieu de plein d'autres morts dans un cimetière. Elle voulait de la vie autour d'elle. Elle m'avait fait jurer de la faire incinérer et de répandre ses cendres dans un endroit où on aimait bien aller. À l'époque, on en parlait en plaisantant. On n'imaginait pas que ça arriverait un jour...

— Pourquoi tu ne m'as jamais emmené dans cet endroit ?

— J'y suis retourné plusieurs fois, mais seul. Tu sais, c'est très difficile pour moi d'y aller, ça me rappelle plein de souvenirs. Je ne pensais pas que ce serait une bonne chose de vous y emmener avec ton frère. J'attendais que tu sois assez grand pour comprendre.

— Je suis assez grand maintenant. Tu pourras m'y emmener ?

— Euh... J'hésitais un moment. Oui, bien sûr. Promis, je t'y emmènerai...

Hadrien se tut. Il se replongea dans ses pensées silencieuses. Romain suivait derrière. Sur le trottoir, dans le bruit de fond de la circulation, il n'avait rien entendu de notre conversation. On arriva en vue du corbillard qui attendait patiemment devant les hauts murs du cimetière que tout le monde soit de nouveau rassemblé.

Après un long moment, le cortège se mit enfin en route et passa le porche qui marquait l'entrée dans ce royaume des morts. La famille proche suivait juste derrière le cercueil. Aux avant-postes, Francesca sanglotait toujours, supportée par Pierre, entourée de ses frères et sœurs qui avaient l'air tout autant affectés. On chemina quelque temps dans les allées avant d'arriver au terminus du voyage. Plus on avançait, plus Hadrien se serrait contre moi. Il semblait de plus en plus mal à l'aise.

— Papa, j'ai mal à la tête.

Je lui répondis en soufflant mes mots, le plus bas possible, au milieu de ce silence pesant où l'on n'entendait que le ronronnement de la voiture des pompes funèbres et la rumeur des pas.

— Ça ne va pas ? Tu es fatigué ? C'est normal, tu sais, c'est beaucoup d'émotions déjà pour des adultes, alors pour un petit gars comme toi...

— Non, c'est pas ça. Je connais ce mal de tête. Je sais quand il arrive.

— Ah bon ? Et il arrive quand ?

— Il arrive quand il y a trop de gens qui essaient de rentrer dans ma tête.

Je stoppai net, Romain me tamponna en maugréant.

— Oh, papa, préviens quand tu t'arrêtes !

— Excuse-moi, Romain. Je crois qu'on a un problème.

Je fis un pas de côté, entraînant les garçons hors de la procession muette. Les silhouettes sombres nous observaient au passage avec des mines étonnées. Je remettais vite mes idées au clair. Jusqu'à présent, je n'avais jamais emmené Hadrien dans un cimetière. La question me sauta d'un coup aux yeux : que pouvait-il se passer pour un enfant comme lui quand il entrait dans un lieu peuplé de centaines de morts ? Des morts qui étaient peut-être, à leur manière, des « morts vivants » ?

— Papa, tu vois le monsieur qui est penché sur la tombe, là-bas ?

Hadrien m'indiquait sur notre gauche un gros monsieur à grosses moustaches qui avait l'air de se recueillir sur une des tombes qui jalonnaient notre parcours.

— Je le vois. Qu'est-ce qui se passe avec ce monsieur ?

— C'est sa femme. Elle me dit qu'elle n'en peut plus de lui. Il vient la voir tous les jours, deux fois par jour, à dix heures le matin et à quatre heures l'après-midi. Elle me dit que c'est lui qui l'a poussée dans l'escalier. Qu'il était méchant avec elle. Que les policiers n'en ont jamais rien su. Mais que ça, c'est pas grave. Elle pensait en être débarrassée. Pour elle, c'était un soulagement, de partir. Mais depuis qu'elle est ici, il ne la quitte plus. Il vient tous les jours pour lui demander pardon, il dit qu'il regrette. Mais elle, elle s'en fiche. Tout ce qu'elle veut, c'est qu'il lui fiche la paix une bonne fois pour toutes. Et elle n'arrive pas à lui dire. Il entend rien. Alors elle veut que je lui dise.

Hadrien avait tout sorti d'un trait, à toute allure, comme pour un exercice d'écriture automatique. Je regardais cet homme joufflu qui avait effectivement l'air pétri de remords. Il s'était agenouillé dans le gravier qui devait martyriser ses chairs. La tombe devant lui était remarquablement bien entretenue, toute lustrée, recouverte de bouquets de fleurs fraîches.

— Et papa, tu vois cette tombe, là-bas, colorée, avec des photos posées dessus ?

Je suivais son doigt qui pointait une tombe en marbre rose.

— Dedans, il y a un garçon qui a eu un accident de la route. C'était terrible, il est parti quand il était dans l'ambulance. Il n'a pas eu le temps de revoir ses parents. Il me demande si je pourrais leur parler. Et puis il y a aussi cette tombe, là-bas...

— Mais c'est quoi ce délire ??

Romain était resté planté à côté de nous. Cette fois, il avait tout entendu. Il ouvrait des yeux immenses.

— Je t'expliquerai. Là, c'est pas le moment.

Le cortège nous avait dépassés, continuant tranquillement son chemin. Nous étions seuls dans l'allée.

— Papa, il faut que je lui dise !

— Attends, je...

Je n'eus pas le temps de le retenir. Hadrien se mit à courir en direction du moustachu. Je vis l'homme se relever, écouter ce qu'était en train de lui raconter mon fils. Alors que je me dirigeais vers eux, il prit sa tête entre ses mains et s'enfuit à toutes jambes. Quand j'arrivais à sa hauteur, Hadrien haussa les épaules d'un air désolé.

— Il ne m'a pas cru.

— Tu m'étonnes, qu'il ne t'a pas cru. Comment on pourrait croire des choses pareilles ?

— Moi non plus, j'y crois pas ! Non mais j'y crois pas, vraiment !!

Romain nous avait rejoints en battant l'air de ses bras.

— Non mais c'est n'importe quoi ! J'ai un frérot qui est timbré, vraiment !!

— Pas du tout, Romain. Calme-toi. Je t'expliquerai, mais plus tard.

Je me tournai vers Hadrien, qui était soudain devenu extrêmement pâle.

— Papa, j'ai vraiment très mal à la tête.

— Bien, euh... On n'est peut-être pas obligés d'assister à la fin de la cérémonie, non ?

— Ah oui, bonne idée ! reprit Romain. On s'est déjà tapé l'église, c'est bon, quoi.

— Qu'est-ce que tu en penses, Hadrien ?

— Oui, je pense que ça serait mieux de pas y aller. Grand Mamie m'a dit que ce serait sûrement trop difficile pour moi. Elle ne pourra pas dire à tous les habitants du cimetière de me laisser tranquille. Même si maman l'aide, elle m'a dit que ça risquait d'être compliqué.

— D'accord, d'accord, alors, on y va, vite, on sort d'ici !!

Hadrien s'écroula d'un coup sur le sol. Sa tête faillit cogner le rebord de la tombe. Je me précipitai pour le secourir, il avait perdu connaissance. Je le pris dans mes bras et courus hors de cette enceinte surpeuplée d'âmes, aidé par Romain qui ne savait plus où il habitait.

39

Sorti du cimetière, j'avais rapidement appelé les secours. Une ambulance du SAMU nous avait emmenés sirènes hurlantes à l'hôpital le plus proche. Allongé sur une civière, placé sous oxygène, veillé par un médecin en blouse blanche, Hadrien reprit conscience sur le trajet. Je respirais de nouveau.

— Tu nous as fait super peur, mon frérot ! sourit Romain, qui respirait lui aussi un peu mieux.

Hadrien se souvenait de tout, jusqu'à ce que son cerveau disjoncte. Quand il put dégager un peu son masque à oxygène, il me glissa à l'oreille :

— J'ai eu un trop-plein de fantômes. Ils voulaient tous me demander quelque chose...

Dès notre arrivée à l'hôpital Saint-Louis, Hadrien eut droit à toute une batterie de tests. Je patientais, anxieux à l'extrême, dans la salle d'attente des urgences. Romain était aussi livide que moi. Je ne l'avais jamais vu autant inquiet pour son frère.

Le personnel soignant s'obstinait à voir dans cet évanouissement une crise d'épilepsie, mais tous les examens se révélaient normaux. À part une « légère nécrose au niveau d'une zone corticale, compatible avec un ancien traumatisme », ce à quoi je répondis que j'étais au courant. Je me gardais bien d'entrer dans le détail des circonstances du malaise d'Hadrien. Je ne voulais surtout pas que l'on termine au département psychiatrie. Ne trouvant rien, le docteur référent décida de le garder quelques jours en observation dans le service pédiatrie.

On nous fit attendre dans la chambre où il allait être transféré. Au cours de ce laps de temps, je racontai à Romain dans les grandes lignes tout ce qui s'était passé depuis l'anniversaire d'Hadrien. Il avait commencé par me dire que j'étais aussi taré que son frère avant de reconnaître qu'il y avait effectivement des choses troublantes qui méritaient peut-être qu'on se pose des questions.

En fin d'après-midi, Hadrien arriva enfin sur un brancard poussé par des infirmiers. Romain l'embrassa comme s'il ne l'avait pas vu depuis des semaines. Quand les soignants furent partis et que nous ne fûment plus que tous les trois dans la chambre, Romain prit un air de conspirateur et lança :

— Alors, frérot, je dois t'appeler Harry Potter maintenant ? On est des moldus pour toi ? Tu vois des choses qu'on ne voit pas ?

Je le fustigeais du regard mais la boutade sembla amuser Hadrien.

— Vous êtes des fichus moldus, oui ! Vous ne comprenez rien à rien. Mais je vous aime quand même.

Hadrien était encore très pâle. Ses lèvres blêmes donnaient à son sourire une teinte de survivant soulagé d'être revenu de l'autre monde. La perfusion qui pénétrait dans son petit bras d'enfant me serrait le cœur. Les infirmiers avaient eu le plus grand mal à planter la redoutable aiguille quand il était encore aux urgences.

— Comment tu te sens, mon chéri ?

— Ça va, papa. Ne t'inquiète pas. Je suis un peu fatigué. Maman m'a fait promettre de ne plus jamais rentrer dans un cimetière tant que je n'arriverai pas à mieux maîtriser mon pouvoir.

— Maman t'a fait quoi ?

Romain avait beau être maintenant averti, il était toujours déroutant d'entendre son frère ressusciter leur mère.

— Maman s'excuse. Elle dit qu'elle a essayé d'empêcher les gens du cimetière de tous me parler en même temps, mais que ce n'était pas possible. Ils étaient trop nombreux.

Romain restait bouche bée. Il n'arrivait pas à articuler un mot.

— Heureusement qu'elle est là pour t'aider ! Tu sais, mon chéri, je me sens vraiment impuissant par rapport à tout ça...

— Je te l'ai dit, papa, ne t'en fais pas. Tu n'es qu'un simple moldu. Tu ne peux rien faire pour moi. À part m'aimer.

Il m'avait dit ça avec l'air espiègle que je lui connaissais si bien. Une douce chaleur me réchauffa de l'intérieur. Je prenais sa petite main dans mes grandes paluches.

— Et maman, elle est où ? interrogea Romain, qui venait de retrouver l'usage de la parole.

— Maman ? Elle est là, comme d'habitude.

La réponse d'Hadrien, formulée en toute simplicité, comme si tout était normal en ce bas monde, eut le don de plonger son frère au bord de la syncope.

— Elle... elle est où ?

— Ben, c'est difficile à expliquer. Là, elle est près de toi. Mais bon, comme tu ne la vois pas, ça ne te sert pas à grand-chose de le savoir.

Romain était tétanisé. Il n'osait plus faire un geste.

— Elle... elle est près de moi ?

— Ne t'inquiète pas, Romain. Moi aussi, j'étais sous le choc les premières fois où Hadrien m'en a parlé. D'ailleurs, je ne m'y fais toujours pas...

— Maman est là mais en même temps elle n'est pas là. Elle est très fatiguée elle aussi. Parce que, d'empêcher les gens du cimetière de me faire du mal, ça lui a pris beaucoup d'énergie. Romain, elle t'embrasse très très très fort. Elle me dit qu'elle nous aimera toujours, « quoi qu'il arrive », comme dans le livre qu'elle aimait bien te lire le soir avant que tu t'endormes, le livre où la maman renard rassure son petit renard. Et elle me dit qu'il ne faut pas l'appeler trop souvent. Elle me dit que c'est très important. Que nous on doit vivre. Et la laisser tranquille, elle aussi.

Je vis les yeux de Romain commencer à s'embuer. Je le prenais dans mes bras tendrement. Avec Hadrien, collés ensemble, nous avons fait un « câlin à trois », selon l'expression consacrée par les enfants. Peut-être étions-nous encore quatre. Mais Amélie devait être trop épuisée pour pouvoir se manifester *réellement*.

Un peu plus tard, avant que ses grands-parents ne viennent le récupérer, j'avais pris Romain à part.

— Bon, Romain, pour le moment, on ne parle pas de tout ça. Ça reste un secret entre nous, d'accord ?

Il me fixa droit dans les yeux.

— Bien sûr, papa. Je ne vais pas me mettre à raconter ça, on me rirait au nez. Je n'ai pas envie de passer pour un cinglé.

Francesca et Pierre étaient venus prendre Romain dans la soirée. Ils étaient à bout de force, exténués par cette journée. Francesca avait les yeux rougis d'avoir tant pleuré. J'avais minimisé la perte de conscience d'Hadrien pour ne pas les inquiéter, mais ils avaient quand même attendu dans l'angoisse que les soignants leur ouvrent le droit de visite.

Je dormais sur le lit d'appoint qui avait été installé dans la chambre. Hadrien resta trois jours en observation, sans que rien de mystérieux ne se passe, et sans que les médecins ne découvrent d'autres symptômes préoccupants. Quand nous sommes sortis de l'hôpital et que nous avons repris le train, nous étions redevenus une famille normale. Ou presque.

En tout cas, une famille heureuse de vivre.

40

Après un long périple pour traverser l'Hexagone dans l'autre sens, nous débarquions enfin à Toulon, dans ce quartier du Mourillon où nous avions tant aimé vivre. Je retrouvais avec plaisir ces lieux familiers qu'il allait bientôt falloir quitter. Le soleil déclinait doucement, la température était anormalement clémente pour un mois de février. À l'approche de notre rue, je me raidis. Un camion de pompiers et une voiture de police, gyrophares allumés, barraient le passage au niveau de notre numéro. Tirant nos valises, nous nous approchions de la porte d'entrée. J'avisai un policier qui remplissait des papiers.

— Il y a un souci ?

— Vous habitez ici ? me répondit le fonctionnaire avec un air blasé, pressé de finir un service qui avait l'air d'avoir été éprouvant.

— Oui, nous sommes au rez-de-chaussée.

— Vous connaissez la dame qui habite au troisième étage ?

Mon pouls s'accéléra brutalement.

— Bien sûr, je la connais depuis longtemps. Disons, je la connais... on se croise de temps en temps, des relations de voisinage, sans plus. Il s'est passé quelque chose ?

— Vous n'avez rien remarqué d'anormal ces derniers temps ?

Rien remarqué d'anormal ? Comment vous dire, monsieur l'agent ? Ce serait un peu long à vous expliquer...

— Non, rien d'anormal.

— Vous n'avez pas eu de cambriolage, pas de visites intempestives, pas de bruits dans l'escalier, n'importe quoi qui aurait pu attirer votre attention ?

— Non, non, je vous assure. Pourquoi ?

Il regarda les deux garçons, nos valises, notre air d'être une famille tout ce qu'il y a de plus ordinaire. Il dut se dire que la maman était en train de garer la voiture ou que nous étions un couple divorcé. Je lisais le cheminement de ses pensées sur son visage. Après une courte hésitation, il finit par livrer son diagnostic.

— Bon, je ne peux pas trop vous en dire. Mais votre voisine a été retrouvée morte dans sa baignoire. *A priori*, un infarctus. Crise cardiaque. La routine. Mais on est obligé de poser des questions, vous savez ce que c'est.

J'affichai une mine affligée pour masquer mon trouble.

— Oh, c'est malheureux ! Même si on ne se connaissait pas bien, ça fait toujours un choc.

— Oui, c'est sûr, ronchonna le policier. En même temps, il faut bien partir un jour. Bon, excusez-moi, mais je dois finir mon rapport.

— Bien sûr, bien sûr, nous vous laissons faire votre travail.

Je m'empressai de franchir la porte de l'immeuble restée ouverte. Je ne voulais surtout pas avoir à développer davantage les relations un peu particulières que nous avions entretenues avec la voisine ces derniers mois. J'avais remarqué le sourire en coin d'Hadrien, qu'heureusement le policier n'avait pas noté.

En entrant dans notre appartement, une autre surprise nous attendait. J'avais laissé les volets ouverts, la lumière de cette fin d'après-midi inondait encore le salon et illuminait le carrelage recouvert d'une mince pellicule d'eau.

— C'est quoi, ça ?

Romain me montrait le liquide qui s'était tracé un chemin sur le sol pour délimiter une large flaque.

— Qu'est-ce que j'en sais, moi ? Encore un dégât des eaux ?! C'est pas possible !

— Papa...

La petite voix d'Hadrien m'interpella.

— Quoi encore ?

— Le radiateur, papa...

À ce moment, je dressai l'oreille. Le glouglou. On entendait très légèrement mais très distinctement le « glouglou » qui m'avait tant terrifié. Je me dirigeai vers le large radiateur en fonte du salon. Un goutte-à-goutte incessant fuitait du robinet thermostatique.

— Oh non ! Ça recommence !

— C'est rien, papa, on n'a qu'à mettre un seau sous le robinet et faire venir le plombier.

Le détachement et le pragmatisme d'Hadrien me surprirent. Même si je me doutais bien qu'il avait quelques indices sur ce qui se passait.

— Dis-donc, Hadrien, tu t'attendais à ça ?

— Non, pas le radiateur. Mais bon, ça a dû réveiller des choses.

— La voisine du troisième, c'est toi ?

Hadrien eut l'air embarrassé. Il se tortillait sur place.

— J'ai pas fait exprès. Enfin, pas tout à fait...

— Mais qu'est-ce que tu as fait ??

— Rien, papa, rien. J'ai juste eu des pensées... J'ai pensé très fort à cette peau de vache... Enfin, c'est toi qui l'appelles comme ça.

— Oui, bon, je ne devrais jamais l'appeler comme ça, j'ai eu tort. Ce n'est pas une raison pour...

— J'ai pensé très fort, c'est tout, c'est tout ce que j'ai fait, papa, j'ai rien fait !

Romain nous dévisageait tous les deux.

— Ha, parce qu'en plus, il fait clamser les gens à distance, mon frérot ? Il fait comment, par télépathie ?

Je coupais court.

— Non, non, c'est encore jamais arrivé ! Mais tu vas faire attention, Hadrien, d'accord ? Je compte sur toi. Tu vas faire attention à... à tes pensées, hein, Hadrien ??

— Oui, oui, papa, je te promets !

Hadrien avait l'air apeuré, comme s'il comprenait tout à coup la portée de ce qu'il pouvait faire.

Je plaçai à la hâte une cuvette sous le robinet. Je resserrai vigoureusement l'écrou avec une pince mais l'eau continuait de goutter. J'appelai notre plombier qui, heureusement, n'avait pas encore fermé son atelier. Il ne put s'empêcher de se moquer.

— Décidément, c'est une habitude avec vous ! s'amusa-t-il à l'autre bout du téléphone. Alors que vous êtes en train de vendre l'appartement ? Franchement, c'est pas de chance !

Il m'assura qu'il passerait le lendemain matin pour réparer la fuite, même si nous serions le samedi et que le week-end, il était censé être de repos. J'étais soulagé. Je craignais de devoir nous laisser sans chauffage ni eau chaude jusqu'au lundi. Nous nous sommes mis tous les trois à éponger.

— Tu as vu, papa, le radiateur ne fait plus de bruit, remarqua Hadrien en maniant sa serpillère.

Oui, j'avais noté que le radiateur avait cessé de faire ses glouglous quand j'avais resserré l'écrou du robinet. Mais ce qui n'était vraiment pas normal, c'est que la chaudière était éteinte. Je la mettais toujours en veille avant de partir en voyage. Il n'y avait donc aucune raison qu'on entende ce chuintement. Et c'est bien cela qui m'inquiétait.

Une fois que tout fut sec, je laissai les enfants devant un dessin animé et montai dare-dare à la pêche aux infos auprès des voisins du dessus. Au premier étage vivait un couple avec qui nous avions toujours eu de très bonnes relations. Il était vendeur dans un magasin de meubles, elle était gérante d'une boutique de vêtements. Je me rendais parfois dans leurs commerces pour faire du shopping. Le mari m'accueillit chaleureusement.

— Alors, tu es au courant pour la voisine du troisième ?

— Oui, un policier m'a annoncé la nouvelle quand on est arrivés.

— En fait, c'est moi qui l'ai trouvée dans sa baignoire. Son alarme incendie s'était déclenchée. Comme ça ne s'arrêtait pas et que ça nous cassait les oreilles, je suis allé voir. J'ai frappé à sa porte, mais elle ne répondait pas. Alors j'ai pris le double de ses clefs. Elle m'avait donné un trousseau à l'époque où on s'entendait bien, au cas où. J'ai ouvert. Je te jure, c'était un vrai hammam à l'intérieur ! L'appartement était rempli de vapeur d'eau. C'est ce qui avait déclenché l'alarme. Je l'ai trouvée allongée dans sa baignoire. L'eau coulait à flots. S'il n'y avait pas eu de déversoir, tout l'immeuble aurait été inondé ! J'ai vite fermé le robinet. Elle avait quasiment la tête sous l'eau, c'était pas beau à voir. Son corps était retenu par un bras qui pendait au-dessus du rebord. Tu imagines ? J'avais l'impression d'être dans un film ! L'inspecteur qui arrive le premier sur le lieu d'un crime !

Je frémissais.

— Un crime ?

— Non, je rigole. C'est pas un crime. Les pompiers et les policiers ont dit qu'elle avait dû faire un malaise parce que l'eau était trop chaude et qu'elle n'était pas toute jeune. C'est le cœur qui n'a pas tenu le coup.

— C'est triste, comme fin.

— Bon, c'est horrible à dire, lâcha mon voisin, mais on ne va pas la regretter.

— Oh, tu exagères ! répondis-je, même si je n'en pensais pas moins.

Je prenais congé et redescendais à notre appartement. Les enfants étaient toujours vautrés devant la télé. En préparant le dîner, j'observais le haut des plumes qui dépassaient de l'armoire. N'y tenant plus, je déplaçais le meuble pour vérifier que le guerrier spartiate était toujours là. Il n'avait pas bougé, mais je tressaillis. J'eus le sentiment très vif qu'il me regardait. Qu'il me regardait *vraiment*.

41

— Vous appelez et me voilà. Vous voyez que vous arrivez à communiquer !

Sur le pas de la porte, la médium se retint de pouffer.

— C'est bien parce que c'est vous et que j'ai beaucoup d'affection pour votre fils. Il a des capacités exceptionnelles et je me dois de le protéger. On se comprend tous les deux.

Elle adressa un clin d'œil complice à Hadrien qui en rougit de contentement. Elle avait annulé un autre rendez-vous pour pouvoir nous venir en aide. Vêtue d'une robe verte cintrée à la taille par une ceinture orange, toujours aussi élégante et parée de couleurs vives, elle se dirigea vers le salon. Elle s'approcha du radiateur en l'inspectant comme si elle avait été mandatée par la police scientifique pour réaliser une enquête criminelle.

Le plombier avait pu réparer la fuite. Encore un « bête joint qui ne faisait plus l'boulot ». Même s'il ne comprenait pas comment ce joint, visiblement pas très vieux, avait pu s'abîmer si vite. Peut-être avait-il été mal positionné. Mais j'avais d'autres suppositions en tête. La médium aussi.

— Pour moi, c'est évident. Il y a un esprit ici qui ne veut pas que vous partiez de la maison.

En d'autres temps, cette sentence m'aurait fait ricaner. J'aurais même éclaté de rire. Mais à présent, je ne riais plus du tout. Je voulais trouver une solution pour pouvoir quitter cet appartement sans plus de dommages.

— Vous m'avez parlé de cet homme qu'Hadrien a vu. Ce fantôme qui est venu l'enquiquiner la nuit. Effectivement, ça doit bien être lui l'esprit de la maison.

Elle marqua une pause avant d'ajouter :

— Vous avez de la chance qu'il vous aime bien. Peut-être qu'il s'est attaché à votre fils. S'il avait voulu vous mettre dehors, je peux vous dire que vous en auriez bavé.

Je frissonnais à cette idée. Elle fixa son regard sur les plumes qui dépassaient du meuble.

— Il est là, le dessin ?

— Oui, je vais vous le montrer. Je le cache, je ne supportais plus de l'avoir sous les yeux.

— Vous avez le don pour faire l'autruche, vous, sourit-elle. Ce n'est pas de le cacher qui va le faire partir.

— Je crois quand même que j'ai bien sorti la tête du sable, grommelais-je en poussant l'armoire.

— Je vous taquine. Mais je note vos progrès. Vous ne faites plus des bonds quand je vous parle d'esprit ou de fantôme.

— Ce n'est pas comme si j'avais *vraiment* le choix... Le voilà ! concluais-je en dévoilant le guerrier spartiate.

La médium examina attentivement le portrait à l'encre noire.

— Joli, très joli... Ça pourrait tout à fait être un Cocteau. Il appréciait la Grèce antique, sa mythologie. Pas besoin d'être un expert pour voir les similitudes de trait. Pendant une période, j'ai copié ses croquis pour m'entraîner. Le véritable auteur s'appelle Sébastien Morel, c'est bien ça ?

— Apparemment. C'était un ami de Jean Cocteau.

— Et il est mort dans votre baignoire ?

— Il s'est suicidé là, oui. Enfin... d'après ce que dit Hadrien.

— Vous pouvez me la montrer ?

J'indiquais à l'opposé de la baie vitrée le couloir qui menait aux chambres et à la salle de bains, une pièce assez spacieuse mais sans fenêtre. J'allumai la lumière. La baignoire apparut, plantée le long du mur du fond. Elle était d'origine, une belle baignoire de style rétro avec des pieds en forme de pattes de lion. Dès qu'elle franchit la porte, la médium eut un mouvement de recul.

— Ouh là, elle est chargée, votre salle de bains !

— Elle est « chargée » ?

— Elle est chargée en ondes. Je sens des ondes incroyables.

— Je n'ai jamais rien senti ici.

— Il sait que je suis là. Il sait pourquoi je suis là. Il veut me faire partir.

— Si je ne vous connaissais pas, je vous traiterais de folle et c'est moi qui vous jetterais dehors !

— Mais vous savez que je ne suis pas folle.

Je soupirai. Si elle était folle, nous étions tous fous.

— Je vais avoir besoin de beaucoup d'énergie pour le faire partir.

— Et... vous vous y prenez comment, dans ce genre de cas ?

— Ça, vous allez voir. Je connais des médiums qui utilisent des micros et des dictaphones pour traquer les esprits. C'est vrai que des fois ils arrivent à enregistrer des sons qui ressemblent à des voix. Mais j'ai toujours du mal à y croire. Je ne sais pas si ce sont des médiums sérieux. Moi, je n'ai pas besoin de tout ça. Je peux quand même vous montrer un truc rigolo. Hadrien, tu as une boussole ?

Il était resté un peu en retrait dans le couloir, il s'avança vers nous.

— Mon frère en a une. Il l'utilise pour ses courses d'orientation au collège.

— Tu peux me l'apporter, s'il te plaît ?

Sans prévenir, il ouvrit grand la porte de leur chambre. J'entendis Romain crier.

— Hé ! On frappe avant d'entrer ! Qu'est-ce que tu veux ?

— La médium est là, elle a besoin de ta boussole !

J'avais permis à Romain de se consacrer à ses jeux vidéo pour ne pas être dérangé. Il avait été ravi du marché conclu. La médium déploya sa robe légère pour se rendre dans la chambre.

— C'est donc toi, Romain ? Je suis enchantée de te connaître. Tu peux me prêter ta boussole ? Je vais faire une expérience. Tu vas voir, ça va être super !

Romain sortit le petit boîtier d'un tiroir, il lui tendit l'instrument en la dévisageant d'un air curieux. Il était manifestement intrigué par cette femme qui ne correspondait pas à l'image qu'il s'en était faite.

— Regardez, cette boussole fonctionne parfaitement bien, vous êtes d'accord ? demanda-t-elle en montrant l'aiguille dont la pointe rouge indiquait le nord vers l'intérieur de la maison. Maintenant, suivez-moi !

On retourna tous les quatre du côté de la baignoire. Dès qu'on eut franchi la porte de la salle de bains, l'aiguille se mit à tourner dans tous les sens. Elle pivotait sans s'arrêter, complètement déboussolée.

— Ben, ça s'explique, persifla Romain en haussant les épaules. C'est peut-être la fonte de la baignoire qui fait ça, ou bien il y a du fer quelque part qui perturbe l'aimant.

— Ça pourrait être une explication, tu as raison, mais en l'occurrence, ce n'est pas le cas. Je peux te garantir qu'il y a *autre chose*.

— Ah oui, rétorqua Romain, moqueur. Et qu'est-ce qui me le prouve ?

Il y eut un petit claquement sec. D'un coup, le plafonnier s'éteignit. On se retrouva plongés dans le noir.

— Merde, les plombs ont sauté !

— Euh… non, papa… bredouilla Romain qui avait subitement changé de ton.

La lampe du couloir fonctionnait toujours, nous amenant un filet de lumière. J'appuyai plusieurs fois sur l'interrupteur, sans résultat.

— L'ampoule a dû griller !

— Vous allez faire l'autruche encore longtemps ? me sermonna vertement la médium.

M'habituant peu à peu à ce clair-obscur, je discernais son visage aux aguets. Elle ne bougeait plus, attentive au moindre *signe*. Hadrien épiait lui aussi la semi-obscurité.

On entendit d'abord un léger bruissement, le bourdonnement d'une canalisation qui se mettait en mouvement. Il y eut ensuite une vibration sourde, le couinement d'un robinet, une giclée d'eau brûlante se jeta dans la baignoire. Des volutes de vapeur d'eau s'échappèrent à gros bouillons.

— Il est là ! alerta la médium, sur ses gardes.

— Qui est là ? tenta Romain, qui commençait à trembler.

Je passai mon bras autour de son épaule, essayant de le rassurer, pour autant que je le pouvais. J'avais le souffle court, le cœur qui s'emballait. Le temps était suspendu à cette cascade d'eau bouillante tonitruante. La médium avait fermé les yeux, concentrée.

— Il dit que c'est lui pour la voisine du troisième.

Elle ouvrit ses paupières et me fixa, interrogative.

— C'est quoi, cette histoire de voisine du troisième ?

Je balbutiais, comme si j'avais été pris en faute de quelque chose.

— Je... J'aurais dû vous en parler, la voisine du troisième étage a eu un malaise, elle est morte il y a quelques jours.

Elle referma les yeux et se concentra de nouveau.

— Il me dit que c'est lui qui a ouvert l'eau chaude en grand... Il lui a fait peur... Ça a été très facile... Il a fait ça parce qu'il avait entendu les pensées d'Hadrien. Il a voulu l'aider.

J'échangeai un regard avec Hadrien. Il était sur le qui-vive, redoutant comme moi que la situation dégénère à tout instant. Il était aussi visiblement soulagé. Il n'était pas responsable de la mort de la voisine. Du moins, pas complètement.

La médium se dirigea vers la baignoire et ferma le robinet d'un geste sûr. Un lourd silence s'imposa dans la pièce. Elle s'assit sur son rebord qu'elle caressa de sa main. Dans la pénombre, je distinguais la clarté diaphane de l'émail sur lequel se découpait sa silhouette. Elle était de nouveau immergée dans un recueillement absolu. Les minutes s'égrenèrent sans que j'ose esquisser un mouvement. Romain était figé lui aussi. Hadrien observait ce qui se passait dans le fond de la salle de bains, à l'affût.

Les choses avaient l'air de se calmer. Je soufflais et me détendais un peu.

Après tout, il s'agissait peut-être juste d'un fantôme qui voulait prendre un bain, quoi de plus naturel ?...

Le cri de la médium nous cloua sur place.

Le robinet venait de se rouvrir brusquement, ébouillantant son bras. Elle hurla des jurons furibonds. Elle saisit une serviette et essaya à toute force de le refermer, en vain. Je me précipitai pour l'aider mais elle me bloqua net.

— Écartez-vous ! Écartez-vous !! Il faut que j'arrive à l'apaiser, il faut absolument que j'arrive à l'apaiser.

Elle saisit un petit tabouret qui était rangé dans un coin, s'assit rapidement et prit sa tête entre ses mains, les coudes sur ses genoux. Ses cheveux formaient comme un rideau écarté de chaque côté par ses doigts longs et fins. Au travers de cet interstice, j'apercevais son front plissé et ses yeux clos. Elle s'était replongée dans un état de concentration extrême. On n'entendait plus que le déluge d'eau bouillonnante.

— Il me dit qu'il a habité ici, que c'est ici chez lui, qu'il n'arrive pas à en partir, qu'il voudrait partir mais que quelque chose le retient...

Je le remarquai du coin de l'œil. Le plafonnier était fêlé. Et sur une étagère, le verre qui contenait les brosses à dents commença... à se fendiller. Oui, il se fendillait, pas de doute là-dessus.

— ... il me dit qu'il ne voulait pas se suicider, qu'il avait trop bu ce soir-là, qu'il était désespéré parce que Cocteau l'avait trahi, qu'il se sentait trahi alors qu'ils étaient amis...

Le verre se fractura d'un coup sec, les brosses à dents tombèrent sur le carrelage.

— ... le guerrier spartiate, c'est une esquisse qu'il a montrée à Cocteau un soir où ils avaient beaucoup bu, il l'a dessiné directement sur le mur...

En scrutant le moindre indice, je repérai le flacon de parfum. Il se lézardait. Progressivement. Laissant couler son liquide jaune fluorescent qui se répandait sur l'étagère. Sur le sol.

— ... ça devait inspirer son ami pour une villa, la villa Santo... Santo quelque chose... mais il me dit que Cocteau l'a toujours laissé dans l'ombre, qu'il ne l'a jamais mis dans la lumière comme il lui avait promis...

Brutalement, le miroir au-dessus du lavabo se fissura avec un craquement net.

Romain se serrait contre moi, terrifié. Hadrien avança d'un pas. Je voulus l'en empêcher mais il me fit signe de ne pas bouger. Il prit à son tour sa tête dans ses mains et se mura dans un effort de concentration qui paraissait surhumain. Il resta un long moment dans cette posture insensée. Tout comme la médium, qui était redevenue silencieuse.

Soudain, le robinet se referma tout seul.

Le silence redevint total.

Romain avait la bouche grande ouverte, les yeux écarquillés. Il était littéralement médusé. La médium se releva du tabouret et s'appuya contre la baignoire, exténuée. Elle vérifia que le robinet était bien fermé. Elle se tourna vers Hadrien, lui aussi harassé, comme réveillé d'un épouvantable cauchemar.

— Merci, tu m'as sauvé la mise ! La partie a été plus difficile que prévu.

Elle se détacha de la baignoire et vint vers nous.

— Vous m'offrez un café ?

42

J'appliquais délicatement la pommade cicatrisante sur le bras de la médium. Sa brûlure était peu profonde mais elle allait vraisemblablement en garder une marque indélébile. Les fumerolles s'élevaient doucement du mug de café chaud qu'elle tenait entre ses mains. Enveloppée dans un châle, ses longs cheveux auburn tombaient devant ses yeux. Elle paraissait revenir de très loin. Autour de la table du salon, Romain et Hadrien étaient suspendus à ses lèvres. Moi aussi.

— Il va vous laisser partir. Il ne vous posera plus de problèmes. Je pense qu'il a compris.

— Oui, ajouta Hadrien. Il m'a donné sa parole. Il m'a dit qu'il ne m'embêterait plus.

— Pourquoi voulait-il nous retenir ? demandais-je, fébrile.

— C'est ce dont je me doutais, reprit la médium. Hadrien est le premier habitant de cet appartement avec qui il a senti qu'il pouvait communiquer. Mais les esprits sont souvent maladroits. Ils ne savent pas très bien comment s'y prendre avec les vivants. Il vous a fait peur, alors que ce n'était pas son intention. Il ne savait pas comment entrer en contact avec votre fils.

Hadrien hocha la tête. Pour lui, c'était une évidence.

— Tenez-moi au courant de l'évolution des choses quand vous aurez déménagé. Vous ne vous en êtes peut-être pas rendu compte, votre fils m'a été d'un grand secours pour apaiser cet esprit. Hadrien m'impressionne, je pense qu'il pourra aller très loin dans notre domaine. Mais c'est un enfant, il est fragile. Si vous avez encore besoin d'aide, n'hésitez pas à m'appeler.

— Entendu, je vous ferai signe de toute façon. Enfin, je veux dire, je vous appellerai. Mais pourquoi cet esprit est-il toujours là ?

— Il a eu une mort violente. Il était jeune, il aurait dû vivre encore longtemps. Alors son âme a refusé de partir. Elle est restée enfermée ici.

J'eus une subite nausée en pensant à toutes ces années passées en compagnie d'un colocataire dont je ne soupçonnais pas l'existence. Je me demandais si je ne laissais pas un cadeau empoisonné aux futurs propriétaires.

— Et... qu'est-ce qui va se passer ? Il va rester là ?

— Non, c'est fini. Il est parti. Enfin, il n'est plus attaché à cette maison. Avec votre fils et Amélie, nous l'avons aidé à *lâcher prise*. Nous l'avons libéré.

— Vous l'avez libéré ? C'est-à-dire ?

— Un esprit emprisonné dans sa bulle d'espace-temps a besoin qu'on lui explique comment en sortir. Il n'a pas lui-même conscience d'être enfermé. Il faut que quelqu'un lui donne les clefs, le rassure, lui envoie de l'amour pour l'aider à « monter vers la Lumière », comme on dit dans notre charabia de médiums. En le disant plus simplement, pour l'aider à rejoindre l'autre monde.

— C'est du délire ! intervint Romain, qui avait du mal à se remettre de ses émotions.

— Je suis d'accord avec toi, ça paraît délirant. Même moi, quand j'ai commencé à chercher d'où pouvaient venir mes visions, je ne voulais pas l'admettre, je pensais que je devenais folle. Mais j'ai fini par découvrir des choses dont tu n'as pas idée.

— Mais, pour « libérer » ce... ce fantôme, cette âme, ce je-sais-pas-quoi, poursuivit Romain, vous faites comment ?

— Si tu arrives à entrer en liaison avec ces esprits, tu peux leur parler. C'est difficile d'obtenir des détails, des éléments précis, pas seulement des généralités. Mais c'est très important, c'est ce qui prouve que tu es en communication avec la bonne personne. Et c'est aussi ce qui prouve que tu es un vrai médium, pas un escroc qui essaie d'embobiner sa victime trop naïve ! Par exemple, la villa dont m'a parlé votre entité, je pense que c'est la villa de Santo Sospir à Saint-Jean-Cap-Ferrat, une très belle maison dont Cocteau a décoré tous les murs. Je l'ai déjà expliqué à ton papa, quand tu es en contact, c'est un dialogue qui se crée à l'intérieur de toi si tu parviens à être assez concentré, assez *présent*. Tu peux entendre les messages que le défunt essaie de te faire passer, tu peux recevoir ses messages. Tu dois mobiliser toute ton énergie pour ouvrir cette voie de communication. Le plus dur, c'est d'établir le contact et de le maintenir suffisamment longtemps. Là, ça a été compliqué. Disons que c'était un esprit revêche.

— N'importe qui peut... établir ce contact ?

— En théorie, oui. Il faut être suffisamment « ouvert » à ce genre de choses. Et encore ! Une étude très sérieuse affirme que dans un deuil sur quatre en France, un proche du défunt a la sensation d'être entré en contact avec lui. On appelle cela des VSCD, des vécus subjectifs de contact. Ce qui représente chaque année plus de cent cinquante mille personnes, rien qu'en France, qui disent avoir *senti* la présence d'un défunt.

— Ah oui, sifflais-je, impressionné, c'est loin d'être anecdotique !

— Ces contacts ne sont le plus souvent même pas recherchés. Ils interviennent à des moments où les personnes ne s'y attendent pas du tout. Et la grande majorité n'en parle pas, par peur du jugement des autres. Par peur qu'on se moque d'eux.

— Mais ils sont où, ces « esprits » ? insista Romain. Ils sont *de l'autre côté* ?

— En fait, c'est la même réalité que celle que nous vivons, ils sont dans *notre réalité*, mais à un autre niveau, comme dans un monde parallèle. Les morts sont présents partout, tout le temps. Mais nous ne les voyons pas. C'est comme s'ils étaient sur une autre fréquence radio, comme s'ils étaient une *vibration*. Nous ne voyons pas toutes ces ondes qui nous traversent, pourtant nous baignons dedans, nous sommes dans un bain d'ondes en permanence, nous en sommes imprégnés.

— C'est fou ! s'emporta Romain en secouant la tête.

— C'est surtout fascinant ! La théorie des cordes va même jusqu'à dire que toutes les particules qui composent l'univers seraient comme des cordelettes vibrantes. Chaque particule élémentaire de notre monde serait une sorte de corde qui vibrerait à une fréquence qui lui est propre. Nous-mêmes, à l'échelle de l'infiniment petit, nous serions entièrement constitués par ces vibrations, ces ondes. Quand on s'arrête pour y réfléchir, c'est fabuleux ! On sait déjà que certaines ondes viennent du fin fond de l'univers. Ce que les scientifiques appellent le fond diffus cosmologique est un rayonnement qui a été émis après le Big Bang. C'est lui qui crée en partie l'effet de neige qu'on capte sur les anciennes télévisions avec des antennes râteau. Votre papa a regardé l'origine de l'univers sans le savoir !

— Quand j'allumais la télé, je ne savais pas que cette « neige » venait de si loin ! Où avez-vous appris tout ça ?

— L'astrophysique est une passion pour moi. J'ai lu les livres de physiciens comme Stephen Hawking, Brian Greene, Christophe Galfard et beaucoup d'autres. C'est grâce à eux que j'ai compris plein de choses sur ce que je vivais par rapport au monde de la spiritualité. De nombreux scientifiques sont d'ailleurs à la limite de devenir de grands croyants.

La médium but une gorgée de café. Elle nous regarda tous les trois, perdus dans nos pensées, avant d'ajouter :

— Attention, il y a un piège que vous devez absolument éviter. Ce monde parallèle est extraordinaire, captivant. Mais vous ne devez pas vivre dans la mort, c'est exactement l'inverse qu'il faut faire. La vie, c'est maintenant ! Je l'ai déjà dit, Amélie vous l'a dit aussi, *vous devez vivre*. Vous devez *vivre avec la mort*, vous devez l'accepter. On sait tous qu'on va mourir mais on fait comme si la mort n'existait pas, on lui tourne le dos. Je vais vous donner un exemple. Le psychanalyste Irvin Yalom a développé la thérapie existentielle pour nous aider à vivre mieux. Il a eu cette idée en étudiant un groupe de femmes atteintes de cancers qui avaient une joie de vivre à toute épreuve, ça l'avait bouleversé. Pour lui, la pleine conscience de notre fin n'est pas un handicap mais un moteur. L'intégration de la mort dans la vie enrichit la vie, elle lui donne toute sa saveur. Elle permet de donner du sens, de relativiser toutes les préoccupations du quotidien qui nous font oublier l'essentiel. C'est ce qui manque à notre société occidentale. C'est révélateur avec le changement climatique. On fait comme si on était éternels, comme si les ressources de notre planète étaient illimitées. Et on va droit dans le mur. Quand on prend conscience réellement de sa propre mort, le goût de notre vie change. C'est aussi une façon de nous aider à trouver le bonheur. Certains philosophes disent que le bonheur est dans la conscience d'exister au monde, dans le fait d'avoir conscience d'être *là, ici et maintenant*.

— C'est très bouddhiste comme point de vue, remarquai-je, songeur.

— Oui, les philosophies comme les religions cherchent à donner du sens à notre vie. Et je pense qu'il n'y a pas de vrai bonheur si vous ne trouvez pas du sens à ce que vous faites, à ce que vous vivez. Le tout après est de trouver la juste limite entre cette recherche de sens et le moment où on bascule dans la croyance, dans ce qui n'est qu'une illusion de sens. La frontière est souvent très ténue, très fragile. J'essaie toujours de me tenir sur le fil, sur cette frontière.

Elle fixa Hadrien et Romain qui semblaient absorbés par ce qu'elle disait.

— Bon, c'est un peu compliqué tout ce que je dis. Mais je suis sûre que vous comprenez l'essentiel. Je me trompe ?

— Non non, répondit Hadrien. Maman me le répète sans arrêt. Elle me dit que ce qui est important, c'est de vivre *maintenant*.

Romain souffla bruyamment.

— Eh ben, depuis l'enterrement de Grand Mamie, je suis pas au bout de mes surprises !

— Tu vas voir, petit à petit, tout ça va faire son chemin dans ta tête, répondit la médium avec un regard empli de bienveillance.

Tout en prenant ma tasse de café, je levais les yeux vers le guerrier spartiate qui me faisait face. Il avait retrouvé l'allure d'un simple dessin tracé à l'encre noire par un homme désespéré qui s'en était allé parce qu'il ne trouvait plus de sens à sa vie. C'était comme si le guerrier semblait apaisé. Il ne me regardait plus.

43

Je retrouvai avec plaisir le bouddha méditatif, sagement calé sur sa table basse. Hadrien avait insisté pour reprendre contact avec la psychologue. Il m'avait rappelé qu'il lui avait promis de revenir la voir *quand il serait prêt*.

— Il s'est passé pas mal de choses depuis la dernière fois que vous avez vu Hadrien, dis-je en préambule.

— Vous allez me raconter, répondit la petite dame aux grandes lunettes en nous invitant à entrer dans sa petite maison. J'étais inquiète de ne pas avoir de nouvelles. Je me disais bien que votre vie ne devait pas être un long fleuve tranquille.

Nous nous installions dans le canapé douillet pendant qu'elle prenait place sur sa modeste chaise. Cette fois, Hadrien n'était pas du tout absent. Il était content de renouer avec ce cocon zen où il avait trouvé une écoute attentive, même s'il n'avait pas voulu s'y dévoiler entièrement. La psychologue l'enveloppa d'un regard prévenant.

— Alors, Hadrien, tu as la réponse pour tes dessins en rouge et noir ?

— Oui, répondit-il sans hésiter. J'étais très triste parce que maman était partie, et en même temps très en colère parce que je trouvais ça injuste. Mais j'ai compris que ça ne servait à rien d'être tout le temps triste et en colère. Et puis maman est toujours là...

La psychologue acquiesça avec un sourire de connivence. Elle bascula son regard vers moi.

— Vous êtes allé à l'adresse que je vous avais donnée ?

— Oui, je me suis résolu à voir une médium.

— Et alors ?

Alors je me lançais dans un récit détaillé des semaines passées. Plus j'avançais dans l'histoire, plus je voyais les plis de son front s'agrandir. Quand j'arrivais vers la fin, elle siffla.

— Ah oui, quand même. Vous avez un fiston qui n'est pas tout à fait comme les autres.

— Je ne vous le fais pas dire.

— Et vous comptez faire quoi ?

— Vivre avec. C'est déjà pas mal. Je ne sais pas encore si c'est une chance ou une malédiction, ce *pouvoir* d'Hadrien.

— Tout dépend de ce que vous en faites. Ou plutôt de ce que *tu* en fais, ajouta-t-elle en se tournant vers lui. Est-ce que ça te fait peur, Hadrien ?

Il réfléchit quelques instants, esquissa une mimique.

— Peur, oui. Mais je m'y suis habitué. Je ne suis pas seul. Donc, ça va.

— Tu sais, j'aimerais bien comprendre comment ça marche. Tu peux me montrer ? Est-ce que ta maman est là ?

Il fit « oui » de la tête, sans qu'on sache s'il était d'accord pour lui montrer ou si sa maman était là ou les deux. Il ferma les yeux, respira profondément, se mit en une fraction de seconde dans un état de méditation qui nous prit de court. On aurait dit un mini médium rompu à l'exercice.

— Elle est là. Elle dit qu'elle a voulu nous aider avec la médium pour sortir l'esprit de la maison. Elle dit qu'il était vraiment trop énervé, il avait accumulé trop d'énergie depuis trop longtemps, c'était très dur pour elle d'intervenir...

Il marqua une pause, tout en gardant les yeux fermés. Il reprit, sur un ton rapide, enchaînant les mots comme il le faisait chaque fois qu'il était « en communication ».

— ... mais elle est contente parce qu'elle a vu que je m'étais très bien débrouillé, que je commence à bien savoir maîtriser mon pouvoir. Madame la spy... la psychologue, elle vous remercie de ne pas me prendre pour un fou et de vouloir m'aider.

Hadrien rouvrit brusquement les yeux. Il avait l'air d'un coup très fatigué. La psychologue était visiblement fascinée. Elle resta un long moment sans voix. Elle observait Hadrien comme s'il venait d'une autre planète. Je surpris son regard examiner la pièce pour voir si elle décelait quelque chose, un signe, une présence. Mais non, il n'y avait rien. Rien que nous trois.

— Bon, je dois vous avouer que c'est la première fois que j'assiste à... ce genre de chose. Je ne vous cache pas que je suis un peu... beaucoup... secouée.

Elle fixa son regard sur Hadrien.

— Mon bonhomme, je te crois. Comme le dit ta maman, je ne te prends pas pour un fou. Je suis très fière de toi. Tu es un garçon très courageux.

Elle reprit sa respiration et se pencha vers moi.

— J'imagine bien que ça ne doit pas être simple pour vous non plus. Je pense que la pire des choses serait de faire comme si de rien n'était, comme si tout ça n'existait pas. Je vois que vous avez dépassé ce cap et c'est très bien. En grandissant, Hadrien va mieux comprendre comment utiliser son pouvoir. Vous devez à tout prix l'accompagner, il a besoin de vous. Il a absolument besoin de vous.

J'approuvais silencieusement. Depuis quelque temps, j'étais moi aussi un peu... secoué.

44

J'avais loué un gîte près de Bonnieux. Une magnifique ferme du XVIIe siècle entièrement restaurée, perdue en pleine nature. Un week-end romantique avec Noémie et ses deux filles. Enfin... le romantisme, ça n'avait jamais été mon fort. J'étais amoureux. Et maladroit. Je m'étais promis d'essayer, de voir si nous pouvions continuer l'histoire. J'avais le sentiment que quelque chose était encore possible.

Hadrien semblait avoir pris le parti de suivre les conseils de sa maman. Aux premières heures du séjour, il avait usé d'efforts prodigieux pour bien s'entendre avec les filles. Nous étions arrivés le vendredi soir et tout s'était déroulé sans incident. Après un temps d'approche où ils s'étaient regardés en chiens de faïence, les enfants s'étaient mis à jouer ensemble, mélangeant poupées, jeu de mimes et bataille de polochons.

Le samedi, nous étions allés nous balader dans la forêt des cèdres. Cette forêt me fascinait. Les premiers cèdres avaient été plantés en 1861 grâce à des graines venues de l'Atlas algérien. Les arbres immenses se déployaient sur plus de 250 hectares. Un havre de sérénité à la résine odorante sur les crêtes du massif du Luberon. Un fabuleux panorama sur les monts de Vaucluse au nord et la vaste plaine au sud où se nichaient Mérindol, Cadenet, Lourmarin. Autant de villages aux noms chantants comme les clichés d'une Provence qui allait me manquer.

— Pourquoi tu as voulu organiser ce week-end avec les enfants. C'est un week-end d'adieu ou bien… ?

Hadrien et Alice couraient devant, Romain et Luna lambinaient derrière. Un promeneur qui nous aurait croisés sous les majestueuses et piquantes frondaisons aurait pensé voir une famille ordinaire qui respirait le bonheur d'être ensemble. Mais en y regardant de plus près, il aurait senti le malaise qui irradiait de cette fragile tribu recomposée le temps d'un week-end prolongé.

Je respirai en grand et me lançai.

— Eh bien, tu le sais… je t'aime.

Noémie fit une moue dubitative. Elle eut un petit rire et s'exclama avec emphase :

— C'est un peu court, jeune homme ! On pouvait dire, oh Dieu ! bien des choses, en somme !

— Oh, ça va !

— Blague à part, tu as le nez aussi long que Cyrano… ou que Pinocchio, j'hésite…

Je saisis fermement Noémie par la taille et l'embrassai. Longuement. Elle passa ses bras autour de mes épaules et me bécota à son tour. Je sentais le regard écœuré des enfants dans notre dos. « Beurk, des bisous sur la bouche ! » Je finis par me détacher.

— J'ai beaucoup réfléchi. J'ai tourné et retourné la situation dans tous les sens. On est peut-être en train de louper une belle histoire.

— C'est la vie ! On fait des choix tout le temps. Il ne faut jamais les regretter, parole de Nono !

— Tu pourrais choisir de nous rejoindre là-bas.

— Figure-toi que j'en ai parlé avec leur père. Il m'a envoyé bouler en me disant que si je quittais la région, il me coupait la pension.

— Charmant…

— Je sais pourquoi je l'ai quitté… C'est moi qui ai obtenu la garde des filles, mais je le laisse les voir assez souvent. Si je veux, je peux avoir un moyen de pression.

— Papa, papa ! Elle est cool, Alice !

Hadrien s'était jeté dans mes bras sans prévenir. Alice accourait vers nous en riant aux éclats.

— Elle aussi, elle aime faire des cabanes. On s'amuse trop bien !

Au fil des heures, la glace s'était fissurée entre les enfants. Hadrien ne faisait plus d'efforts, il semblait prendre plaisir à jouer avec sa nouvelle copine. Quant à Romain, il était maintenant en pleine confidence avec Luna. On aurait dit qu'ils se connaissaient depuis des années. Ils gloussaient en se racontant des histoires d'ados. Noémie eut un sourire gêné.

— C'est chouette si vous vous entendez bien.

— Maman, maman, on pourra se revoir ?

Son visage ceint de boucles d'or abritait des yeux rieurs, ce qui donnait à Alice un air terriblement facétieux.

— On verra, Alice. Tu sais, les histoires de grands, c'est pas facile.

— Oh, vous les grands, pourquoi vous vous prenez toujours la tête ? Vous pouvez pas vous détendre, un peu ?

Alice avait visiblement une repartie fracassante. Avec Hadrien, ils s'étaient bien trouvés.

— On est en train d'en parler avec ta maman. Comme elle le dit, ce n'est pas si simple. Mais on fera de notre mieux.

Hadrien était déjà reparti devant.

— Viens, Alice, on va jouer à cache-cache !

— J'arriiiive ! cria la petite fille en se précipitant à ses trousses.

Je pris la main de Noémie dans la mienne. Elle se tourna vers moi et fit une nouvelle petite moue.

— Il faut que je réfléchisse... Et puis, peut-être que je le sais, que tu m'aimes, mais nous, les filles, il faut nous le dire tous les jours, sinon ça ne compte pas.

Elle me taquina d'un clin d'œil exagéré. Dans le silence de la forêt, on entendait les rires d'Hadrien et Alice loin devant, derrière nous le papotage de nos ados.

45

Le déménagement était proche. La création de mon futur poste avait pris du retard et j'avais dû commencer à payer le loyer de notre logement inoccupé à Bordeaux, mais les choses à présent s'accéléraient. Nous avions entrepris de tout emballer dans des cartons. Le guerrier spartiate nous laissait tranquille, il n'y avait pas eu d'autres manifestations intempestives. La boussole indiquait bien le nord partout dans l'appartement, même dans la salle de bains. Il ne me restait plus que quelques jours à travailler avant de quitter le bureau de Marseille. J'étais en reportage, occupé à interviewer un petit producteur de spiruline, cette algue microscopique aux épatantes qualités, quand mon téléphone se mit à vibrer. Voyant le numéro de l'école s'afficher, je m'excusais et faisais un pas de côté pour pouvoir décrocher.

— Il faut que vous veniez de toute urgence.

— Il y a eu un accident ?

— En quelque sorte, oui.

— Hein ?! Mais dites-moi ! Qu'est-ce qui est arrivé à mon fils ?

— Votre fils ? Rien. Mais la classe...

— Quoi, la classe ?

— Venez voir. Je vous attends.

La directrice me raccrocha au nez. Je restai un instant perplexe, planté au milieu de la serre. Mon ami cadreur filmait l'agriculteur qui récoltait la précieuse algue verte. Il releva son œil du moniteur de la caméra.

— Ça va pas ?

— Il va falloir qu'on parte. On reviendra plus tard.

Le pied au plancher, nous nous rendîmes précipitamment à l'école. Je laissai le cameraman patienter dans la voiture. Le portail à peine franchi, je me retrouvai devant la directrice.

— Suivez-moi, vous n'allez pas être déçu du voyage.

— Mais dites-moi ce qui s'est passé !

— Le poids des mots, le choc des photos, c'est toujours le slogan de certains de vos collègues, non ? ironisa la directrice en se dirigeant vers les salles de classe.

— Où voulez-vous en venir ?

— Eh bien, vous allez être choqué, je vous le promets.

Elle ouvrit la porte de la classe d'Hadrien.

Je restais coi.

— Voilà. C'est l'œuvre de votre fils.

Un spectacle de désolation s'offrait à mon regard. Des chaises étaient renversées, des tables retournées, des cahiers, livres, feutres et crayons étaient éparpillés en tous sens, des morceaux de verre jonchaient le sol. Assis par terre dans un coin de la pièce, Hadrien restait prostré, la tête enfouie dans ses genoux repliés. Je ne voyais dépasser que ses boucles brunes. Il releva son visage au moment où je m'avançais vers lui. Il sanglotait, ses cheveux ébouriffés noyaient ses traits d'enfant. Il avait de nouveau des tics, ce qui ne s'était plus produit depuis longtemps. Il se grattait compulsivement le nez et le cou.

— Hadrien, mon chéri, qu'est-ce qui s'est passé ?

— ELLE N'AVAIT QU'À PAS ME FAIRE ÇA ! hurla-t-il soudain avec un regard devenu très dur, me faisant reculer de surprise.

— Qui t'a fait quoi ?

— C'est madame Giraud.

— Ta maîtresse ? Mais qu'est-ce qu'elle a fait ?

Il prit une règle jetée devant lui et la brandit comme un bâton, menaçant.

— Elle avait cette règle. Elle m'a dit de venir au tableau, devant toute la classe. Elle m'a dit de mettre mes doigts comme ça...

Joignant le geste à la parole, il mit ses doigts resserrés en pointe au-dessus de sa paume.

— Et puis... elle m'a tapé dessus avec la règle. Elle m'a fait mal. Très mal.

— Pourquoi elle a fait ça ?

— Parce que je n'avais pas bien répondu à sa question. Je devais dire l'heure qu'il était mais je me suis trompé. Je me mélange avec les aiguilles. Elle a dit que j'étais un idiot, que je ne comprenais rien à rien.

— À son âge, on doit savoir lire l'heure.

Je me retournai vivement. La directrice s'était rapprochée de nous.

— C'est quoi cette façon de faire ? On est au XXIe siècle, on ne tape plus les élèves pour leur apprendre les leçons !

— Je reconnais que Madame Giraud n'aurait pas dû faire cela, admit la directrice, mal à l'aise. Je lui en ai fait le reproche. Mais elle fait très bien son travail. C'est une excellente professeure, reconnue par ses pairs. Je vous informe que votre fils est exclu de l'école.

— C'est parfait ! De toute façon, je ne veux plus qu'il remette les pieds ici ! Nous déménageons bientôt, je me débrouillerai. Et qu'est-ce qui s'est passé, exactement ?

— Exactement, on ne sait pas. Madame Giraud a été très choquée. Elle s'est rendue chez un médecin pour se faire arrêter. Elle n'a pas bien compris ce qui est arrivé. Tout a été très vite. Elle m'a dit qu'Hadrien était devenu furieux. Apparemment, il a renversé les tables et les chaises tout seul, il a jeté les affaires par terre, il a cassé des pots en verre. Tous les élèves sont sortis en courant et en criant, complètement affolés. C'est ahurissant. Vous devrez me rembourser les dégâts, sinon je porte plainte.

— Ne jouez pas à ça ! Je paierai ce qui a été cassé mais je peux aussi très bien porter plainte pour maltraitance.

Nous nous sommes toisés, nous jaugeant du regard. Elle dut sentir la colère qui bouillonnait en moi. Elle n'ajouta pas un mot. Je pris Hadrien par la main et l'aidai à se relever. Nous sommes sortis de cette école pour ne plus jamais y revenir.

46

La jeune femme était encore au bord des larmes à l'évocation de la perte de son mari. Son enfant détalait à quatre pattes devant elle, insouciant et rieur dans l'herbe qui surplombait la rivière. J'avais tenu à passer la voir pour prendre de ses nouvelles. Nous étions venus interviewer ses voisins pour faire le point six mois après les inondations du mois d'octobre. Mon cameraman filmait les stigmates de la catastrophe. On voyait encore jusqu'où le niveau d'eau était monté, un mètre au-dessus du sol. Les traces laissées sur les murs semblaient ineffaçables. Des parpaings, des restes d'électroménager et des morceaux de planches encombraient toujours les rues. Tout n'avait pas été nettoyé, certains sinistrés bataillaient avec leur assurance pour l'indemnisation des dégâts.

Hadrien était gardé en journée par sa nounou en attendant le déménagement. Elle était heureuse de passer du temps avec lui, elle s'était attachée au fil des années et regrettait notre départ. « Vous allez me manquer, vrai de vrai ! » avait-elle lancé en reniflant bruyamment dans son mouchoir, accordant une entorse à son caractère habituellement peu démonstratif.

Mais ce jour-là, elle n'avait pas pu le prendre chez elle et je l'avais emmené avec moi en reportage. C'était la première fois qu'il m'accompagnait sur le terrain. Il pouvait au moins mieux appréhender quel était le métier de son papa, même si j'aurais préféré que ce soit sur un sujet moins difficile. Tout au long de la matinée, mon jeune stagiaire s'était montré très intéressé par tout ce qu'il voyait. Devant la détresse de certains témoins, il avait voulu leur donner les maigres économies qu'il possédait dans son petit porte-monnaie, ce qui avait eu le mérite de détendre un peu l'atmosphère et amené un peu de chaleur dans ce monde compliqué.

Depuis un bon moment, il observait avec attention la jeune maman. Alors que je compatissais sincèrement à sa douleur, il me donna un léger coup de coude.

— Papa, est-ce que je peux lui parler ?

— À la maman ? Si tu veux, bien sûr.

Il s'avança vers elle et la regarda intensément. Elle se pencha vers lui, intriguée.

— Tu veux me parler, mon garçon ?

— Madame, votre mari me dit de vous dire qu'il ne vous oublie pas. Vous ne le voyez pas mais il vient souvent vous voir.

Elle se redressa, stupéfaite.

— Mais qu'est-ce que tu racontes ?

— C'est vrai, madame, je vous jure, il faut me croire.

— Mais...

— Il dit que c'est très gentil d'avoir fait un autel avec des bougies et sa photo dans votre chambre, en face de votre lit. Mais que ça n'est pas la peine. Il dit que vous devez mettre toutes ses affaires dans un carton et les donner. Il sait que vous n'osez pas toucher à ses affaires, que vous avez tout laissé comme c'était le jour où il est parti. Mais il me dit que c'est pas bien. Il vous aimera de toute façon. Il veut que vous preniez soin de votre bébé. Il dit que c'est lui qui est important maintenant.

Elle avait blêmi. Je craignais qu'elle ait un malaise, je la soutins avec mon bras. La colère déformait ses traits.

— Vous êtes entrés chez moi ? Vous avez vu ma chambre ?

— Non, pas du tout, répondis-je le plus calmement possible. Je sais, c'est difficile à croire. Mais mon fils a... des prédispositions pour certaines choses. Vous êtes libre d'y croire ou pas.

— Vous vous moquez de moi ??

— Absolument pas. Mais je vous dis, vous n'êtes pas obligée d'y croire.

Elle hésita longuement. Les traits de son visage se radoucirent. Elle plongea son regard dans celui d'Hadrien.

— Alors... c'est vrai... tu as vu mon mari ?

— Oui, madame.

Elle resta un instant figée. Puis elle fondit en larmes, elle s'agenouilla et le prit dans ses bras. Elle le serrait fort, à lui couper le souffle. Gêné tout d'abord, Hadrien l'enserra de ses bras lui aussi. Avec un air amusé, son bébé se précipita vers eux en courant à quatre pattes.

Je les regardais entamer un « câlin à trois », aussi ému que la maman. Mon caméraman, qui avait fini de tourner, revenait vers nous. Surpris par la scène, il hocha les épaules en fronçant les sourcils, m'interrogeant muettement. Je lui répondis de la même façon, lui indiquant de ne pas abîmer ce moment magique.

La jeune femme avait eu du mal à nous laisser partir. Elle voulait poser une multitude de questions à Hadrien. J'avais fini par mettre un terme à cet échange pour le préserver. Elle l'avait longuement embrassé et chaleureusement remercié pour « tout le bien qu'il lui avait fait ». Hadrien était embarrassé par tant de gratitude. Mais je sentais que cette reconnaissance lui faisait aussi du bien.

47

Le nom de ce sentier de randonnée nous avait toujours fait sourire. Le sentier du Gros-Cerveau, qui tire son appellation du massif du même nom, allongé sur les hauteurs de la baie de Sanary, et qui doit avoir la forme d'un gros cerveau. Un magnifique balcon avec vue sur mer qui s'étend de La Ciotat jusqu'à la presqu'île de Giens. Nous aimions venir crapahuter dans ce maquis de pins méditerranéens. Nous aimions ces odeurs de résine et de pierre sèche, ce contraste à l'image des calanques entre le blanc de la rocaille, le vert piquant des buissons et le bleu profond de la mer.

Le soleil était éblouissant de chaleur, le bleu du ciel exalté, la douceur de l'air enivrante. Tout dans cette atmosphère donnait l'envie de vivre, de saisir l'instant présent à pleins poumons, de se gorger d'existence. Hadrien courait dans la garrigue à en perdre haleine, ce qui était dans la normalité des choses. En revanche, ce qui l'était beaucoup moins, c'était de voir Romain le talonner en riant, lancé à sa poursuite comme s'il redécouvrait le plaisir infini de se balader au grand air.

Depuis l'épisode de notre salle de bains et la leçon de philosophie de la médium, il avait radicalement changé. Il semblait avoir quitté son flegme d'ado désabusé. Il était plus attentif à son environnement, à nous, à lui-même. Il goûtait chaque instant avec un bonheur non dissimulé. J'espérais que cette parenthèse miraculeuse ne serait pas qu'une parenthèse, qu'elle durerait le plus longtemps possible, avant que la routine et les tracas du quotidien ne remisent tout cet enchantement sur l'étagère des bonnes résolutions oubliées.

— Papa, j'ai faim ! On se trouve une place pour le pique-nique ?

— Oui, on a faim ! renchérit Hadrien en se frottant le ventre.

Ils couraient autour de moi à grand renfort de hululements joyeux comme des indiens autour de leur totem imaginaire.

— D'accord, mais avant, je dois vous montrer quelque chose.

Je ne leur avais pas dévoilé le véritable but de ce pèlerinage. Nous étions proches du point de vue où je voulais les amener. Je leur indiquais un petit promontoire qui offrait un panorama grandiose vers la baie de Sanary-sur-Mer. Un aplat de rochers parsemé de broussailles donnait sur cette fabuleuse aquarelle : la Méditerranée s'étalait loin devant, paisible ce jour-là, lisse jusqu'à l'horizon.

— Voilà, c'est là.

— C'est magnifique ! s'exclama Romain, ravi.

— Tu as raison, c'est magnifique. Et c'est bien pour ça qu'on aimait venir ici avec votre maman. On venait souvent se balader sur ce sentier. Elle adorait surtout s'asseoir sur ce rocher, et regarder la mer. C'est l'une des plus belles vues que je connaisse. Je ne suis jamais revenu depuis...

Ma voix se brisa net, l'émotion était encore trop forte, elle m'avait submergé d'un coup.

— C'est ici que tu as dispersé les cendres de maman ? reprit Hadrien.

Bras étendus, je pris nos deux garçons par les épaules, un de chaque côté. Je les serrais fort contre moi.

— Oui, c'est ici.

— C'est vraiment un bel endroit. Elle doit être heureuse de passer du temps ici, ajouta Hadrien avec un sourire entendu.

On s'assit tous les trois, pensifs, le regard perdu au loin.

Comme je m'y attendais, une brise se leva. Légère, caressante, enlaçante.

Je me tournai vers Hadrien. Calme et appliqué, il avait fermé ses yeux.

— Elle est là ?

— Oui, bien sûr, elle est là.

— Maman est là ? s'informa tout naturellement Romain, comme si plus rien ne l'étonnait lui aussi.

— Oui, elle nous dit qu'elle est heureuse de nous voir ici tous les trois. Elle attendait ce moment depuis longtemps.

J'avais la gorge serrée. Je pris une profonde inspiration, essayant d'être attentif au plus faible flottement d'air.

— Elle est contente parce que je fais des progrès très rapides. Ça la rassure beaucoup. Elle dit que bientôt je pourrai voler de mes propres ailes… Ça veut dire quoi, papa, que je pourrai « voler de mes propres ailes » ?

Je souris, attendri par mon p'tit bonhomme qui après tout n'avait toujours que sept ans.

— Ça veut dire que bientôt tu pourras te débrouiller tout seul, que tu n'auras plus besoin d'aide pour… pour te protéger des esprits qui ne sont pas gentils avec toi.

Hadrien referma ses paupières et continua :

— Elle dit qu'elle vient souvent ici pour voir la mer, pour voir ce paysage que vous aimez beaucoup tous les deux. Elle dit qu'elle vient ici pour méditer… enfin, *méditer*… elle dit que ce n'est peut-être pas le bon mot dans son état, que c'est un peu comme si elle méditait tout le temps maintenant. Elle dit qu'elle sait que nous allons bientôt partir mais que c'est pas grave. Elle peut nous rejoindre n'importe où. Elle sera toujours là. « Quoi qu'il arrive »…

Du coin de l'œil, j'observais Romain. Il gardait sa tête droite, le regard fixé droit devant lui.

Une petite larme coulait sur sa pommette tout juste sortie de l'enfance. Mais il avait un éblouissant sourire aux lèvres.

48

C'était un bel appartement situé rue du Temple, dans une partie très calme du centre-ville de Bordeaux. On n'entendait pas la rumeur de la rue Sainte-Catherine, pourtant toute proche, qui déroulait son flot de commerces parallèlement au lit de la Garonne. Au quatrième étage de cet immeuble de caractère, le parquet en bois verni apportait un charmant cachet. De grandes fenêtres invitaient la lumière qui allait nous manquer dans cette ville aux hivers brumeux.

Nous avions largué les amarres. Nous avions quitté Toulon et tous ses souvenirs. J'avais signé l'acte authentique chez le notaire avec la chirurgienne et son mari juriste la veille de notre déménagement. Ma fréquence cardiaque avait dû battre des records tant j'étais stressé par la perspective du moindre accroc. Jusqu'à la dernière minute, j'avais redouté que *quelque chose* ne se produise. Mais tout s'était déroulé normalement. J'avais juste dû présenter un certificat de l'assurance qui s'engageait à réparer les stigmates des dégâts des eaux une fois que les murs auraient complètement séché.

Le tri de toutes nos affaires avait été la plus rude épreuve. J'avais dû me résoudre à me séparer des effets d'Amélie que j'avais conservés, ne gardant que certaines reliques, la longue robe rouge, ses bijoux préférés ou ses livres de chevet. Avec Mathias et quelques amis, nous avions aidé les déménageurs à tout engouffrer dans le camion. Au moment de fermer la porte pour la dernière fois, l'émotion m'avait de nouveau submergé. Tout à l'excitation de ce changement de vie, les garçons n'avaient pas remarqué mon trouble. Je glissais le double des clefs dans la boîte aux lettres, comme cela avait été convenu avec les acquéreurs. Et nous montions immédiatement dans la voiture, direction Bordeaux et une nouvelle vie.

Sept heures de route plus tard, arrivés juste avant la nuit, nous avions pris possession de notre nouveau refuge comme des explorateurs pressés de découvrir leur terre d'élection. Le camion de déménagement ne devait nous rejoindre que le lendemain.

— Je sens de bonnes ondes ici ! s'était exclamé Hadrien, enjoué, après avoir parcouru en courant toutes les pièces de l'appartement vide.

— Vous m'en voyez ravi, Maître Feng Shui, avais-je répondu dans un sourire, soulagé de ne pas entrevoir la présence d'un autre esprit frappeur ou de je-ne-sais-quelle entité fantomatique.

— Ouais, c'est vraiment chouette ! avait renchéri Romain, satisfait d'avoir enfin une chambre pour lui tout seul.

J'avais tenté un pari osé en ne prenant pas le temps de venir en repérage avec les enfants dans cette ville qui leur était inconnue. Leurs premières impressions étaient de bon augure, je pouvais enfin respirer.

Les premières semaines de notre emménagement furent idylliques. On profita des vacances de Pâques pour déballer tous les cartons et découvrir la région. Les garçons adoraient grimper au sommet de la Dune du Pilat, admirer le va-et-vient des marées au Cap Ferret, se balader dans les immenses étendues de pins maritimes de la forêt landaise. Les congés terminés, la rentrée ne posa pas trop de problèmes. Hadrien était enchanté par sa nouvelle maîtresse très attentionnée, Romain s'adapta assez rapidement à son collège même s'il n'était pas facile de s'intégrer en cours de route à une classe déjà formée. J'effectuais moi aussi ma rentrée. Je m'étais enrôlé dans la petite équipe de journalistes. Le site internet commençait à être connu, les sujets à traiter sur l'environnement étaient nombreux et je ne ressentais plus le syndrome du hamster qui pédale dans sa roue. Après les habituelles galères, j'avais fini par trouver une nounou, une jeune étudiante qui pouvait aller chercher Hadrien à son école jusqu'à la fin de l'année scolaire.

J'avais appelé la médium pour l'informer que, jusqu'ici, tout se passait sans anomalies. Je commençais à me dire que nous allions enfin reprendre une vie normale ou presque, quand le monde de l'invisible a estimé qu'il était temps de se rappeler à nous.

49

16 juin 2019

Nous allions fêter les huit ans d'Hadrien. J'avais décidé d'inviter toute la famille pour marquer son entrée dans ce nouvel âge et célébrer cette nouvelle vie à Bordeaux. La table de bois massif, plantée au milieu du salon, était recouverte d'une nappe blanche brodée de dentelles. J'avais disposé les assiettes de fine porcelaine et les couverts en argent offerts par Grand Mamie pour notre mariage, des accessoires qui restaient d'habitude confinés au fond d'un placard. Les garçons m'avaient aidé à mitonner des agapes dignes d'un réveillon de Noël.

Au premier coup de sonnette, il était déjà 21 heures. Les invités venaient de loin, ils m'avaient prévenu qu'ils n'arriveraient pas très tôt. Hadrien se précipita pour ouvrir. Il se jeta dans les bras de Francesca et Pierre. Ils avaient déposé leurs affaires dans un hôtel à proximité de la rue du Temple. Ils étaient contents de ce rapprochement géographique qui allait leur permettre de voir plus souvent leurs petits-enfants.

— Comme il est cosy votre nouveau chez-vous ! s'exclama Francesca en me tendant un foisonnant bouquet de fleurs aux teintes pastel.

— On se sent bien dans cet appart. Les garçons se sont vite habitués à leur nouvel environnement.

— Viens voir ma chambre ! cria Hadrien, pressé de montrer son univers.

Pendant que je disposais les fleurs dans un vase, il emmena sa grand-mère dans son repaire. Au-dessus de son lit et de son petit bureau, il avait placardé des posters de super-héros, de Batman à Captain America. Des Lego et Playmo traînaient encore un peu partout. Il avait gardé un nombre impressionnant de peluches qui débordaient d'un gros panier.

— Et là, regarde, c'est la chambre de Romain. Une vraie chambre d'ado !

Dans la pièce mitoyenne, des affiches à l'effigie d'Angèle, Louane, Julien Doré ou Soprano commençaient à faire leur apparition. Bien que je lui aie demandé dix fois de ranger ses affaires, pantalon, tee-shirt et autres chaussettes musardaient toujours sur son lit. À côté de maquettes de *Star Wars*, ses étagères se remplissaient de la collection complète de *Twilight*, *Hunger Games* et autre *Divergente*. Ne manquait que la « Switch » ou la « Play » pour compléter la panoplie. Je continuais à faire de la résistance en essayant tant bien que mal de limiter le temps d'écran, au grand dam de Romain.

— Hey ! Qu'est-ce que vous faites dans ma chambre ?

Il était apparu derrière nous, soucieux de préserver son intimité depuis qu'il avait acquis son pré carré.

— On visite ton royaume, plaisanta Francesca. Il faut demander ta permission, maintenant ?

— Bah oui, c'est ma chambre. Vous n'avez pas vu le panneau ? dit-il, rigolard, en indiquant une fiche cartonnée punaisée sur la porte où était inscrit : « Domaine réservé. Ne pas dérangé le géni qui dort. »

— Et le génie dort toujours ! tacla Hadrien, provoquant l'hilarité de ses grands-parents.

Je poursuivais la visite de l'appartement. Une douche à l'italienne carrelée de terre cuite égayait la salle de bains. Elle me permettait surtout d'oublier tout ce qui pouvait avoir trait à une baignoire. La cuisine, séparée, aurait besoin d'un petit rafraîchissement, mais elle restait tout à fait accueillante avec son plan de travail en marbre blanc et ses nombreux meubles de rangement.

La sonnette retentit.

J'allais ouvrir à ma mère, tout juste arrivée de sa Bretagne. Elle s'était installée dans un Airbnb du centre-ville. Dingo bondit vers les garçons en remuant la queue en tous sens. Monté sur ses deux pattes arrière, il essayait de leur lécher la frimousse.

— Comment vont mes petits chéris ?

— Super ! répondit Hadrien. On est trop bien ici !

— Vous avez fait bon voyage ? demanda Francesca.

— Très bien. Je suis partie tôt ce matin avec ma voiture, j'ai fait une petite halte à Nantes ce midi. Un peu de musique classique et de radio, le trajet est passé sans problème. Enfin, Dingo, lui, a eu un peu de mal...

Tout fou, le chien sautait en glissant sur les tapis du couloir. Elle échangea des banalités avec les parents d'Amélie en déposant son sac plein de cadeaux dans ma chambre, à côté des autres colis empaquetés.

Dernier coup de sonnette. Nathalie et son mari avaient tenu à faire le déplacement de Dubaï pour présenter par la même occasion la benjamine de la famille. Ce fut rapidement un bel attroupement familial autour de la nouvelle venue. Julia était une petite fille potelée qui gazouillait joliment dans les bras de sa maman.

— Mon Dieu, quel beau cadeau ! s'enthousiasma Francesca en l'étouffant de baisers.

Pierre ne cachait pas sa fierté de voir la lignée s'agrandir. Il la couvait d'une prévenance émue et attendrie. Ce dodu bébé respirait la joie de vivre des nouveau-nés. Un sourire émerveillé illuminait sa bouille rondelette, ses yeux bleu tendre cherchaient à capter l'attention. Je ne pouvais m'empêcher de penser à la naissance d'Hadrien, aux premiers regards que nous nous étions échangés. Julia avait cette même innocence, cette même soif de vivre.

— C'est sympa que vous ayez pu venir de si loin.

— Ça nous fait plaisir de revoir la famille, répondit Nathalie. Pour une fois qu'on peut fêter l'anniversaire d'Hadrien. Et vous pouvez faire connaissance avec notre petite merveille !

— J'adore ma nouvelle cousine ! lança Hadrien en l'embrassant avec un peu trop de fougue.

— On va fêter tout ça. C'est l'heure de l'apéro !

Je servais les gâteaux apéritifs, dont les fameuses chips fantômes, et sortais une bouteille de champagne du frigidaire. Je sabrais le bouchon, déclenchant un petit rire amusé de Julia, après une réaction de surprise. Je versais le crépitant breuvage dans les coupes, du sirop de pêche dans les verres des garçons et de Nathalie. On trinqua en l'honneur de ces vies nouvelles et du plaisir d'être de nouveau réunis.

— Alors, Dubaï, c'est toujours le paradis ? demanda ma mère, un rien provocante, en s'adressant aux nouveaux parents.

— Oui, nous avons une belle vie là-bas, chez les suppôts du capitalisme, répliqua Nathalie, caustique. Enfin, je devrais dire : « Nous avons eu une belle vie. » On voulait justement vous faire une annonce importante. Nous allons revenir habiter en France.

— Oh, c'est formidable ! s'exclama Francesca. J'en rêvais depuis tellement longtemps. On va enfin se revoir plus souvent !

— Et on va voir grandir Julia ! s'enthousiasma Pierre.

— Qu'est-ce qui vous a fait changer de cap ? demandai-je, curieux de ce revirement.

— En fait, nous avons dû subir les travers du « capitalisme triomphant ». Edward a pris une décision qui n'a pas plu en déroutant un cargo qui était menacé par des pirates. Ils l'ont viré du jour au lendemain. Sans indemnités, sans rien. Et aux Émirats, si tu n'as pas de travail, tu n'as pas de permis de séjour.

— Ah yes ! reprit son mari. Ils ont été very pas sympathiques avec moi. Ils ont été ruthless, impitoyables.

— Comme j'ai accouché, qu'une nouvelle vie commence pour nous, autant tout changer. Et se rapprocher de vous.

— Ça a été un peu complicated, mais heureusement, I got a job quickly.

— Et où allez-vous habiter ? s'empressa d'interroger Francesca.

— Edward a trouvé un travail sur Paris, toujours dans le commerce international. On va emménager à Paname, et puis on verra. Quand Julia aura un peu grandi, on partira peut-être à la campagne.

Cette nouvelle mit du baume au cœur de toute l'assemblée. Même Hadrien était ravi.

— Chouette ! Je vais revoir ma cousinette !

— Je pourrai faire la nounou pendant les vacances, proposa Romain.

— On vous remercie pour votre accueil, sourit Nathalie.

L'apéritif fini, on se mit à table. Nous avions préparé en entrée un carpaccio de saumon à l'aneth. Hadrien s'était appliqué à dresser une belle décoration de citron et de brins d'aneth ciselés dans de minuscules verrines. Assise en face de moi, Francesca relança la conversation.

— Alors, ça se passe bien pour Hadrien à l'école ?

— Oui, il est très content de sa nouvelle maîtresse. Elle est très douce, bienveillante. Il a été bien accueilli dans sa classe. Une semaine après la rentrée, les élèves lui ont fait une surprise. Ils avaient tous mis un petit mot ou un dessin dans un grand cahier en lui souhaitant la bienvenue, en lui indiquant les endroits un peu insolites qui sont sympas à voir dans la région. Ça l'a beaucoup touché.

— Ça change de l'ambiance avec son ancienne institutrice !

— Je suis vraiment soulagé. On fera une fête d'anniversaire avec ses copains et copines, ça lui permettra de se sentir bien intégré.

— Et Romain ?

— Il s'est assez vite fait des amis. Et il reste en contact avec ceux qu'il avait à Toulon. Il leur téléphone, ils s'envoient des messages par Instagram, c'est l'avantage des réseaux sociaux.

En plat principal, nous avions cuisiné un gigot d'agneau glacé au miel, accompagné de pommes de terre grenailles sautées dans le wok. Les garçons étaient fiers d'amener à table leurs essais gastronomiques. Le repas se déroulait dans une atmosphère joyeuse et détendue. On arriva bientôt au gâteau d'anniversaire. Hadrien avait tenu à se lancer tout seul dans la préparation du fondant au chocolat qu'il aimait tant.

— Happy Biiiiiirthday to youuuuu !!!

Romain apporta le fondant garni d'un gros huit en son centre. Hadrien souffla les huit bougies au milieu des applaudissements. Il était extrêmement ému. Ses yeux brillaient. Il déballa ses cadeaux avec une gourmandise non dissimulée. Un train électrique, un kit du parfait petit scientifique, une grande encyclopédie pour enfants qui « explique les mystères de l'univers » et « répond à toutes les questions qu'on se pose »... Je me demandais en souriant si cette encyclopédie allait vraiment répondre à toutes nos questions.

Julia, qui babillait dans son couffin entre ses deux parents, réclama son dîner avec de petits pleurs et des mouvements saccadés des pieds et des mains. Nathalie la prit dans ses bras pour l'allaiter. Hadrien était impressionné par ce petit être qui se nourrissait directement au sein joufflu de sa maman. Une fois rassasiée, elle s'endormit sans rechigner.

— C'est exquis ! s'exclama Francesca en terminant sa part de fondant. Bravo Hadrien, tu es un chef !

— Oui, bravo les garçons ! approuva ma mère, qui ne voulait pas être en reste. Vous nous avez préparé un magnifique repas !

Les conversations filaient bon train. Pierre était d'une humeur enjouée que je lui avais rarement connue. Deux semaines plus tôt, il avait bouclé le chemin de Saint-Jacques. Il avait avancé les dates de sa randonnée pour pouvoir être présent cette année à l'anniversaire d'Hadrien. Il était parvenu à Compostelle, en Espagne, fourbu mais manifestement heureux.

— Vous en garderez quels souvenirs, de ce périple ? demandai-je.

Les yeux de Pierre prirent un éclat surprenant. Il fut soudain très lyrique.

— Ah, vraiment, c'était magique. Si vous ne l'avez pas fait, vous ne pouvez pas savoir ce que c'est, de marcher sur ce sentier qui a accueilli tant de pèlerins, tant de gens qui avaient besoin de se ressourcer, de trouver un sens à leur vie ! Quand j'ai décidé de me lancer dans cette entreprise, je ne pensais pas que ça me ferait autant de bien. On m'avait prévenu que j'en reviendrais transformé, j'avais pris ça à la rigolade. Mais en fait, c'est vrai, je vous jure ! Je me sens vraiment apaisé, maintenant que j'ai pu le terminer. J'avais peur de ne pas avoir la force d'aller jusqu'au bout. Eh bien, ça y est, je l'ai fait !

— Ça fait plaisir de vous voir aussi passionné ! m'exclamai-je, soulignant que je ne l'avais jamais entendu parler avec une telle ardeur dans la voix.

— C'est un autre homme, acquiesça Francesca. Je ne le reconnais plus. Bientôt, il va me faire une séance de yoga tous les matins.

— Génial, papa ! Je suis super contente de te voir comme ça, renchérit Nathalie.

— Bon... Il faut que je vous dise quelque chose, ajouta Pierre, tout à coup très sérieux. Je... je ne sais pas si je dois vous le dire. J'y réfléchis depuis un moment.

Nous étions tous interloqués, suspendus à ses hésitations.

— Oui, papa ? reprit Nathalie.

— C'est... c'est quelque chose que vous allez avoir du mal à comprendre... à accepter.

— Vas-y, accouche ! Moi c'est déjà fait, c'est à ton tour !

Un éclat de rire général détendit l'atmosphère.

— Tu as raison, ma fille. Il faut que je me lance. Amélie est venue me parler.

— ...

Un silence de plomb s'est abattu sur les convives. Tous affichent une mine sidérée. Hadrien, occupé à finir sa part de gâteau, a relevé la tête avec le regard subitement affûté.

— Amélie ? répète Nathalie, le visage décomposé.

— Oui, Amélie.

— Qu'est-ce que c'est que cette histoire ?

— Eh bien, voilà, dit-il en me jetant un regard à la dérobée. Ce n'est pas venu tout de suite. Quand j'ai commencé à faire le chemin, en partant du Puy-en-Velay, je n'ai d'abord rien remarqué d'anormal. Et puis chaque année, quand je faisais un bout du sentier, il me semblait qu'il se passait des choses de plus en plus bizarres. Je sentais des présences, j'avais la sensation qu'on me parlait. Ça s'est accentué d'année en année.

— Papa, arrête ! Tu perds la tête !

— Laisse-moi finir, ma fille. Ce que j'ai à vous dire est important. Je ne vous en ai jamais parlé, parce que je me doutais de la réaction que vous auriez. J'ai failli vous le dire à Noël. Je n'ai pas pu quand j'ai vu la façon dont vous avez rembarré mon gendre. Mais là, ce qui s'est passé quand j'ai terminé le chemin, il faut que je vous le dise.

Il fait une courte pause, hésite un instant, relève les yeux pour affronter notre regard en poursuivant son récit.

— C'était deux jours avant d'arriver à Compostelle. J'ai dormi dans une petite auberge du village de Melide. Pendant la nuit, j'ai fait un rêve où je voyais Amélie. Elle me disait qu'elle me ferait un signe sur le parcours le lendemain. À mon réveil, je n'y ai pas trop fait attention. Je me suis dit que ce n'était qu'un rêve, qu'il fallait que j'arrête de trop penser à ma fille. Mais pendant toute la journée, c'était plus fort que moi, je n'ai pas pu m'empêcher de surveiller le moindre signe, d'être attentif à tout, ça devenait une obsession. Je n'ai rien repéré de particulier. Et puis à un moment, un oiseau s'est mis à me suivre. Un petit oiseau, un rouge-gorge. Il m'a suivi sur une bonne distance. Ça m'a étonné parce qu'un rouge-gorge, ça s'attache en général à un territoire bien défini qu'il ne quitte pas. Il me regardait. Je vous jure, j'avais l'impression qu'il voulait me parler. Et à un moment, j'ai entendu *sa voix*. La voix d'Amélie. Comme je vous entends, là. Sauf que j'étais seul. J'étais sur le chemin, en plein milieu d'une forêt, je suis certain qu'il n'y avait personne autour de moi. Elle m'a dit qu'elle savait que je faisais une partie du chemin chaque année pour penser à elle. Alors elle était là pour me remercier. Elle m'a dit que c'était bien, que j'arrivais au bout du chemin. Que j'allais enfin pouvoir tourner la page et vivre plus sereinement. Que, de toute façon, *on se retrouverait*.

J'étais très ému, je m'étais arrêté de marcher, je me suis mis à pleurer comme une madeleine. Quand j'ai repris mes esprits, le rouge-gorge était parti. Tout était redevenu normal. Je me suis dit que j'avais dû avoir une hallucination. Pourtant, je ne peux pas m'empêcher de penser qu'elle était *vraiment là*. J'ai ressenti sa présence, *j'avais la certitude qu'elle était là.*

Pierre s'arrête de parler pour nous regarder un à un. Il redoute notre réaction. La stupeur a figé les invités autour de la table. Nathalie rompt le silence la première. Son ton s'est adouci.

— Venant de toi, papa, ça me surprend. Je t'ai toujours connu très rationnel, tu ne m'as jamais parlé de ce genre de choses. D'habitude, tu te vantes même d'avoir un esprit très cartésien, très rigoureux.

— Je ne sais pas quoi te dire. Je suis certain d'avoir vécu ça. Après, je ne sais pas l'expliquer...

— Ben si, c'est facile. Maman voulait te parler, alors elle est venue te parler, c'est tout.

On se tourne tous vers Hadrien.

— Tu ne vas pas recommencer avec ça ! le sermonne Francesca. Tu sais bien que malheureusement ta maman ne peut plus nous parler.

Elle ajoute à l'intention de son mari :

— Je pensais que c'était moi la plus croyante de nous deux, mais je vois que tu me dépasses. Voyons, Pierre, où vas-tu chercher tout ça ? Je serais la première à vouloir parler à Amélie. Mais je sais bien que ce n'est pas possible.

Ma mère ne se fait pas prier pour en rajouter une couche.

— Je suis aussi sceptique. Vous avez dû avoir une hallucination, c'est sûr.

Quant à Edward, il n'a pas compris la moitié de ce qui s'est dit. Sa connaissance de la langue française est encore trop approximative. Il a l'air de s'être égaré en chemin.

— En fait... je crois que mon frangin a raison.

Tous les regards convergent cette fois vers Romain.

— Oui, je sais, ça paraît dingue. Mais Hadrien... entend des choses... voit des choses...

— Ben oui. D'ailleurs, vous avez le bonjour de Grand Mamie.

Nouveau silence. Nouveaux regards abasourdis.

— Grand Mamie ?... Tu veux dire, Lucia ? s'étonne Nathalie.

Hadrien acquiesce de la tête.

— Elle voulait assister à mon anniversaire. On s'entend bien avec Grand Mamie. Elle est gentille. Alors elle est là.

Francesca s'est raidie, elle a poussé sa chaise comme si elle voulait s'éloigner d'une imperceptible menace. Instinctivement, ma mère l'a imitée.

— Mais qu'est-ce que tu racontes ? s'insurge-t-elle.

— Je raconte la vérité, c'est tout. C'est pas bien compliqué.

— Mais il n'y a personne ici à part nous ! proteste Francesca.

Ses mains tremblent légèrement, elle reste figée. Pierre observe la scène attentivement. Aucun mot ne sort plus de sa bouche, il guette tout signe suspect, tendu à l'extrême.

— Qu'est-ce qui nous prouve qu'elle est bien là ? questionne Nathalie, intriguée.

Hadrien semble embarrassé. Il hausse les épaules.

— C'est sûr, si vous ne la voyez pas et que vous ne l'entendez pas, c'est un peu plus compliqué...

Le fracas de la porcelaine tétanise d'un coup tous les convives.

Une assiette à dessert de Grand Mamie vient de chuter de la table.

Réveillée, Julia se met à sangloter dans son couffin. Dingo, qui était vautré dans un coin de la pièce, dresse l'oreille. Cette fois, ma maladresse ne peut rien expliquer, ni celle de personne d'ailleurs. L'assiette était gentiment posée sur la nappe avant de tomber, tous en sont conscients. Les restes d'une part de gâteau d'anniversaire sont maintenant éparpillés sur le parquet, au milieu des fragments de céramique.

— Ben voilà, dit simplement Hadrien. C'est une preuve, ça ?

Personne n'ose répondre.

Tout le monde a les yeux rivés sur le cadavre de l'assiette. Puis, insensiblement, les regards scrutent la pièce pour déceler la moindre anomalie. Nathalie a pris Julia dans ses bras, elle la berce nerveusement, sur le qui-vive.

— Là, regardez !

Pierre pointe du doigt un verre qui semble bouger.

Il est tout près du bord de la table, il chancelle.

Il tombe.

Les éclats de bruit du verre brisé résonnent dans le salon. Les pleurs de Julia redoublent.

Dingo s'est relevé, le museau en l'air. Il flaire dans le vide, aux aguets lui aussi.

— C'est une blague ? Vous nous faites une blague ? s'énerve Nathalie en serrant Julia contre sa poitrine. C'est vraiment pas drôle !

— Grand Mamie dit qu'il ne faut pas avoir peur, elle est là avec maman.

Il se tourne vers ma mère.

— Mon grand-père que j'ai pas connu, le papa de papa, est là lui aussi. Il dit qu'il s'excuse pour tout ce qu'il t'a fait. Il dit qu'il aurait dû arrêter complètement de boire. Il regrette.

Ma mère ouvre des yeux encore plus grands.

— Quoi ?

— Et même, quand vous étiez séparés et qu'il venait frapper à ta porte, il dit que ce n'était pas malin de sa part, il dit qu'il aurait dû arrêter de t'embêter.

— Enfin, Hadrien... !

— Si, si, je t'assure, Mamie, c'est ce qu'il me dit de te dire.

— Mais...

Hadrien me regarde à présent.

— L'esprit de la maison dit qu'il n'embête pas les nouveaux propriétaires. Il les laisse tranquilles. Il n'est plus dans la maison.

J'approuve en silence, ça c'est une bonne nouvelle. Mais je crains ce qui pourrait encore se passer. J'espionne le plus petit mouvement.

Tout à coup, la télévision, placée sur un meuble bas dans un coin du salon, s'allume. Je me précipite pour chercher la télécommande. Elle est coincée derrière un coussin du canapé. J'appuie frénétiquement sur les touches. L'écran noir revient.

Mais tout s'emballe.

Je reconnais immédiatement les premières notes de *Get Lucky*. Les rythmes de Daft Punk et la voix de Pharrell Williams s'élèvent dans la pièce. Mon téléphone a envoyé *tout seul* la musique sur les enceintes connectées.

Like the legend of the phoenix

Une des lampes du salon se met à scintiller. L'ampoule éclate.

All ends with beginnings

Le vase posé sur la commode se fissure. Il se brise d'un

coup sec. Le verre, l'eau et les fleurs se répandent sur le parquet.

What keeps the planet spinning

La porte d'un placard s'ouvre brusquement. Un livre calé en bordure d'une étagère tombe.

The force from the beginning...

Dingo aboie furieusement. Les pleurs de Julia reprennent de plus belle. Je crie au-dessus de la mêlée :

— Venez avec moi ! On va tous dans la chambre d'Hadrien !

Dans un élan empressé et désordonné, on se jette dans le couloir pour rejoindre la chambre du fond. Je ferme la porte à la hâte. Tout le monde se regarde, éberlué. Seul Hadrien reste calme.

— Je suis désolé, papa. Ils sont trop nombreux.

— Qui est trop nombreux ? demande Francesca, tremblante.

— Les esprits sont trop nombreux.

— Mais c'est quoi ce délire ? explose Nathalie, Julia toujours serrée dans ses bras.

— It's a crazy house ! It's a madhouse ! s'emporte son mari qui a perdu son flegme habituel.

Hadrien lance un regard suppliant vers toute la famille.

— Vous me croyez maintenant ?

— Je veux bien te croire, souffle Nathalie. Mais je ne m'attendais pas à quelque chose d'aussi... effrayant.

— Ça ne devrait pas se passer comme ça. D'habitude, avec maman, ça se passe bien. Demandez à papa.

Je hausse les épaules dans un geste d'impuissance.

— Euh oui, mais là... il y a trop d'ondes, trop de vibrations, trop d'esprits.

— Papa, il y a la dame du cimetière, les noyés de la plage en Italie, et plein d'autres. Je te jure, je ne les ai pas appelés. Ils sont venus tout seuls. On dirait qu'ils se sont tous donné rendez-vous pour mon anniversaire. Tu te rappelles ce que la médium a dit ? Ils sont maladroits. Ils ne nous veulent pas du mal, mais ils veulent communiquer avec nous et ils ne savent pas comment s'y prendre. C'est pour ça que ça a dégénéré. C'est comme dans la salle de bains à Toulon, il y a trop d'énergie dans l'appartement.

Dingo gronde en reniflant le bas de la porte. Il aboie. Je me retourne vers la famille statufiée. Ils sont terrorisés. Moi aussi, mais je lutte pour ne pas le montrer.

— Ne vous inquiétez pas, ces esprits sont inoffensifs, je vous le promets. Il faut qu'on remette de l'ordre dans tout ça, il faut... il faut qu'on les apaise. Hadrien, viens, on y va !

J'entrebâille la porte. Je me faufile, suivi par Hadrien. Dans le salon, toutes les portes des placards sont grandes ouvertes, la télévision s'est rallumée, un tableau s'est décroché du mur, des livres sont éparpillés par terre, l'abat-jour tourbillonne au plafond comme un pendule transformé en toupie. Je tente de contrôler mes tremblements. Hadrien ne doit pas voir la peur qui m'a envahi.

Get Lucky tourne en boucle à plein volume. Je m'escrime à baisser le son, à éteindre le téléviseur. Impossible, mon téléphone est bloqué et les télécommandes ne répondent plus. Je tire sur les fils électriques pour débrancher les appareils mais Hadrien me retient.

— Attends, papa, on va essayer autrement. Je veux voir si ça marche.

Il se place au milieu du salon, prend sa tête dans ses mains et se concentre. Je *sens* qu'il mobilise peu à peu toute son énergie pour entrer en contact. Je suis résolu à l'aider. Je m'efforce de me concentrer moi aussi, je ferme les yeux, je cherche à faire *quelque chose*, je ne sais pas quoi exactement.

« C'est comme la méditation. Essayez d'être attentif à tout ce qui vous entoure. Essayez de sentir les énergies qui vous entourent... »

Je m'évertue à vider mon esprit, je veux être *sensible* à tout ce qui se passe.

Peu à peu, je ressens toute cette frénésie qui nous enveloppe. Je sens comme des vibrations qui montent de la plante de mes pieds jusqu'au sommet de mon crâne.

Je m'applique à rester concentré.

Je ne perçois plus le vacarme autour de nous. Un calme surprenant s'est instauré dans ma tête.

J'ai l'impression de voir des ombres, des silhouettes fantomatiques.

On dirait qu'elles me parlent. Mais c'est confus.

Des voix s'entrecroisent.

Et soudain je l'entends.

— Quand je suis partie, tu ne m'as pas dit au revoir. Tu n'y croyais pas, tu ne voulais pas y croire, tu ne voulais pas que je parte. Moi non plus, je n'étais pas prête. C'est arrivé trop vite. J'aurais voulu rester. Mais il faut l'accepter. C'était le moment pour moi de partir. *Il faut me dire au revoir.*

Il me semble voir son visage, une forme diffuse, ses cheveux bruns, son regard, sa bouche.

Je prends une grande inspiration. Je sens une larme glisser sur ma joue.

Amélie est là.

— Au revoir, chérie. Je t'aime.

Je vois son sourire. Elle me parle à nouveau.

— Le jour de la naissance d'Hadrien, tu le mettras quand même dans la liste des plus beaux jours de notre vie, d'accord ?

J'ai la sensation de l'entendre rire. Un doux rire, moqueur et joyeux.

D'un coup, tout s'arrête. La télévision s'éteint, les enceintes redeviennent muettes, l'abat-jour se stabilise. Un silence absolu émerge du chaos. Le temps se fige.

Hadrien me regarde, un immense sourire aux lèvres.

— Tu vois, papa, toi aussi, tu y arrives. Bienvenue au club !

Épilogue

Le policier m'observe d'un air suspicieux.

— Vous êtes sûr que tout va bien ?

J'ai entrouvert en laissant les deux fonctionnaires sur le pas de la porte pour qu'ils aperçoivent le moins possible le désordre derrière moi.

— Tout va bien, pas de souci. On a fait une petite fête pour l'anniversaire de mon fils et on s'est laissés entraîner par notre... bonne humeur. On s'est mis à danser, c'est vrai qu'on a fait un peu de bruit.

— Il a quel âge, votre fils ?

— Huit ans.

— Et vous faites la fête jusqu'à plus d'une heure du matin pour l'anniversaire de votre fils de huit ans ?

— Euh... On est en famille, ça faisait longtemps qu'on ne s'était pas vus. Disons qu'on était contents de se revoir.

— Je vous préviens, la prochaine fois, je vous colle une amende pour tapage nocturne.

— Ne vous inquiétez pas, il n'y aura pas de prochaine fois.

Je referme la porte, soulagé. Nous sommes occupés à ranger le salon. Les voisins du dessous ont averti le commissariat, agacés par le tumulte de notre petite réunion.

Nous avons décidé de garder pour nous ce *secret de famille*. De toute façon, si on raconte cette folle soirée, personne ne nous croira. On verra plus tard où tout cela nous mènera.

Pierre et Francesca sont finalement rassurés de penser qu'ils reverront peut-être un jour leur fille. Nathalie s'est promis de reprendre des cours de yoga et de se remettre à la méditation. Elle dit qu'elle a eu *les preuves* qu'elle attendait, mais elle veut en savoir plus. Edward, comme ma mère, pense plutôt qu'on a tous été victimes d'une sorte d'hallucination collective qu'il n'arrive pas à s'expliquer.

Romain et Hadrien sont devenus plus que jamais complices.

« Croix de bois, croix de fer, des frères pour la vie et pas d'enfer ! »

Quant à moi...

Pendant la soirée, Noémie m'a envoyé un texto.